मानसी

(अ साइकोलॉजिकल लव कॉमेडी)

AF756740

सूर्य कुमार उपाध्याय

REDGRAB books
redgrabbooks.com

RG books

Published By

Redgrab Books Pvt. Ltd.

942, Mutthiganj, Prayagraj, 211003

www.redgrabbooks.com

contact@redgrabbooks.com

First published by Redgrab Books in 2025

Printed and bound in India

Cover Design &by Redgrab Books team

ISBN : 978-93-95697-66-8

समर्पण

उन सभी पाठकों को समर्पित
जिसके हाथों तक ये किताब पहुंची

अपनी बात

आखिर क्यों पढ़े ये उपन्यास? इसमें क्या खास है? पाठकों के मन में ये सवाल जरूर उठ रहे होंगे। दरअसल, रोचक अंदाज में लिखे गए मानसी नामक इस उपन्यास में स्कूली और कॉलेज लाइफ के अलावा पारिवारिक माहौल में पलने-बढ़ने वाले बच्चों से लेकर एक लड़की से बेइंतहा प्यार की कहानी को खूबसूरत तरीके से लिखा गया है। विजय नाम का लड़का बचपन से ही मानसी नाम की एक लड़की को चाहने लगता है। मीडिल क्लास के इस लड़के की ये चाहत कब प्यार में बदल जाती है, उसे पता भी नहीं चलता। विजय की ये चाहत पूरी तरह से एकतरफा है। वह मानसी को कभी यह नहीं बता सका कि वो उसे बेहद चाहता है। पारिवारिक स्थिति और सामाजिक ताने-बाने के बीच विजय युवा अवस्था में प्रवेश करता है लेकिन मानसी को लेकर उसकी चाहत कम होने की बजाय और बढ़ती जाती है। विजय की स्नातक तक की पढ़ाई सुल्तानपुर में पूरी होती है। लेकिन मानसी की चाहत में वो MBA की पढ़ाई के लिए सुल्तानपुर से प्रयागराज आ जाता है। इलाहाबाद विश्वविद्यालय में दाखिला मिलते ही उसे फिर से मानसी का याद सताने लगती है, क्योंकि मानसी ने भी इलाहाबाद विश्वविद्यालय से ही ग्रेजुएशन किया था। लेकिन पढ़ाई के दौरान उसे मानसी के जीवन से जुड़ी एक ऐसी कहानी का पता चलता है जिसे सुनकर वो बेचैन हो उठता है। उसकी बेचैनी इस कदर बढ़ जाती है कि वो मानसी से मिलने के लिए उन सभी जगहों पर जाता है जहाँ से उसे मानसी से जुड़ी कोई जानकारी मिल सके कि आखिर वो अभी कहाँ है और क्या करती है। लेकिन तमाम कोशिशों के बाद भी विजय को मानसी की पूरी स्थिति का पता नहीं चल पाता है। इसके बावजूद विजय के मन में मानसी को लेकर बेचैनी बनी रहती है। वह MBA की पढ़ाई पूरी कर पुणे की एक विज्ञापन कंपनी से जुड़ जाता है और विज्ञापन जगत में अच्छा-खासा नाम कमाने के बाद मुंबई आ जाता है। विज्ञापन फिल्मों की सफलता के प्रेरित होकर वह फिल्म इंडस्ट्री से जुड़ जाता है और एक सफल डायरेक्टर बन जाता है। वह अपनी अधूरी प्रेम कहानी पर एक फिल्म बनाता है। फिल्म का नाम भी वह मानसी- एक अधूरी

प्रेम कहानी रखता है। ये फिल्म सुपर-डुपर हिट साबित होती है। लेकिन उसे क्या पता है कि ये फिल्म ही उसे उसकी मानसी से मिलवाने का काम करेगी। आखिरकार एक फिल्मी महिला पत्रकार उसे मानसी तक पहुँचाने का माध्यम बनती है। लेकिन कहानी में एक जबर्दस्त ट्विस्ट आता है। दरअसल, मानसी एसिड अटैक का शिकार हो चुकी है। लेकिन कैसे और क्या मानसी से मिलने के बाद विजय मानसी को अपनाएगा?क्या मानसी भी उसे स्वीकार करेगी? आखिर वो कौन शख्स है जिसके चलते विजय मानसी से मिल पाता है? विजय के स्कूल के समय के दोस्त मसंद की कहानी में क्या भूमिका है? ये ऐसे कई उलझे सवाल हैं जो इस उपन्यास को पढ़ने के बाद ही सुलझ सकेंगे।

अनुक्रम

1

कहानी फिल्मी है

ये फिल्मी दुनिया है भाई...सही सुना आपने, बिल्कुल अतरंगी दुनिया। यहाँ फिल्मकारों का भाग्य हर शुक्रवार हिट और फ्लॉप की बैसाखी पर टिका होता है। यहाँ रियल लाइफ में संघर्ष और रील लाइफ में चकाचौंध का तड़का होता है। दरअसल, चमक से भरी ये दुनिया सचमुच जादुई होती है। ये जो पर्दे पर एक्टर नाचते-गाते हैं ना, वो बस पर्दे पर ही हीरो होते हैं। फिल्म का असली नायक तो डायरेक्टर यानि निर्देशक होता है। सिनेमा के पर्दे के पीछे की बागडोर डायरेक्टर के हाथ में होती है। कौन लीड रोल में होगा और कौन बनेगा खलनायक, ये सब वही तय करता है। गाना कौन लिखेगा, इसे कौन गाएगा, किस गाने पर कौन डांसर नाचेगी, शूटिंग कहाँ होगी, कौन कैमरामैन होगा, जाने क्या-क्या...ये एक दिन का काम नहीं होता, कई महीनों की तैयारी होती है, तब जाकर कोई फिल्म पर्दे पर दिख पाती है। जाहिर है फिल्म की पूरी यूनिट की कमान डायरेक्टर के हाथ में होती है। तभी तो सिनेमा प्रेमी जहाँ अभिनेता और अभिनेत्री के पीछे भागते हैं वहीं ये हीरो-हिरोइन अच्छे और लीड रोल निभाने के लिए एक कामयाब डायरेक्टर की तलाश में रहते हैं।

हमारी कहानी की शुरुआत भी एक ऐसे ही डायरेक्टर की निजी जिंदगी से होने जा रही है जो फिल्मी दुनिया का एक नामचीन हस्ती बन चुका है। ये हैं बॉलीवुड के सुपरहिट निर्देशक विजय संन्यासी। ये वही शख्स हैं जो कल तक फिल्म इंडस्ट्री में कामयाबी के सपने देखते थे लेकिन आज सिनेमाई पर्दे पर कामयाबी के नए आयाम गढ़ रहे हैं, इसमें कोई शक नहीं कि विजय संन्यासी आज बॉक्स ऑफिस पर राज करते हैं। कभी हजार-दो हजार रुपए के मोहताज रहने वाले विजय आज करोड़ों में खेल रहे हैं। हमारी कहानी के अहम पात्र महज किस्मत के सहारे यहाँ तक नहीं पहुंचे बल्कि

उसकी मेहनत और लगन ने उन्हें इस मुकाम तक पहुँचाया है। तभी तो बॉलीवुड में विजय ने बहुत कम समय में बुलंदियों तक का सफर तय कर लिया। मुंबई सिनेमा जगत की उस चोटी पर काबिज हो गए, जहाँ पहुँचने के लिए लोगों को साल-दर-साल अथक संघर्ष करना पड़ता है। कभी किस्मत साथ नहीं देती है तो कभी समय तो कभी अपने। मुंबई आने से पहले खुद को खोटा सिक्का समझने वाले विजय संन्यासी की कुछ ऐसी ही कहानी थी। हमारी कहानी के इस किरदार का असली नाम तो विजय पांडे है, लेकिन प्यार के फ़ेर में ये संन्यासी सरीखे बन गए और नाम के साथ 'संन्यासी' शब्द को जोड़ लिया। विजय की प्रोडक्शन कंपनी विक्की फिल्म्स आज बॉलीवुड की ऐसी भरोसेमंद प्रोडक्शन कंपनी बन चुकी है, जिसके बैनर तले बनने वाली सभी फिल्में सफलता की गारंटी मानी जाती हैं। चार साल में विजय उर्फ विक्की ने सिनेमा जगत को एक के बाद एक कुल पाँच सुपर-डुपर हिट फिल्में दी हैं। इस शानदार सफलता से विजय को नाम और शोहरत तो मिली ही साथ ही बेशुमार दौलत मिली सो अलग। इस सफलता के बाद भी विजय की निजी जिंदगी का एक हिस्सा अभी भी विरान पड़ा हुआ है। फिलहाल छोड़िए इस मुद्दे को, सच्चाई ये है कि इस अभूतपूर्व सफलता के बाद भी विजय का स्वभाव थोड़ा भी नहीं बदला है और उसके पैर पहले की ही तरह जमीन पर हैं।

वैसे तो हर साल लाखों लोग इस उम्मीद और सपने के साथ मुंबई में आते हैं कि उन्हें भी बॉलीवुड एक ना एक ऐसा मौका जरूर देगा और उनकी किस्मत पलट जाएगी, वे सुपरस्टार बन जाएँगे। सच्चाई भी यही है कि मुंबई में सपनों को हकीकत बनते देर नहीं लगती। मुंबई में चॉल से एक महंगे अपार्टमेंट तक का फासला यूँ तो बहुत छोटा होता है। लेकिन इस छोटे से फासले को तय करने में साल-दर-साल लग जाते हैं। इनमें से संघर्ष करने वाले कुछ एक आध लोगों के ही सपनों को पंख लग पाते हैं। बाकी मुंबई की भीड़ में कहीं गुम होकर रह जाते हैं। विजय उन चंद लोगों में एक हैं, जिसके सपने ना केवल पूरे हुए बल्कि उसने अपने आस-पास सपनों का एक ऐसा संसार तैयार कर लिया है, जहाँ नाम, शोहरत और पैसा सब कुछ है। बस एक कमी रह गई है और वो है मानसी। एक ऐसी कमी जो विजय के मन को हमेशा कचोटती रहती है। विजय ने जिस मानसी को पाने के लिए इस मुकाम को हासिल किया, उसी मानसी पर विजय 'विजय' हासिल नहीं कर सके। उसे हमेशा ये बात चुभती रहती है कि काश मानसी आज उसकी इस सफलता को साझा करती, उनके स्टारडम को देखती, महसूस करती।

आज विक्की फिल्म्स की ऑफिस के नीचे बेसमेंट के हॉल में बॉलिवुड के

करीब-करीब सभी नामी-गिरामी हस्तियाँ मौजूद हैं। काफी गहमा-गहमी का माहौल है। विजय की हालिया रिलीज हुई फिल्म 'मानसी एक अधूरी प्रेम कहानी' यानि MEAPK की कमाई की बात करें तो ये फिल्म महज चार हफ्ते में ही पाँच सौ करोड़ रुपए के क्लब में शामिल हो गई है। इस बड़ी सफलता को फिल्म इंडस्ट्री के साथ साझा करने के लिए उसने एक शानदार और भव्य पार्टी का आयोजन किया है। दरअसल, MEAPK विजय के लिए बेहद लकी फिल्म साबित हुई है। विजय की इस पार्टी में तमाम बड़ी फिल्मी हस्तियों के साथ-साथ मीडिया वालों को भी आमंत्रित किया गया है। फिल्मी दुनिया की खबरें कवर करने वाले करीब-करीब सभी बड़े रिपोर्टर और फिल्म समीक्षक इस पार्टी में शामिल हैं।

इस पार्टी में फिल्मी हस्तियाँ जहाँ आपस में मशगूल हैं, वहीं फिल्मी पत्रकारों की नजरें विजय को तलाश रही हैं। जैसे ही विजय इनके बीच आया, उस पर सवालों की मानो बमबारी होने लगी। हर पत्रकार के अपने सवाल थे, सवाल भी ऐसे-वैसे नहीं बल्कि बेहद संजिदा और अटपटे...

"सर क्या आपने सोचा था कि 'मानसी- एक अधूरी प्रेम कहानी' को इतनी बड़ी सक्सेस मिलेगी?"

"सर आपको ये फिल्म बनाने की प्रेरणा कहाँ से मिली?"

"आप को इस फिल्म को बनाने का ख्याल कब और क्यों आया?"

"क्या फिल्म की कहानी का आपकी वास्तवित जिंदगी से कोई लेना-देना है?"

"...तो क्या मानें कि मानसी-एक अधूरी प्रेम कहानी का सिक्वल भी आनेवाले दिनों में दर्शकों देखने को मिल सकता है?"

विजय की ओर ये ऐसे सैकड़ों उलझाने वाले सवाल पत्रकारों की तरफ से आ रहे थे जिसका जवाब देने से वो बचना चाहता था।

विजय को समझ में नहीं आ रहा था कि वह इन सवालों का जवाब दे तो आखिर क्या दे। दरअसल, सवालों की बौछारों के बीच विजय उर्फ विक्की खुद को असमंजस की स्थिति में पा रहा था। उसने बुदबुदाया, "ये फिल्मी दुनिया के रिपोर्टर भी गजब के इंसान होते हैं। सूखी घास से भी ओस की बूँद निकालने की कोशिश करते हैं।"

पार्टी में मौजूद फिल्मी दुनिया की तेजतर्रार और जानी-मानी रिपोर्टर तंत्रा भी मौजूद थी। पता नहीं कब वो विजय उर्फ विक्की के करीब पहुँच गई, किसी को पता भी नहीं चला। तंत्रा ने विजय को बुदबुदाते हुए सुन लिया।

"सर कुछ कहा आपने?"

विक्की ने हँसते हुए कहा- "कुछ तो नहीं..."

"तो कुछ कहते क्यों नहीं, आखिर चुप क्यों हैं? हमारे सवालों का जवाब कौन देगा? कौन है कहानी की पात्र मानसी? महज एक फिल्मी किरदार तो नहीं लगती ! क्या है इसके पीछे कोई रियल स्टोरी? अगर है तो बताएँ।"

विक्की झुझला उठा, "कहा ना ! ये महज कोरी कल्पनाओं पर आधारित एक रोमांटिक फिल्म है, इससे ज्यादा कुछ भी नहीं। इसे लेकर कोई कहानी नहीं जिसे मैं आपसे साझा कर सकूँ। शुद्ध तौर पर फिल्मी पर्दे की कहानी है। युवाओं के लिए रोमाँस की दुनिया की एक ताजा बयार है जिसे मैंने कहानी का रूप देकर दर्शकों के सामने नए कलेवर में पेश किया है। हम सब किशोर और युवा अवस्था में कभी ना कभी जरूर मोहब्बत के दौर गुजरे होंगे। बस उसी गुजरे हुए कल को मैंने बड़े पर्दे पर उतार दिया है। बाकि कुछ भी ऐसा नहीं है जिसे छिपाने की जरूरत मुझे है। जो पर्दे पर दिख रहा है, वो केवल और केवल रोमांस और रोमांच का एक तड़का भर है। पर्दे के पीछे की कहानी के पीछे क्यों पड़ी हैं आप?"

तंत्रा, "कुछ तो है मन में, कह डालिए। जी हल्का हो जाएगा।"

विजय परेशान हो उठा, "दर्शकों ने फिल्म सुपर-डुपर हिट करा दी। क्या ये खुशी मेरे लिए कम है। मैं बेहद खुश हूँ। मेरे मन पर कोई बोझ नहीं है। हाँ, आप जरूर अपने सवालों के जरिए मेरे ऊपर बोझ बनने की कोशिश कर रही हैं। दरअसल, आप पत्रकार लोगों की यही दिक्कत है कि कहानी में भी कहानी ढूढ़ने लगते हैं। फिल्मी पत्रकारों को बस बेवजह का मसाला चाहिए।

तंत्रा, "मसाला नहीं...कहानी की सच्चाई चाहिए।"

"सच्चाई तो ये है कि आप प्रोफेशनल लाइफ को पर्सनल लाइफ से जोड़ने की कोशिश कर रही हैं। ये आप पत्रकार लोगों की आदत सी बन गई है। अरे भाई, मस्ती वाली पार्टी है, इसका आनंद उठाइए। पार्टी में तमाम बड़ी फिल्मी हस्तियाँ आई हुई हैं।

उनसे उनके नए प्रोजेक्ट को लेकर बातें कीजिए। काफी कुछ मसाला मिलेगा आपको उनसे बातचीत करने पर। मेरे पास फिलहाल अभी नया कहने को कुछ भी नहीं है। कभी फुरसत में आइए, किसी नयी कहानी पर चर्चा करते हैं आपसे? इससे ज्यादा और क्या कह सकता हूँ मैं अभी?"

तंत्रा, "बहुत कुछ, एक नयी कहानी का रियल प्लॉट।"

विजय, "मतलब?"

"मतलब ये कि आप बस एक इंटरव्यू दे दीजिए। कहानी का प्लॉट तो मैं तैयार कर लूँगी।"

तंत्रा ने मुस्कुराते हुए अपनी बात रखी।

विजय, "इंटरव्यू ! क्या कह रही हैं आप? वो भी इस समय? जब पार्टी अपने रंग में आने की तैयारी में है। अपने मेहमानों को छोड़कर मैं आपको इंटरव्यू दूँगा ! ये कैसे सोच लिया आपने? आप तो पुरानी मंझी हुई पत्रकार हैं फिल्मी दुनिया की...और आप इस वक्त मुझसे इंटरव्यू करना चाहती हैं?"

अपनी बात कहकर विजय कुछ देर के लिए ठहर गया। उसे अहसास हुआ कि शायद ये रिपोर्टर पेज थ्री की वही रिपोर्टर है जिसके करीब-करीब सभी खबरों के चर्चे बॉलीवुड के सितारों के बीच होते रहते हैं।

उसने तंत्रा की ओर दोबारा मुखातिब होते हुए पूछा- "पार्टी में रंगत अभी आई नहीं और आप इंटरव्यू लेने के लिए उतावली हो उठीं। पार्टी में शामिल लोगों का नशा उतर जाए, इससे पहले आप इस पार्टी में शामिल नामचीन लोगों की तस्वीरें उतार लीजिए। पेज थ्री के काम आएँगी।"

"आज मैं फ्रंट पेज की स्टोरी करने आई हूँ विजय जी...पेज थ्री की नहीं।"

"आप...शायद तंत्रा हैं ना !"

ये कहते हुए विजय शायद ये सोचने लगा कि तंत्रा तो पेज थ्री की ही रिपोर्टर है। लेकिन आज ये फ्रंट पेज की स्टोरी की बात क्यों कर रही है? वो ये भी जानता था कि पेज थ्री के रिपोर्टर बिना बात के भी कई बार बखेड़ा खड़ा कर देते हैं।

जब तक विजय कुछ आगे सोचता, तंत्रा ने उत्साहित होते हुए कहा, "बिल्कुल सही पहचाना आपने। मैं तंत्रा, फ्रॉम सिक्वल शो।"

लेकिन तंत्रा का उत्साह तब ठंडा पड़ गया जब विजय ने उसकी बातों पर कोई रिएक्ट नहीं किया। तंत्रा ने एक और चांस मारा। वो इस बार सीधे विजय के सामने आकर खड़ी हो गई।

तंत्रा, "मेरे लिए आपका इंटरव्यू बहुत अहमियत रखता है, एंटरटेनमेंट बीट कवर करने वाले तमाम बड़े देसी और विदेशी रिपोर्टर आपकी जिंदगी के बारे में बहुत कुछ जानना-सुनना चाहते हैं। लेकिन मैं आपसे कहानी के पीछे की कहानी पर बात करना चाहती हूँ। आपका इंटरव्यू मेरे साथ किसी और के लिए भी टर्निंग प्वाइंट साबित हो सकता है। वाकई, मैं सच कह रही हूँ।"

विजय, "...और इसलिए मैं आपके साथ थोड़ी बक-बक कर लूँ, यही ना !"

तंत्रा, "मेरे लिए ना सही, किसी और के लिए तो आप..."

तंत्रा अपनी बात पूरी कह भी नहीं पाई थी कि विजय ने बीच में ही टोक दिया- "क्या मतलब है आपका? किसी और के लिए? किसके लिए?"

तंत्रा मुस्कुराई। वह यही तो चाहती थी कि विजय उसकी बातों में बस एक बार उलझ जाए। इसके बाद तो वही होता जो वह चाहती थी।

तंत्रा ने विजय के करीब जाकर धीरे से कहा, "उसी के लिए, जिसकी चाहत में आप इस कदर पागल हो चुके हैं कि उसकी आधी-अधूरी कहानी पर पूरी की पूरी फिल्म ही बना डाली।"

विजय ने चौंकते हुए पूछा, "क्या कब रही हैं आप? पहेलियाँ बुझाना बंद करें। साफ-साफ कहें, क्या कहना चाहती हैं आप?"

तंत्रा, "इतना उतावले ना हों आप। सब कुछ पता चल जाएगा, मैं क्या कहना चाहती हूँ। लेकिन पहले इंटरव्यू... प्लीज।"

अब तक तंत्रा का आत्मविश्वास काफी बढ़ चुका था। उसे पूरा भरोसा हो चुका था कि इंटरव्यू तो उसे अब मिलकर ही रहेगा। इतनी देर तक उसकी बातों में विजय उलझे रहे। सवाल-जवाब होते रहे। उसने सोचा कि कुछ तो खास है उसकी बातों में,

जो वो विजय को अपनी बातों में उलझा कर रखने में कामयाब रही। जैसे-जैसे दोनों के बीच बातें बढ़ती जा रही थीं। विजय उसकी बातों में उलझता जा रहा था। ये तंत्रा का आत्मविश्वास ही तो था लेकिन विजय उर्फ विक्की उसके आत्मविश्वास को जानबूझ कर नकारने की कोशिश कर रहा था। हालाँकि उसे भी अब तंत्रा के साथ बातचीत करना अच्छा लगने लगा। इसके बावजूद वह इस बात को जाहिर नहीं होने देना चाहता था। विजय के मन में कई तरह की बातें चल रही थीं। वह तंत्रा की बातों में उलझना भी नहीं चाह रहा था और उसकी बातों की जाल से निकलना भी नहीं चाह रहा था। आखिरकार उसने तंत्रा तो दो-टूक में जवाब दे ही दिया।

"मैं आपको अभी इंटरव्यू नहीं दे सकता।"

तंत्रा, "तो ठीक है, कल का अखबार पढ़ लीजिएगा, कुछ उल्टा-सीधा लिख दिया तो ये ना कहिएगा कि मैंने आपको अपनी बात कहने का मौका नहीं दिया।"

विजय समझ चुका था कि ये इंटरव्यू महज एक बहाना है। कहानी में कुछ और ही ट्विस्ट है। उसे अब इस पहेली को जानने की उत्सुकता भी बढ़ने लगी थी लेकिन साथ ही उलझन भी।

उसने अपनी झुंझलाहट पर काबू रखते हुए बड़े ही बेरूखे अंदाज में कहा, "उsssफ...जाने कैसी बला हो तुम ! बताओ, मुझे कब तुम्हारे सवालों का जवाब देना है?"

तंत्रा, "पार्टी खत्म होने के बाद यहीं।"

"ठीक है, मैं तैयार हूँ।" विजय ठंडी आह भरते हुए आगे बढ़ गया।

वह मेहमानों की भीड़ में जरूर कहीं खो गया लेकिन उसके चेहरे पर बेचैनी साफ झलक रही थी, कहाँ वह पार्टी के हैंगओवर में खुद को सराबोर करना चाहता था और कहाँ अब वह इस पार्टी के जल्द खत्म होने का इंतजार करने लगा।

पार्टी खत्म हो गई थी, पार्टी में शिरकत करने वाले सभी लोग जा चुके थे, रिपोर्टर्स की फौज भी निकल चुकी थी। अब हॉल में केवल दो लोग यानि तंत्रा और विजय मौजूद थे।

विजय, "क्या लेना पसंद करेंगी आप मिस तंत्रा?"

तंत्रा, "मिसेस तंत्रा कहिए। जिस पर फिदा थी, या यूँ कहें जिसे चाहती थी उसी से सगाई भी कर ली पिछले महीने।"

विजय, "इसके लिए ढेरों बधाई लेकिन आपने पार्टी एनज्वॉय नहीं की।"

तंत्रा, "मुझे खबरों का नशा है, पार्टी का नहीं।"

विजय, "ये तो अच्छी बात है। आपकी बातों से लगता है कि आप मेरे बारे में बहुत कुछ जानती हैं। ऐसा क्यों लग रहा है कि आप फिल्म बनाने वाले की ही फिल्म बना देंगी। मैं अगर आपको इंटरव्यू ना दूं तो आप मेरी इमेज भी डेंट कर सकती हैं। कुछ ऐसी ही धमकी दी थी ना आपने मुझे?"

तंत्रा, "नेवर, धमकी मैं और आप को? आप गलत सोच रहे हैं।"

विजय, "मैं सही सोच रहा हूँ। आज के दौर में पत्रकारों का पेशा ही ब्लैकमेलिंग का हो गया है। हो सकता है आप उन पत्रकारों जैसी नहीं हैं लेकिन कुछ फिल्मी पत्रकार ऐसे ही होते हैं। फिलहाल, फिल्मी दुनिया में रहते हुए भी मेरी जिंदगी बहुत ही सरल और पारदर्शी रही है। मैंने ना कभी किसी के साथ बुरा किया है और ना ही कभी मेरा दोहरा चरित्र रहा है। आप मेरे बारे में ऐसा क्या लिख देतीं कि मेरी किरकिरी हो जाती और आपकी वाहवाही।"

तंत्रा, "मेरी बातों को आपने गलत तरीके से लिया। ना तो मेरा ऐसा कोई इरादा था और ना ही है। मैं जो कुछ लिखना चाहती हूँ वो एक सच्चाई भी हो सकती है। झूठ की बुनियाद पर मैं कोई ऐसी कहानी नहीं गढ़ना चाहती, जिसे लिखने में मेरे हाथ कांपे या मैं अपनी ही खबर के छपने पर अफसोस जाहिर करूँ। मुझे लेकर आपकी सोच गलत है। इस मामले में आप शायद गलत डायरेक्शन में जा रहे हैं।"

विजय, "तो आप ही गाइड करें मिसेस तंत्रा कि मुझ जैसे डायरेक्टर को किस डायरेक्शन में जाना चाहिए।"

तंत्रा, "आप तो नाराज हो गए विजय जी। मैं तो बस मानसी से जुड़ी किताब के आखिरी के कुछ पन्नों को जो अधूरे रह गए हैं, उन्हें फिर से खोलना चाहती हूँ, जिसे शायद अभी तक आप भी नहीं पढ़ सके हैं। शायद क्या, निश्चित तौर पर आपने नहीं पढ़ा है। खैर छोड़िए, मैं सीधे मुद्दे पर आती हूँ। मैं मानसी के बारे में बहुत कुछ पहले से जानती हूँ और जो नहीं जान सकी हूँ, वह आपके जरिए जानना चाहती हूँ।"

"देखिए, मैं पहले से ही थका हुआ हूँ, अब आप मुझे और ना पकाइए। प्लीज, आप किस मानसी की बात कर रही हैं, आप किस मानसी को जानती हैं? उसके बारे में क्या जानती हैं और कितना जानती हैं? कुछ तो बताएँ।" विजय ने तंत्रा से बड़ी सहजता के साथ पूछा।

तंत्रा, "क्या आपकी फिल्म की लीड करेक्टर मानसी महज एक कोरी कल्पना है या आपकी जिंदगी के करीब है इसकी कहानी..."

विजय, "आपको क्या लगता है?"

तंत्रा, "यही कि आप जिस मानसी को महज सिनेमाई पर्दे का किरदार बता रहे हैं, दरअसल, वो किरदार एक हकीकत है। यही नहीं, अपनी रियल वाली इस फिल्मी किरदार को आज भी आप हद से ज्यादा प्यार करते हैं और उसे बेइंतहा चाहते हैं लेकिन किस हद तक...ये जानना मेरे लिए ज्यादा जरूरी है। आज आप अपने दिल की सारी बातें मुझसे कह सकते हैं, सच...मैं पहले भी कह चुकी हूँ कि ये इंटरव्यू किसी और के लिए भी उतना ही अहम हो सकता है, जितना मेरे लिए। निश्चित तौर पर आपके लिए भी मिस्टर विजय। भरोसा करें, इस इंटरव्यू की एक-एक लाइन तभी प्रिंट में जाएगी जब आप इसकी इजाजत देंगे। मैं एक जिम्मेदार और सीनियर जर्नलिस्ट हूँ। अपने पेशे को लेकर मेरे भी कुछ सिद्धांत और नियम-कायदे हैं। मैं हमेशा इस बात को जेहन में रखती हूँ।"

विजय, "...अगर आप अपने पेशे से जुड़े सिद्धांत की बात कर रही हैं तो मेरे भी कुछ सिद्धांत हैं। वर्ना मैं कभी का इस इंडस्ट्री से गायब हो चुका होता। खैर, क्या पूछना चाहती हैं आप? पूछ सकती हैं। मैं तैयार हूँ आपके हर सवालों का जवाब देने के लिए।"

विजय ने ये कहते हुए तंत्रा की ओर देखा। तंत्रा खामोश थी। उसे लग रहा था कि विजय मानसी को लेकर और कुछ जानने की कोशिश करेगा। लेकिन वह तो सीधे साक्षात्कार पर आ गया। तंत्रा ये सब सोच ही रही थी कि विजय बोल पड़ा।

"आपने कहा कि किसी और के साथ-साथ मेरे लिए भी ये इंटरव्यू अहम हो सकता है, मैं समझा नहीं मतलब...यू मीन मानसी !"

तंत्रा ने बीच में ही विजय की बातों को काटते हुए कहा, "बिल्कुल...लेकिन आप अब मुझसे कोई सवाल नहीं करेंगे, बस मेरे सवालों का जवाब देंगे...प्लीज।"

विजय, "आप बार-बार मुझ पर शर्तें क्यों थोप रही हैं? खैर चलिए, आपकी ये शर्त भी मुझे मंजूर है। मैं आपसे कोई सवाल नहीं करूँगा। लेकिन मेरी भी एक छोटी से शर्त है। मैं बोलूँगा और आप सुनेंगी, इसके अलावा कोई सवाल-जवाब नहीं, अब तो खुश !"

तंत्रा, "ये हुई ना बात। दूसरी बातों में उलझने की बजाय सीधे मुद्दे पर आते हैं और बातचीत शुरू करते हैं।"

विजय भी अबतक इंटरव्यू देने के लिए व्यवस्थित हो चुका था।

विजय, "मुझे इस फिल्म का पार्ट 2 भी लाना है। तो क्या मैं बतौर एक लेखक अपनी बातों को आपके सामने रख सकता हूँ। मैं एक अच्छा नैरेटर भी हूँ। बोर नहीं होंगी आप। ये दावा है मेरा। हालाँकि कहानी थोड़ी लंबी है लेकिन दिलचस्प।"

तंत्रा ने जैसे ही अपनी मौन स्वीकृति दी, विक्की के लब बोल पड़े।

2

इश्क का कीड़ा

"समय बड़ी तेजी से भागता है, इसका अहसास मुझे तब हुआ जब धर्म और आस्था की नगरी काशी जैसे शहर में पैदा हुआ मोहब्बत का सपोला जाने कब वाया सुल्तानपुर होते हुए संगमनगरी प्रयागराज में नागिन डांस करने लगा। इश्क को महज महसूस करने भर से पता चल जाता है कि प्यार में पतलून उतरनी तो आम बात है। इस ढाई आखर के फेर में तो आशिकों की लंगोट तक उतर जाती है, शख्स नंगा हो जाता है। लेकिन प्रेम की क्रिया से होने वाली इस प्रतिक्रिया को कुछ प्रेमी अपनी उपलब्धि मान लेते हैं तो कुछ अपने जीवन का एक शून्य अध्याय मानकर इसे भूल जाते हैं। दरअसल, कुछ आशिक यह आँकलन करने में चूक कर बैठते हैं कि मोहब्बत के जिस रास्ते पर वह चल पड़े हैं उसमें जितना वह आगे बढ़ते जाएँगे, रोमांच के साथ-साथ जोखिम की भी आशंका उतनी ही बढ़ती जाएगी।"

"मजनुओं पर जज्बाती मोहब्बत कभी-कभी इस कदर भारी पड़ जाती है कि भरी भीड़ में इज्जत उतर जाती है और आशिक के पास जबर्दस्ती दांत निपोरने के सिवा कोई दूसरा विकल्प नहीं बचता। लेकिन इन्हीं आशिकों में से कुछ आशिक ऐसे भी होते हैं जिनकी चमड़ी लड़की के पीछे घूम-घूम कर इतनी मोटी हो चुकी होती है कि कोई क्या कह रहा है, इस बात की उन्हें तनिक भी परवाह नहीं होती। ऐसे आशिक किसी छुट्टे साढ़ की तरह बेकाबू लेकिन हमेशा अलर्ट मोड में होते हैं। बात करने के लिए कोई नहीं मिला तो सरकारी बिजली के खंबे से ही प्रेमालाप शुरू कर देते हैं। मतलब उसपर दिल का आकार बनाकर अपनी प्रेमिका का नाम उकेर देते हैं...अगर आप नहीं समझीं तो इत्मीनान से समझाता हूँ...दरअसल, कुछ आशिक किसी कोठी की मालिक की बेटी पर लाइन मारते-मारते कब उस लड़की के घर की नौकरानी पर फिदा हो जाते हैं, उन्हें पता ही नहीं चलता। प्यार के इस खेल में बहुत

बड़ा लोचा है। एक नाव की सवारी करने वाले आशिक अब तो बहुत ही कम मिलते हैं। अब तो आशिक अच्छी-बुरी जैसी भी नाव पहले मिल जाए, उसी पर सवार हो लेते हैं। बस नाव में कोई छिद्र नहीं होना चाहिए वर्ना इसके डूबने की आशंका बढ़ जाती है। मतलब अगर आशिकी में किसी एक पक्ष ने भी बेवफाई को बैसाखी बनाई तो प्यार का नाज़ुक धागा टूट जाता है। देसी और ठेठ अंदाज में कहें तो इस वेराइटी के आशिकों को दगाबाज बलमा कहते हैं।"

ये कहते ही विजय के चेहरे पर मुस्कान फैल गई। उसके जेहन में एक ऐसी बात आई थी, जिसका जिक्र किए बगैर उसे रहा नहीं गया।

"इसे आप मजाक नहीं समझिएगा, दरअसल, दरभंगा में एक दामाद को उसकी सास इतनी पसंद आ गई कि वह अपनी पत्नी को मायके में छोड़ कर अपनी सासू माँ के साथ फरार हो गया। ऐसे लोग को दगाबाज बलमा इसलिए कहते हैं क्योंकि पहले तो ऐसे लोग अपनी पत्नी को दगा देते हैं, बहुत ही बड़े वाले इश्कबाज होते हैं और बलपूर्वक अपनी लुगाई की माँ का ले उड़ते हैं।"

"खासतौर से ऐसा मामला मोटी चमड़ी वाले आशिकों से जुड़ा है। दरअसल, इनकी भाँति-भाँति की वेराइटी होती है। कुछ घाट-घाट का पानी पीने वाले आशिक होते हैं तो कुछ एक ही घाट पर पूरी दम-खम के साथ अपना खूँटा गाड़कर डटे रहते हैं। लड़की जब तक पट ना जाए या जबतक उसकी शादी ना हो जाए, वह अपने मिशन में लगे रहते हैं। इस क्रिया की प्रतिक्रिया में भी आशिक की खाल का मोटा होना पाया गया है। कुछ आशिकों की खाल तो गैंडे से भी ज्यादा मोटी हो जाती है। ऐसे आशिक किसी और से शादी हो जाने के बाद भी कथित तौर पर अपनी पुरानी वाली प्रेमिका का पिंड नहीं छोड़ते, जबतक पुरानी वाली उनकी रेटिना के रडार से हमेशा के लिए गायब ना हो जाए।"

"मेरा भी हाल इन्हीं मोटी खाल वाले जिद्दी आशिकों जैसा ही हो गया था। दिल लगाने के चक्कर में मैंने भी एक ही लड़की के आगे-पीछे टहलते हुए लटके-झटके वाला धरती पकड़ नागिन डांस किया। उलट-पलट कर, उछल-कूद कर, जैसे जी चाहा वैसे किया। मोहब्बत में खुद को ऐसा नाच नचाया कि देहातों में शादी के दौरान नाच-गाना करने वाला एक पेशेवर लवंडा भी मेरे आगे फेल हो जाए। फिलहाल बेपनाह प्यार के मकड़जाल में मैं बुरी तरह से फंस चुका था। मुझे पता चल चुका था कि मैं अफ्रीका के किसी ऐसे घनघोर अंधेरे जंगल में प्रवेश कर चुका हूँ जहाँ से

निकलना बेहद मुश्किल है। वैसे भी प्यार के दलदल में फँसने में जितना मजा आता है...कसम से, उससे कहीं अधिक मजा इस मकड़जाल से निकलने की जद्दोजेहद करने में आता है। फिलहाल, दिल के लेन-देन के तिलस्मी फार्मूले को सुलझाने के चक्कर में जिस खालिस गोरी चमड़ी वाली लड़की पर मेरा दिल फिदा था, उसने कभी ठीक से मेरा दीदार करना भी गवारा नहीं समझा था। प्यार के इजहार करने की बात तो फिलहाल कोसों दूर की बात थी। लेकिन कैंडीक्रश गेम की तरह मैंने भी प्यार की मिठास की उम्मीद को कभी भी नाउम्मीदी में तब्दील नहीं होने दिया और अपने मन के पटल पर ख्याली रील बनाने लगा जैसे आजकल के लड़के-लड़कियाँ इंस्टाग्राम पर व्यूज पाने और वायरल होने के लिए बिना सिर-पैर वाले वीडियो अपलोड करते रहते हैं।"

"मैं इलू-इलू के भ्रम में रहते हुए खुद के दुर्घटनाग्रस्त होने का कम से कम एक चांस तो लेना ही चाहता था। साथ ही इस इंतजार में लगा रहता था कि मुझ जैसे गधे पहलवान पर जाने कब खुदा मेहरबान हो जाए। मुझे इस बात का पक्का अहसास था कि 'मेरी वाली' की धड़कनें मेरे लिए धड़कें या ना धड़के, लेकिन मेरा दिल तो सिर्फ उसके लिए ही धड़कता है...जोर-जोर से धड़कता है। मेरी इस सोच पर कोई भी मुझे उल्लू का पट्ठा कह सकता था। सब कुछ जानते-बूझते हुए भी मैं हर बार इस उम्मीद के साथ उसकी ओर देखता कि शायद वह मुझे देखकर एक बार ही सही, मुस्कुराते हुए अपनी दिलकश अदा के दर्शन करा दे। उसे इंप्रैस करने के लिए मैंने जाने कितनी बार अपने कपड़ों को शहर के सबसे महंगे लॉउंड्री बॉक्स में धुलवाया। कितनी बार अपनी हेयर स्टाइल की ऐसी-तैसी की। रोजाना झाड़-पोंछ कर और फेयरनेस क्रीम लगाकर घर से इसलिए निकलता था कि शायद वह पलट कर मेरी ओर देखेगी और मैं अपने मिशन-ए-मोहब्बत में खुद को लहुलुहान मतलब कुर्बान कर दूँगा।"

"सच कहें तो मेरी चाहत पर बुरी नजर लगाने वालों की भी कोई कमी नहीं थी। जब भी सज-संवर कर राजा बाबू की तरह निकलता, तेज आवाज के साथ मेरे बाप की दिल दहला देने वाली कर्कष आवाज स्पीड ब्रेकर की तरह मेरा रास्ता रोक लेती थी। जब तक पलटता उनकी जल्लाद जैसी परछाई मेरे शुभ मुहुर्त का सत्यानाश कर चुकी होती थी। इस तरह मेरी जेहन में चल रही रोमांटिक फिल्म पर्दे पर आने से पहले ही फ्लॉप हो जाती थी।"

बाप की गर्जना होती, "क्यों बे, इतना सज-धजकर पढ़ने जा रहे हो या किसी पड़ोसी की बारात में। तनिक हमें भी तो पता चले।"

"मैं बगलें झाँकते हुए पतली गली से निकल लेता, मन में आता कि कह दूँ, "अपनी जिंदगी में तो पाजामें का नाड़ा ठीक से बाँध नहीं पाए। अब मेरा समय आया है तो क्या चाहते हो...चटख रंगों वाली चड्ढी-बनियान में ही पूरी जिंदगी गुजार दूँ।" लेकिन जानता था कि मुँह से कुछ निकला नहीं कि सुताई हो जाएगी। किसी गंदे कपड़े के जिद्दी दाग की तरह धुल दिया जाऊँगा। साथ में कांटे की तरह चुभने वाली गालियाँ पड़ेगी सो अलग। पूरे जल्लाद थे मेरे बाप। वह कई बार मेरी कुटाई कर चुके थे। एक बार तो ऐसी मार पड़ी कि टॉयलेट जाना भी मुश्किल हो गया था। उन्होंने ऐसी पीटा कि महीनों बवासीर का इलाज करवाना पड़ा था।"

"सच कहूँ तो पांचवीं कक्षा तक तो हालत ये थी कि थोड़ी सी गलती क्या हुई, बाप पूरे कसाई बन जाते थे और जब तक पैंट गिली ना हो जाए, पिटाई जारी रहती थी। कुटाई की क्रिया से मेरी भीगी चढ्ढी को देखकर पड़ोसी लोग भले ही पसीज जाएँ लेकिन मेरे बाप का दिल नहीं पसीजता था। वह अपनी इस हैवानियत को मेरे डर का सर्टिफिकेट मानते थे। हमारे बाप जब हमको कूट कर निकल जाते थे तो हम भी झाड़-पोछ कर खड़े हो जाया करते थे और भाग कर आम के बगीचे में दूसरे लड़कों के साथ खेलने लगते थे।"

"बचपन में मेरे लिए अपने पिताजी से मार खाना ब्रेकफॉस्ट, लंच और डिनर के जैसा था। एक तरफ मैं लतिआया जा रहा होता था तो दूसरी ओर मेरी माँ घर के एक कोने में बैठी रो रही होती थी। जैसे-जैसे मैं बड़ा होता गया मेरे ऊपर लातों की कम बातों के तीर ज्यादा चलने लगे। लेकिन मेरी इज्जत के तार-तार होने का सिलसिला पहले की ही तरह बदस्तूर जारी रहा। मैं भी कब तक बर्दास्त करता, मेरी भी जुबान खुल गई थी। मेरे जवान होते डोले-सोले और बाप की फनफनाती फटकार के बीच हमारी कभी-कभी जोरदार जुबानी जंग का होना, सामान्य सी बात हो गई थी।"

"इस तरह के होने वाले गैरजरूरी नोक-झोंक के बीच हम दोनों के लिए ही अपने-अपने आत्म सम्मान और स्वाभिमान को बचाए रखना एक व्यक्तिगत चुनौती होती थी। लेकिन ये भी एक सच्चाई थी कि जुबानी जंग के दौरान अब शारीरिक तौर पर बाप और आर्थिक तौर पर मैं लाचार दिखता था। बेरोजगार जो था। बाप के टुकड़ों पर पल रहा था। इसी मोर्चे पर मेरा पक्ष दीन-हीन बनकर सबकुछ बर्दास्त कर लेता था। बेरोजगारी के चलते कई बार तो मुझे ऐसी बातों के लिए भी उलाहना सुनना पड़ता था, जिसके लिए मैं सीधे तौर पर दोषी नहीं होता था। लेकिन क्रिया की प्रतिक्रिया होनी भी स्वाभाविक थी। हम दोनों कभी-कभी नैतिकता की दीवार फाँद जाते थे और

अपनी सेल्फ रिस्पेक्ट को बचाने के फेर में सामने वाले की इज्जत का फालूदा बना देते थे। लेकिन अधिकांश तौर पर यही होता था कि मैं बाप की असहज बातों को भी हाजमोले की गोली समझकर खा लेता था और डकार मार कर घर से बाहर निकल जाता था। इनकी बातों को जबरन पचाने के सिवा मेरे पास कोई और चारा भी तो नहीं था। क्योंकि बाप के रहमो-करम पर ही मैं छाती चौड़ी कर समाज में अपनी मौजूदगी का अहसास कराता था।"

"मेरी मोहब्बत भी मेरी जवान होती सोच के चलते आहिस्ता-आहिस्ता ही सही पर धैर्यता के साथ परवान चढ़ रही थी। एक दिन कि बात है, जैसे ही मैं घर से टिप-टॉप (सजधज कर) होकर स्कूल के लिए निकला। ना चाहते हुए भी मेरी टक्कर सीधे पिताजी से हो गई। मैंने उस दिन डियोडोरेंट मार रखा था। चेहरे का माहौल खुशनुमा और आस-पास का माहौल खुशबूमय था लेकिन बाप तो बाप होता है। उन्हें तो मेरी मिट्टी पलीद करनी थी। बीच रास्ते में ही शनिचर बनकर खड़े हो गए।"

"बड़ी जल्दी में हो बेटा, लगता है कई दिनों से नहाए-धोए नहीं हो जो ई गमकउआ सेंट-वेंट मार कर पढ़ने जा रहे हो। स्कूल है कि फैशनबाजी का अड्डा?"

मैंने सहमते हुए कहा, "अरे वोsss, आज टीचर्स डे है ना...आज हम अपने से छोटी क्लास के बच्चों को पढ़ाएँगे।"

"का बोले? पढ़ाओगे !, छिछोरों को ज्ञान बाँटते हो, ये बात समझ में आती है। लेकिन छोटकन बचवन को क्या पढ़ाओगे ? सचमुच इतनी ज्ञान की प्राप्ति हो गई है तुम्हें? वैसे तो आजकल तुम अपने बाप को भी पढ़ाने लगे हो। लेकिन हम भी तुम्हरे बाप हैं बाप ! इतनी पड़ेगी कि पेचिस पड़ जावेगी। ससुरा खुद तो ठीक से पढ़ नहीं पा रहा है और चला है छोटकन बच्चों को पढ़ाने।"

मुझे भी गुस्सा आ गया। ना चाहते हुए भी मुँह से निकल गया, "आप हमेशा उल्टा ही बोलते हैं। कभी तो ठीक से बोल लिया करें।"

"उल्टा का बोल दिए ससुरे। मुझे तो तुम्हरे लक्षण ही उल्टे दिखाई दे रहे हैं। चेहरे पर पाऊडर की लिपापोती और ऊपर से खुशबूदार माहौल। ये सब किसके लिए है बेटा। छोटकन बच्चों को इत्रज्ञान समझाओगे का? साफ-साफ बोलो कि लड़की-वड़की का कौनो चक्कर चल रहा है तुम्हरा। बेटा बाप हैं तुम्हारे, पेट की मरोड़ से समझ लेते हैं कि का खाए हो आज। चले हमीं को बकड़बाजी का पहाड़ा पढ़ाने।

कहो तो केवड़ा जल से नहला दें। पूरा बदन सुगंधित हो जावेगा। गधा कहीं का। कहीं नहीं जाना है, घर की ड्यूटी बजाओ। बहुत काम पड़ा है। ये इत्र-वित्र सब पसीने में बह जावेगा !"

बाप की बातें सुनकर मुझे गुस्सा तो बहुत आ रहा था लेकिन कर ही क्या सकता था। मेरा गुस्सा मेरे चेहरे पर साफ-साफ दिख रहा था। चेहरे पर मेरे हाव-भाव को देखते ही मेरे बाप फिर से फट पड़े।

"तेवर तो देखो इसके...कुकुर का पिल्ला..."

पिल्ला शब्द सुनते ही मेरे अंदर का गुस्सा आखिरकार फूट ही पड़ा।

"अभी आपने मुझे गधा कहा था और अब कुकुर का पिल्ला...विज्ञान में कहीं साक्ष्य नहीं मिलता कि कुत्ता कभी गधा पैदा कर सकता है। आज आप तय ही कर दो कि मैं गधा हूँ या कुकुर का पिल्ला।"

जब तक मेरे बाप गधे और पिल्ले के खेल में उलझते, मैं वहाँ से नौ-दो-ग्यारह हो गया।

विजय की बातें सुनकर तंत्रा को हँसी आ गई। तंत्रा को हँसते देख विजय भी हँस दिया। इसके बाद विजय ने एक ठंडी आह भरी और फिर बोलना शुरू कर दिया।

"अपनी वाली को इंप्रैस करने का ये एक एक अच्छा मौका मिला था लेकिन इसमें भी बाधा उत्पन्न हो चुकी थी। पिताजी ने टुल्लू की खराब मोटर को बनवाने के लिए कह दिया था। ना-नुकुर करने का सवाल ही नहीं था। मौके पर तो गधे को भी बाप कहना पड़ता है, खैर ये तो मेरे सचमुच के बाप थे। फिलहाल पिताजी मेरे हाथ में टुल्लू की मरम्मत का काम सौंप कर किसी दूसरे काम में लग गए।"

"अब तक मैं समझ चुका था कि मेरे बाप को लड़की जात से ही नफरत है। दरअसल, मेरे बाप की पकौड़े जैसी नाक थी। ऊपर से गोल-मटोल शरीर। ऐसे में कोई लड़की सटी ही नहीं होगी इनसे, तो पटेगी कहाँ से। कसम से वह अपनी पूरी फ्रस्ट्रेशन मुझपर उतार रहे थे।"

"घर की बेगारी करने के बाद अगले दिन मैं स्कूल पहुँचा। दोस्तों से पूछा, कल की कैसी रही। सबकी जुबाँ पर बस एक ही बात थी "अबे तुम्हारी वाली कल साड़ी में

आई थी, बहुते खूबसूरत लग रही थी। एकदम लल्लन टॉप। चरस बो रही थी चरस। क्या लग रही थी साड़ी में। तुम काहे नहीं आए? मिस कर दिए अपनी मिस को।"

"जाहिर बात थी, मेरी वाली वो दिखने बहुत सुंदर और खुशमिजाज लड़की थी। वह अपनी खूबसूरती और कामायनी काया पर इतराती और इठलाती थी तो मैं भी इस गुमान में इतराता फिरता था कि मैं एक ऐसी लड़की का दिवाना हूँ जिस पर स्कूल के सारे लड़के फिदा हैं। कुछ तो उसका प्यार पाने के लिए फिदायीन बनने को भी तैयार थे। मेरे कुछ यार तो उसकी चाहत में इस कदर पागल थे कि कई बार तो आपस में ही सिर-फुड़व्वल कर लेते थे। लेकिन इस मामले में मेरी दीवानगी बाकी दिलजलों से थोड़ी हट कर थी। मैंने सार्वजनिक तौर पर उसके प्रति अपनी मोहब्बत का कभी खुलकर इजहार नहीं करता था। उसके लिए किसी से लफड़ा भी नहीं किया था। लेकिन नजर भाँपने वाले पकड़ ही लेते हैं कि किस लड़के की किस लड़की पर नजर है। कौन...कहाँ...किसके साथ टाँका भिड़ाने की जुगत में है। यहाँ तो मेरे मामले में बस वनवे ट्रैफिक था। दरअसल मैं उसकी महज एक झलक पाने की बात सोच कर ही मन ही मन में रोमांचित हो उठता था।"

3

लहरकटिया डांस

विजय अपनी बात पूरी कर गौर से तंत्रा की ओर देखा और पूछा, "मुझे नहीं लगता कि इतनी कहानी सुनाने के बाद भी मुझे उसका नाम बताना पड़ेगा।"

तंत्रा ने हँसते हुए कहा, "आप जिस रूमानियत के साथ उसका नाम अपनी ज़ुबा से लेंगे...उसके अपने अलग ही मायने होंगे। सच ये है कि मैं आपके मुँह से उस लड़की का नाम सुनना चाहती हूँ।"

आप मेरे मुँह से ही उगलवाना चाहती हैं तो सुनिए, "उसका नाम मानसी था। सॉरी, था नहीं है। जिस मानसी की कहानी सुनने के लिए आप मुझसे थोड़ी देर पहले जिद कर रही थीं वही मानसी। मेरी मानसी ने मेरे मानस पटल पर अपनी ऐसी अमिट छाप छोड़ी है जो आज तक कायम है। मानसी मेरी क्लास की सबसे होशियार और क्यूट लड़की थी। गजब की सुंदर। उसे देखते ही मेरा कलेजा धक-धक करने लगता था। लेकिन मैं उसकी चेहरे की सुंदरता पर नहीं बल्कि उसकी आँखों की चंचलता पर फिदा था। उसकी लट्टू की तरह नाचती आँखों ने मुझे उसके आगे-पीछे खूब घुमाया था। मैं जब भी उसे देखता, जी चाहता था कि उसकी आँखों के रास्ते दिल में उतर कर मोहब्बत की दरिया में जी भर कर गोते लगाऊँ। लेकिन भगवान को तो जैसे मुझ जैसे गेहुँवन साँप पर किसी रूपवती नागिन के फिदा होने की कहानी शायद मंजूर नहीं थी। इसके बावजूद मैं अपनी संजीदगी से उसे अपनी ओर आकर्षित करने का भरपूर प्रयास करता था। लेकिन एक वह थी जो भाव ही नहीं खाती थी। उसे रिझाने की मेरी सारी मेहनत पर पानी फिर जाता था। कभी-कभी ऐसा लगता कि उसके पीछे पागल होना मेरा दीवानापन था । लेकिन मेरे दिल की भी 'दिल है कि मानता नहीं' जैसी हालत थी, जिससे मैं आज तक उबर नहीं सका हूँ। जो सच्चाई है, उससे इनकार नहीं किया जा सकता।"

उसे शायद मेरी नादानियाँ पसंद नहीं थीं। सच कहें तो उसने मेरी सभी अल्हण हरकतों को इग्नोर कर दिया था। मुझे तो एक बार भी ऐसा नहीं लगा कि उसने मेरी शरारतों को समझने की कोशिश की हो। शायद वह साबित करना चाहती रही होगी कि वह मेरी फालतू की हरकतों की परवाह नहीं करती है। लेकिन दिल लगाने के मामले में मैं भले ही लंपट साबित हो रहा था किंतु मेरी चाहत में गंभीरता थी। मुझमें इश्क फरमाने के टाइम ड्यूरेशन को लेकर थोड़ी भी परवाह नहीं थी। मैं इस मामले में पंचवर्षीय योजना के साथ मैदान में उतरा था। उसे पाने के लिए लंबा इंतजार मुझे कबूल था। इसकी एक बड़ी वजह भी थी। वह अगर मेरे प्यार को स्वीकार कर भी लेती तो क्या मैं उसे अपनी मोहब्बत की छाँव में शरण दे पाता। शायद नहीं, क्योंकि उसके नाम की आहें भरने वाली साँसे भले ही मेरी थी। लेकिन मैं अब भी अपने बाप के टुकड़ों पर पल रहा था। पट भी जाती तो क्या कर लेता। इसलिए मैं प्यार-मोहब्बत के इस खेल को लंबा खींचना चाहता था। मेरी पूरी कोशिश थी कि मोहब्बत की कचहरी में मुझे तारीख पर तारीख मिलती रहे, जब तक कि मैं बेरोजगारी की कतार से निकलकर रोजगारों की जमात में शामिल ना हो जाऊँ।"

"जाहिर है, प्यार के मामले में मेरे धैर्यवान बने रहने में ही मेरी भलाई थी। यही कारण था कि मैं रोमाँस की पिच पर T-20 मैचों में चौके-छक्के लगाने की बजाय टेस्ट मैच के खेल की तरह टुक-टुक बल्लेबाजी कर रहा था। मोहब्बत के मठाधीषों का भी कहना है कि प्यार की तत्काल पड़ने वाली नींव हमेशा कमजोर होती है और इस तरह के प्यार में टिकाऊपन के लक्षण नहीं के बराबर होते हैं। फेविकोल की तरह रिश्ते के जोड़ को बेजोड़ बनाने के लिए मेरे पास इंतजार से बेहतर कोई उपाय नहीं था। मैं Wait & Watch यानि देखो और इंतजार करो का फार्मूला अपनाने पर मजबूर था।"

"घरेलू स्थितियाँ ऐसी नहीं थीं कि मैं अपनी वाली को गिफ्ट-विफ्ट दे कर उसे इंप्रैस कर पाता। फिलहाल तो मैं इन चक्करों में पड़ने वाला भी नहीं था। पारिवारिक आर्थिक हालात को देखते हुए हौले-हौले प्यार करना ही मेरे लिए श्रेयकर था। इस काम को मैं बड़ी ही जतन से कर भी रहा था। उसी तरह जैसे आजकल के लड़के अपनी गर्लफ्रेंड को इंस्टाग्राम पर अपनी झमाझम वाली कोई तस्वीर शेयर करने के बाद WhatsApp पर उससे घंटो चैटिंग करते रहते हैं। ऐसे आशिक किसी कोने में पड़े-पड़े चैट करने में इतने लीन हो जाते हैं जैसे वो ध्यानासन जैसी किसी योग क्रिया में खो गए हों। हालाँकि, ऐसी परिस्थितियाँ बहुत ही खतरनाक होती हैं। मेरे लिए तो ये हालात मोर दैन डैंजरस था।"

मेरे जल्लाद बाप को अगर मेरी चाहत का पता चल जाता तो वे मेरा सिर मुड़ा कर मुझे मोहल्ले में ऐसे कार्टून की तरह पेश करते जैसे मैं किसी सर्कस का कोई जोकर हूँ। लेकिन मैं भी तो उनकी ही औलाद था। पता कैसे लगने देता। वे मुझे इतना कूट चुके थे कि मैं अब थेथरई के मामले में PHD कर चुका था। उनकी बातें एक कान से सुनना और मौका पाते ही दूसरे कान से निकाल देना मेरी आदत बन चुकी थी।"

"ऐसा ही एक बार का वाक्या मैं आप सबके साथ शेयर करना चाहता हूँ। मैं ग्यारहवीं कक्षा में था। मेरे एग्जाम चल रहे थे। पढ़ाई-लिखाई को लेकर मेरी दो सबसे बुरी आदतें थीं। पहला, टहल-टहल कर पढ़ना और दूसरी बुरी आदत ये थी कि रात को सभी के सो जाने के बाद मैं पढ़ाई करता था। मैं कई बार पढ़ने-पढ़ते अपने घर के छज्जे पर भी आ जाता था। जाड़े की सर्द रात थी। अगले दिन अंग्रेजी का पेपर था। जाने कब मैं पढ़ते-पढ़ते छज्जे पर आ गया, मुझे खुद पता नहीं चला। मेरे घर के सामने मेरी ही उम्र की समीना नाम की एक सुंदर लड़की रहती थी। उसके घर की खिड़की अक्सर खुली हुई थी। उसके भी पेपर चल रहे थे। लेकिन जाड़े की सर्द रात में वह खिड़की खोल कर क्यों पढ़ाई करती थी, मुझे आज तक इसका जवाब नहीं मिल सका।"

"समीना भी मेरे ही एज ग्रुप की लड़की थी। हालाँकि वह किसी दूसरे स्कूल में पढ़ती थी। इसलिए मेरी उसकी ज्यादा बातचीत नहीं होती थी। मेरे अंदर उसे लेकर थोड़ा भी आकर्षण नहीं था। इसलिए मेरे मन में उसे लेकर कोई चोर नहीं था। लेकिन मेरे बाप के मन में मेरे और समीना को लेकर बहुत कुछ चल रहा था। कितने दिनों से चल रहा था, ये तो मुझे नहीं पता। लेकिन वह अक्सर मेरी खुली खिड़की देख कर समीना के घर की खिड़की को ओर जरूर देख लेते थे। मैंने कभी उनकी इस हरकत पर कोई खास गौर नहीं किया था। क्योंकि मैं पहले ही बता चुका हूँ कि मेरे मन में समीना को लेकर कोई ऐसी-वैसी बात नहीं थी। फिलहाल, समीना के चलते मैं खुद के साथ घटी दुर्घटना पर आता हूँ।"

"मैं उस दिन अपने घर के छज्जे पर चहलकदमी करते हुए अंग्रेजी की रटाई में लगा था और उधर समीना भी खिड़की खोल कर मेरी ओर मुँह कर शायद पढ़ने का स्वाँग कर रही थी। इसी बीच मेरे बाप मेरे पीछे से आए और मैं इस बीच कुछ समझ पाता कि वह मेरी अमिताभ कट फिल्मी जुल्फों को अपने कड़क हाथों में लेकर लगभग घसीटते हुए कमरे के अंदर ले जाने लगे। समीना ने ये सब कुछ होते देख लिया था। एक तरफ मेरे बाप की मुझे घसीटते हुए घर में ले जाने की क्रिया हो रही थी तो दूसरी ओर प्रतिक्रिया के तौर पर मेरे कानों तक समीना की खिड़की के बंद होने

की आवाज आई थी। मेरी जुल्फें भले ही मेरे बाप के शिकंजे में थीं लेकिन मेरी आँखें खौफजदा होते हुए भी आजाद थीं। मैं समझ गया था कि समीना की खुली खिड़की ने कांड कर दिया है। समीना तो खिड़की बंद कर मैदान से भाग खड़ी हुई थी लेकिन मैं किधर भागता। मैं समझ नहीं पा रहा था कि मुझे किसी बात की सजा दी जा रही है। रात में पढ़ाई करने की या समीना की शनीचरी नजरों की। दरअसल, मेरी समझ में तो सब कुछ आ गया था लेकिन मैं ही समझने को तैयार नहीं था कि मेरी कुटाई की वजह समीना है।"

"घर के अंदर ले जाकर मेरे बाप ने मेरी ऐसी चकल्लस कुटाई की, जिसे याद कर आज भी मैं सिहर उठता हूँ। बाप को लगा कि मैं पढ़ाई के बहाने समीना से इश्क फरमा रहा हूँ। माँ को भी लगा कि उनका सीधा-साधा लड़का उस जवान होती कुलक्षणी समीना के फेर में पड़ गया है। लेकिन सच्चाई यह थी कि मैं एक उच्चकोटि की गलतफहमी का शिकार बन चुका था। शुद्ध देसी हिन्दी में गरियाए जाने के बाद मुझे अगले दिन अंग्रेजी का पेपर देने भी जाना था। लेकिन पेपर देने से पहले ही मेरी हालत इस कदर खराब हो चुकी थी, जैसी अंग्रेजों ने भारतवासियों को गुलाम बनाते वक्त की थी। दरअसल, बाप की कुटाई से मैं बीमार पड़ गया था। जैसे-तैसे मैंने स्कूल जाकर परीक्षा दी। लौटते वक्त रास्ते में साइकल की सवारी करती समीना मिल गई। उसने दया भाव से मेरी ओर देखा...हँसी...मुस्कुराई और ये कहते हुए आगे बढ़ गई – "सॉरी डियर, मेरे चक्कर में तुम लतिया दिए गए। बहुत बुरा हुआ।" फिलहाल, मैं उस पर कोई जवाबी हमला कर पाता कि उससे पहले ही वह साइकिल की पैडल मारते हुए मेरी आँखों से ओझल हो गई।"

"समीना पर गुस्सा तो मुझे बहुत आया लेकिन मैं मन मसोस कर रह गया। मेरी पिटाई में समीना का बहुत बड़ा हाथ था जो सर्द रात में खुली खिड़की से जाने-अनजाने मेरा दीदार कर रही थी। दिल केवल लड़कों के पास थोड़े ही होता है, लड़कियों के पास भी होता है। शायद उस समय समीना के दिल में भी मेरे लिए 'कुछ-कुछ होता है' वाली फिलिंग रही हो। फिलहाल, स्कूल टाइम के दौरान मेरी जिंदगी में बहुत सी समीना आईं और गईं। लेकिन मेरा दिल तो मेरी अपनी वाली यानि सिर्फ मानसी जैसी खूबसूरत लड़की पर अटका हुआ था। उसके लिए मैं कुछ भी करने को तैयार था। मानसी के सिवा मेरे दिल में किसी और के लिए कोई जगह बन भी नहीं सकती थी।"

"कई बार तो मुझे ऐसा लगने लगा था कि जैसे मैं आधिकारिक तौर पर मानसी को प्रभावित नहीं कर पाने के लिए श्रापित हूँ। तभी तो मेरे सामने ही एक से एक

चपड़गंजू किसी सुंदर हसीना को लेकर 'खुल्लम-खुल्ला प्यार करेंगे हम दोनों' गाना गाते हुए पार्क में टहलते मिल जाते थे। एक मेरे जैसा बेपरवाह अड़ियल आशिक था जो कि मानसी के अलावा किसी दूसरी लड़की को घास तक नहीं डालता था। बताता चलूँ कि उसकी दिवानगी के चक्कर में मुझे कई बार लहरकटिया डांस तक करना पड़ा। सही सुना आपने 'लहरकटिया डांस'... चौंकिए नहीं, यहाँ मामला 'मैं नागिन तू सपेरा' वाली थ्यूरी से बहुत कुछ मिलती-जुलती है। लेकिन ये एक तरह से नाच-गाना कम, खेला ज्यादा होता है। इसमें किसी रूपवती नागिन के काटने से आशिक की मौत तो नहीं होती है। लेकिन इसका जहर आशिकों की नसों में बहने वाली व्हाइट ब्लड सेल (WBC) यानि श्वेत रक्त कोशिकाओं से मिलकर ऐसा जज्बाती असर पैदा करता है कि पूछो मत ! जिस तरह सपेरे के आगे नागिन मस्त मगन होकर डांस करती है, उसी तरह लहरकटिया डांस में भी आशिक अपनी मासूका को देखते ही इतना जज्बाती हो जाता है कि उसके आगे लटक-झटक-सिर-पटक वाली हरकत करने लगता है। इसी को शुद्ध देहाती भाषा में कहते हैं लहरकटिया डांस।"

"यूँ समझें कि लहरकटिया सिंड्रोम का शिकार व्यक्ति जैसे ही अपनी माशूका के पसीने की सुगंध पाता है, उसके दिमाग से डोपामाइन नामक एक हैप्पी केमिकल रिलीज होने लगता है। इस क्रम में उसकी आँखों की रेटिना में जैसे ही उसकी माशूका कैद होती है, आशिक तत्काल प्रभाव से लहरकटिया डांस के मोड में आ जाता है। जब तक उसे माशूका की शादी के निमंत्रण पत्र के दर्शन नहीं हो जाते, वह अपनी प्रेमिका के आगे-पीछे इस अद्भुत लहरकटिया डांस का सिलसिला जारी रखता है। आम तौर पर उत्तर प्रदेश और बिहार के कुछ इलाकों के अंतर्गत आने वाले आशिकों के अंदर ऐसे सिंड्रोम के वायरस ज्यादा एक्टिव रहते हैं। देसी बोलचाल में इस तरह के विचित्र सिंड्रोम से पीड़ित आशिकों को दिल लहरी आशिक कहते हैं।"

"मौजूदा समय की बात करें तो शहर में प्रकोप फैलाने के बाद लहरकटिया सिंड्रोम का संक्रमण अब ग्रामीण आशिकों में बुरी तरह फैल चुका है। खासकर जैसे ही श्रीदेवी वाली सुपर हिट फिल्म नगीना का 'मैं नागिन तू सपेरा' वाला गीत किसी शादी-ब्याह में बजता है, करमजले आशिक इस गाने पर डांस करने लगते हैं। खासकर शहरों से लगे इलाकों में इस प्रकार के देसी अंदाज के सिंड्रोम से पीड़ित प्रेमियों की संख्या में लगातार बढ़ोतरी देखने को मिल रही है।

"तेजी से बदलते रोमांटिक माहौल के साथ-साथ प्रेमियों का ठिकाना बन चुके फेसबुक, वाट्सऐप और इंस्टाग्राम ने भी प्यार करने के तौर तरीकों को पूरी तरह से या

यूँ कहें कि बुरी तरह से बदल कर रख दिया है। इनकी सोच इस कदर आगे निकल चुकी है कि सोशल मीडिया पर नंगा प्रदर्शन करने वाले आशिक अब अपने शरीर के अतरंगी अंगों पर टैटू नाम की छिपकली बिठा कर अपने प्यार का इजहार करने लगे हैं। पहले के दौर की बात करें तो "कांटा लगा" वाले प्रेमी अपनी भावनाओं के प्रचार-प्रसार और विस्तार देने के लिए मौसम विभाग के हिसाब से ग्रीटिंग कार्ड्स का इस्तेमाल करते थे। हर महीने के लिए अलग-अलग ग्रीटिंग कार्ड। इन ग्रीटिंग कार्ड्स की कीमत एक रूपये से लेकर हजारों तक में होती थी। इन मोहब्बती कार्ड के जरिए प्रेमी अपनी दिलरूबा से प्यार का इजहार करने के लिए उसकी किताब के अंदर कोई सड़क छाप शायरी वाला कार्ड चोरी से रख देते थे। लड़की जब किताब को पढ़ने के लिए उसके पन्नों को पलटती थी तो उसकी मादक मुस्कुराहट बता देती थी कि उसे किताब की दो पन्नों के बीच गुलाब की पंखुड़ियाँ या कार्ड्स के साथ कोई चवन्नी छाप शायरी दिख गई है। लड़की भी धक-धक करने लगा वाली फिलिंग के साथ ग्रीटिंग कार्ड को संभाल कर रख लेती थी और जैसे ही खुद को अकेले में पाती थी, उसे निकाल कर अपने सीने से मानो ऐसे लगा लेती थी जैसे वह साक्षात प्रेमी को अपने कलेजे से लगा रही हो।"

4

रोमांस का रोमांच

विजय ने पानी की बोतल उठाकर दो घूँट पानी पिया और फिर पानी की बोतल तंत्रा की ओर बढ़ा दिया। जैसे ही तंत्रा ने पानी पी कर बोतल को साईड में पड़े टेबल पर रखा। विजय फिर से शुरू हो गया।

"तंत्रा तुमने भी तो कभी किसी से प्यार किया होगा? किया तभी तो उसी शख्स से सगाई भी कर ली। फिलहाल, मैं जो बात कहने जा रहा हूँ, उसे ध्यान से सुनना। हम इस समय कहानी के एक रोमांचक मोड़ पर हैं।"

"इजहार-ए-मोहब्बत के तौर-तरीकों में बदलते समय के साथ काफी व्यापक बदलाव आया। घर–घर में मनोरंजन के साधन के माध्यमों के जरिए ये बदलाव देखे गए हैं। पहले रेडियो, फिर ब्लैक एंड व्हाईट टीवी, इसके बाद ड्राइंग रूम में रंगीन टेलीविजन ने जगह ले ली। कुछ दिन तक तो आशिकी का दस्तूर दूरदर्शन के पैटर्न पर आधारित रहा। लड़का-लड़की आँखों ही आँखों में दूर से दर्शन कर लिया करते थे। बहुत हुआ तो छत के छज्जे पर खड़े होकर दूसरी छत पर दूर खड़ी प्रेमिका के साथ थोड़ी बहुत गुटुर-गूँ कर ली। इससे भी मन नहीं भरा तो प्यार भरी फिलिंग के साथ लव लेटर लिख कर लड़की या लड़के तक पहुँचा दिया। लेकिन उन दिनों स्पर्श सुख पर पूरी पाबंदी थी। इसका सुखद आनंद महसूस करना पूरी तरह से वर्जित था। फिर हाथ का झुनझुना बने मोबाइल ने आते ही संचार जगत के साथ-साथ प्यार की दुनिया में भी मानो क्रांति ला दी। चोरी-चोरी छुप-छुप कर मिलने-जुलने की जगह मोबाइल से होने वाली गुपचुप बातचीत ने ले ली।

'लव सेक्टर' से जुड़े शेयरों में बहुत कम समय में अच्छी-खासी तेजी देखने को मिली। 1991 में भारत में लागू हुई ग्लोबलाइजेशन यानि उदारीकरण की पॉलिसी

ने देश की आर्थिक दिशा और दशा को बदल कर रख दिया और इस दौरान स्टॉक मार्केट ने जो रफ्तार पकड़नी शुरू की...वो आज भी कायम है। जिस तरह स्टॉक मार्केट में तेजी देखने को मिली, उसी तरह प्यार करने वालों की संख्या का ग्राफ भी सेसेंक्स की तरह कुलाँचे भरने लगा और वो दौर एवरग्रीन रोमांस का एक स्वर्णिम युग बन गया। किशोर लड़के-लड़कियों और युवाओं में मोहब्बत करने की आपार संभावनाएँ दिखने लगीं। मोबाइल फोन की घर-घर में घुसपैठ के चलते प्यार करने के तौर-तरीकों में भी चौतरफा तूफान आया। मोबाइल का कनेक्शन टेलीकॉम कंपनियों के टावर से ज्यादा दिल के टावर से जुड़ने लगा। जाहिर है जब मोबाइल की एंट्री से लोगों की जीवनशैली में तेजी से बदलाव आया तो प्यार के मायने भी तेजी से इश्किया माहौल में घुल-मिल गए। प्यार करने का तरीका बदला, सलीका बदला और साथ ही बदला प्रेमी-प्रमिकाओं का सतरंगी रंग-ढंग। फिल्मी दुनिया ने भी प्रेमी-प्रेमिकाओं की कहानी को रूपहले पर्दे पर लाया और युवा दिलों की धड़कनों के रोमांच को रोमांस में तब्दील कर दिया। अबतक प्रेमी-प्रेमिकाओं की हेयर स्टाइल से लेकर ड्रेसिंग सेंस तक सबकुछ बदल चुके थे। देव आनंद और दिलीप कुमार की जगह गोविंदा और चंकी पांडे जैसे डासिंग स्टार ने ले ली थी। 'लाल दुपट्टे वाली तेरा नाम तो बता' से लेकर 'अंखियों से गोली मारे' जैसे गानों के अतरंगी बोल ने नीरस जिंदगी में रंग घोल दिया। अबतक प्यार का इजहार करने के नए-नए तरीकों में से एक लव उत्सव भी तेजी से अवतरित हो चुका था। आज के दौर में इस रूमानी लवोत्सव को 'वेलेंटाईन डे' के नाम से जाना पहचाना जाता है। वेलेंटाइन बाबा के अवतरण होने के चलते अल्हणपन वाले शुद्ध देसी रोमांस की जगह ग्लोबलाइज्ड रोमांस ने ले लिया। इस तरह फिल्म बॉबी के 'हम तुम एक कमरे में बंद हो...और चाबी खो जाए' वाला सुपर हिट गाना अब मलाइका अरोड़ा के मादक गाने 'चल छैयाँ...छैयाँ...छैयाँ... चल छैयाँ...छैयाँ...छैयाँ...' में तब्दील हो गया। इन दो गानों के बीच के अंतराल तक रोमांस के तौर तरीके में शुद्ध देसी रोमांस के बीच पश्चिमी देशों से आए 'वेलेंटाईन डे' का तड़का लग चुका था।"

"साफ शब्दों में कहें तो वेलेंटाईन डे यानि वैश्विक मोहब्बत दिवस का असर ग्रामीण भारत पर भी दिखने लगा। इस विशेष दिन में गुलाब की बिक्री का ग्राफ स्टॉक मार्केट की तरह चढ़ने लगा। वैलेंटाईन डे के दिन सैर-सपाटे के लिए बने शहर के सभी पार्क, आशिकों की सैरगाह में तब्दील होने लगे। जहाँ देखों वहीं प्रेमी अपनी गुलाबो को गुलाब भेंट कर रहा है। वेंलेटाइन डे एक राष्ट्रीय प्रेमोत्सव के तौर पर कॉस्मोपोलिटन सिटी और बी-टाउन सिटी में अपनी पैठ जमाने के बाद अब कस्बाई-

ग्रामीण इलाकों में प्रवेश करने को बेताब था। इस वेलेंटाइन डे का रंग खासकर टीनएज के लड़कों के दिल-ओ-दिमाग पर ऐसा चढ़ा कि इससे हमारे भारतीय संस्कृति की दिशा और दशा पूरी तरह से बदल गई। किशोर-किशोरियों की दबी हुई मोहब्बत की कुंठा अब सामाजिक बंधनों को तोड़कर सामने आने लगीं। मैं भला कहाँ इस बीमारी से बच पाता। मैं भी छोटे शहर का एक शराफती लड़का था। मैंने कभी किसी लड़की को तो छेड़ा नहीं था लेकिन वेलेंटाईन डे की रौनक-ए-बहार को देखते हुए मेरे मन में भी प्यार के तराने छिड़ चुके थे। मुझे भी इस खास दिवस के मायने समझ में आने लगे थे। इस प्रेमोत्सव का असर ये रहा कि जाने-अनजाने रांग-वे पर चहलकदमी करते हुए मैं भी एकतरफा प्यार की गिरफ्त में आ गया। फिर क्या हुआ मेरा, पूछो मत...। दरअसल, कद-काठी के बढ़ते आकार के साथ-साथ मेरे दिमाग की बत्ती भी 'करंट मारे गोरिया' की तरह बर्ताव करने लगी थी।"

"अब मेरे दिल और दिमाग दोनों में 'मुझको पियार हुआ' वाला जज्बाती कीड़ा जोर-जोर से कुलबुलाने लगा था। मन में रोमांस का रोमांच इस कदर हावी हो चुका था कि खुली सड़क पर जोर-जोर से 'यारा सिली सिली' वाला गाना गाने को मन करने लगा। जब भी पढ़ने के लिए किताब खोलता, राइट-लेफ्ट दोनों पन्नों में उसकी राइट-रांग तस्वीरें मुझे चिढ़ाने लगतीं। मेरी कल्पनाओं की बात करें तो मेरी किताबों हर पन्नों पर मुझे उसकी मौजूदगी देखने को मिल जाती। मैं उसके ख्यालों से उबरने की लाख कोशिश करता लेकिन उसकी यादें मेरे दिल से संवाद करने लगतीं। वह मेरे मानस पटल से टस से मस तक नहीं होती थीं। मैं जब उसे भूलने की कोशिश में नाकाम हो जाता तो वह मानो मुझ पर व्यंग करती हुई कहती थी कि इश्क किया है तो भुगतेगा कौन...तेरा बाप। बाप के नाम से मेरी रूह कांप जाती थी। पिताजी के संभावित कोप के चलते मुझे तत्काल प्रभाव से लघुशंका समाधान के लिए जाना पड़ता। इसके बाद मैं थक-हार कर किताबों के पन्नों में अपनी प्यार भरी उम्मीदों को समेट लेता और अपनी आँखें बंद कर उसकी यादों में खो जाता। दिवानेपन की ये क्रिया मुझे बेहद रोमांचित करती थी। मुझे बड़ा सुकून मिलता था। लेकिन जब मैं यथार्थवादी सोच की प्रक्रिया में वापस आता तो उसकी याद से निकलने की हरसंभव कोशिश में जुट जाता। फिर भी उसकी याद के दायरे से मुक्त नहीं हो पाता तो आँखों को तकिए से ढक लेता और सो जाने की कोशिश करता।"

"अब तो मेरे ऐसे जज्बाती हालात हो गए थे कि 80 के दशक में दूरदर्शन के नेशनल चैनल पर हर शुक्रवार को रात 8 बजे आने वाला सुपर हिट कार्यक्रम चित्रहार जरूर देखता था। उस पर आने वाले गानों में मैं खुद नायक और मानसी नायिका के

तौर पर मुझे नजर आती थी। लेकिन कल्पनाओं से भरी टीवी वाली फिल्मी नायिका से कब तक मेरा मन भरता। मैं तो चाहता था कि मेरे ख्वाबों की नायिका सचमुच में मुझसे नैन-मटक्का करे और मैं अपने मिशन-ए-मोहब्बत में कामयाबी पा सकूँ। फिलहाल तो अब इतना समझ में आ ही गया था कि मोहब्बत कोई रास्ते में पड़ा मामूली पत्थर थोड़े ही है जो हर किसी को कहीं भी मिल जाए। सच कहें तो प्यार..इश्क..मोहब्बत किसी पारस पत्थर से कम नहीं होता, यह उन्हीं इश्कजादों को मिलता है जो प्यार के बाजार में सौ-सौ जूता खा कर भी तमाशा घुस कर देखते हैं। ऐसे मोहब्बती दौर से गुजर रहे जज्बाती लड़के अपने डोले-सोले बना कर आए होते हैं। इनकी खाल भी किसी गैंडे माफिक काफी मोटी होती है। दरअसल, ये बड़बोलेपन का शिकार होते हैं। लेकिन विपरीत हालातों में इनकी एक चुप हजार चुप वाली हालत होती है। इनमें कोई बात एक कान से बात सुनने और दूसरे कान से निकालने की अद्भुत क्षमता पाई जाती है।"

"लव सिंड्रोम का मारा ऐसा दुलारा बच्चा माँ का लाडला और बाप का जानी दुश्मन होता है। इन्हें बहनों का भी खूब प्यार और सहयोग छप्पर फाड़ कर मिलता है। ऐसे लड़के मोहल्ले में तो अपनी इमेज को बहुत साफ-सुधरी बनाकर रखते हैं। बूढ़े से लेकर जवान तक सभी को चरणस्पर्श करते हैं। मोहल्ले की सभी अम्माओं को प्रणाम और छोटे बच्चे-बच्चियों को पुचकारते फिरते हैं। लेकिन ऐसे युवा प्रेमी पड़ोस के मोहल्ले या स्कूल में जाकर जमकर गुलाटी मारते हैं अपनी लुका-छिपी वाली इशकबाजी का खेल खेलने से बाज नहीं आते।"

"मौका पड़ने पर ऐसी औलादें अपने परिवार की इज्जत तक को दाँव पर लगा देते हैं। इन्हें बस लड़की पटाने का दाँव मिलना चाहिए। सच तो ये है कि ऐसे संस्कारी और मोहल्ला प्रेमी आशिक अपनी अलग ही किस्मत बना कर दुनिया में पैदा हुए होते हैं और किशन-कन्हैया बन कर खूब रासलीला रचाते हैं। अब ये अलग बात होती है कि इन्हें अपने प्यार को जिंदा रखने के लिए ऑक्सिजन की पूरी खुराक शायद ही कभी मिल पाती है। जिन्हें मनचाहा प्यार मिल जाता है, वह खुदा बन जाते हैं, जिन्हें नहीं मिलता वह खुदा से जुदा हो जाते हैं और कुछ दिनों के लिए इनके दिल को धड़काने वाला फेफड़ा किसी अस्पताल के ICU वार्ड में गजल सम्राट दिवगंत जगजीत सिंह की कोई दुख:भरी गजल गुनगुनाता मिल जाता है।"

तंत्रा बिल्कुल शांत होकर विजय की बातें ऐसे सुन रही थी जैसे कोई पंडित सत्यनारायण की कथा बाँच रहा हो। वहीं विजय बड़ी ही ईमानदारी से अपनी प्रेम

गाथा का बखान कर रहा था।

"कुछ आशिक तो मनचाहा प्यार पाने के चक्कर में तंत्र-मंत्र के हुनरबाज बंगाली बाबाओं की शरण में चले जाते हैं। भ्रम के शिकार प्रेमियों के कथित भगवान बने ये बंगाली बाबा चौबीस घंटे में मनचाहा प्यार दिलाने का सौ प्रतिशत दावा करते हैं और ग्राहकों को अपने भ्रामक दावों के मकड़जाल में फंसा ही लेते हैं। ऐसे बंगाली बाबाओं की रूहानी ताकतें जाने कितने प्रेमियों की उम्मीदों को तब तक जिंदा रखती हैं, जब तक उनकी पॉकेट से हजार-दो हजार रुपए हल्के ना हो जाएँ। कुछ प्रेमिकाएँ तो इस कदर बंगाली बाबाओं की गिरफ्त में होती हैं कि उनकी बातों में फंसकर अपनी गोल्ड की रिंग और गले का हार तक उनके हवाले कर देती हैं।"

5
भांति-भांति के प्रेमी

तंत्रा ने बना लाग-लपेट के झटपट इस बाबत एक सवाल विजय से पूछ लिया।

"क्या आप भी कभी मानसी को हासिल करने के लिए किसी बंगाली बाबा की शरण में गए?"

विजय ये सवाल सुन कर हंस पड़ा।

"नहीं, मैं कभी नहीं गया, लेकिन एक बार मन में ये ख्याल जरूर आया था। लेकिन मैं आपको अपने अनुभव जरूर शेयर करना चाहूँगा।"

"बिल्कुल, क्यों नहीं...मैं सुनना पसंद करूँगी।" तंत्रा उत्साहित होते हुए बोली।

"तो सुनिए..."

"दरअसल, प्यार के बाजार में सब कुछ हाजिर है। इसके बावजूद जिन लड़कों की एक अदद लड़की की तलाश अधूरी रहती है, पहले तो ऐसे आशिक लड़की पटाने के सौ तरीके वाली किताब खरीद कर अपना समय जाया करते हैं। किताबी ज्ञान हासिल कर लेने के बाद भी अगर लड़की नाम की चिड़िया उनके जाल में नहीं फंसती है तो ऐसे आशिक अपनी विफलता को याद कर जिंदगी भर उस लड़की को पानी पी-पी कर गरियाते हैं, जिस लड़की ने उनके फेंके गए प्यार के दाने को चुगने से इनकार कर दिया। ये नाकाम आशिक उनपर ऐसी-ऐसी बेवजह की हजार तोहमतें लगाते हैं मानो ना पटने वाली लड़की 70 के दशक की कोई ललिता पवार जैसी फिल्मी खलनायिका हो। कुछ नाकाम प्रेमी अपने खट्टे-मीठे अनुभवों के चलते मोहल्ले भर के आशिकों के लव गुरू बन जाते हैं। ये आस-पड़ोस के युवाओं के बीच इश्क में

सौ फीसदी सफल होने का ज्ञान बाँटते रहते हैं। खासकर नाकाम प्रेमियों को इस काम में बड़ा मजा आता है।"

"कुछ लव गुरू तो लड़कों से बकायदा उनकी प्रेमिकाओं की फोटो तक माँग लेते हैं। ताकि फोटो देखकर वे ये बता सकें कि लड़की पटेगी या नहीं पटेगी। अगर पटेगी तो कैसे पटेगी। ऐसे लव गुरूओं को अवसादी प्रेमी के नाम से पुकारा जाता है। ये किसी पराई माल की तस्वीर देखकर ही खुश हो लेते हैं। कुछ प्रेमी जिद्दी दाग की तरह हो जाते हैं, जिन्हें घर वालों के साथ-साथ आस-पड़ोस के लोग चाहे जितना ताना मारे, वह प्यार करने का बार-बार वही गुनाह दोहराने का जज्बा रखते हैं, जैसा पहले रखते थे। इन को समझाने की चाहे लाख कोशिशें क्यों ना कर ली जाए, ऐसे प्रेमी लवेरिया की बीमारी से मुक्ति पाना ही नहीं चाहते हैं। अवसादी प्रेमी अपनी फुसफुस पटाखे जैसी नाकाम मोहब्बत को भूल कर, हाथ-पैर धोकर गंगाजल से आचमन करते हुए रूपनगर की किसी नयी सुंदरी के पीछे पड़ जाते हैं। ऐसे इश्कजादों को उनकी टार्गेट कहीं ना कहीं किसी मोड़ पर मिल ही जाती है। फिर क्या...वे पुराने अनुभवों से सीख लेते हुए नए हथकंडों के साथ किसी नई हसीना को अपने मायावी जंजाल में फंसाने की तैयारी में जुट जाते हैं।"

"कई बार प्रेमी-प्रेमिका एक दूसरे के लिए राहु-केतु साबित होते हैं। फिर बीच बाजार में जो जूतम-पैजार होती है कि पूछो मत। इस कंडिशन में लड़के की धुनाई सुनिश्चित रहती है। राह चल रहे आम लोग भी अपना हाथ साफ करने से बाज नहीं आते और लड़की के एक इशारे पर सभी मिल कर लड़के की ऐसी कुटाई करते हैं कि लड़का लड़की को जिंदगी में आई शनि की साढ़ेसाती समझ कर उससे पल्ला छुड़ा लेने में ही भलाई समझता है।"

"जरूरी नहीं कि लड़की पटाने के क्रम में केवल लड़के का ही फंडा काम करे, कभी-कभी लड़की लड़के पर भारी पड़ जाती है। ऐसे में प्रेमी-प्रेमिका के बीच का यह मायावी प्यार का नाटक नहीं चाहते हुए भी खतरनाक विवाह कांड में तब्दील हो जाता है। इन परिस्थितियों से गुजरने वाले प्रेमी से पति बने आशिक 'Term & Conditions Apply' की टैग लाइन के साथ जिंदगी भर अपनी माशूका के सामने सुपरहिट लहरकटिया स्टाइल में डांस करते फिरते हैं। जिन प्रेमियों को ये मौका नहीं मिलता है, वह अपने बेवफा दिल की मदद से फिर से किसी टाइम पास मुँगफली सरीखी दिलकश हसीना की खोज में आध्यात्मिक प्रेम यात्रा पर निकल जाते हैं और उसकी मनमोहक मुस्कुराहट के भंवर जाल में फंसने का एक और दिव्य गुनाह कर

बैठते हैं। यह एक निरंतर चलने वाली जटिल और संवेदनशील क्रिया होती है जिसकी चरम प्रतिक्रिया इस बात पर निर्भर करती है कि आशिक लड़की को फंसाने में किस हद तक कामयाब हो पाता है।"

"कई बार ऐसे मामलों में लड़की अपने आशिक का उल्लू काटती दिखती है। इस मामले में कपड़े-लत्ते से लेकर मेक-अप के सामान और रूप सज्जा तक, सब प्रेमी की ओर मुहैया कराया जाता है तब जाकर प्रेमिका की देखने लायक शक्ल बन पाती है। इन मामलों में कई बार प्रेमी सौभाग्यशाली साबित होता है, उसे मेकअप की जगह अपनी वाली को केवल वेकअप कॉल करनी पड़ती है। वह सज-धज कर किसी चौराहे पर खड़ी अपने प्रेमी का इंतजार करती मिलती है और जैसे ही प्रेमी अपनी बाइक उसके करीब रोकता है, वह उछल कर बाइक पर ऐसे बैठ जाती है जैसे बिक्रम की पीछ पर वेताल सवार हो गया हो। ऐसी लड़कियाँ अपने आशिक से बाइक वहीं रूकवाती हैं जहाँ उन्हें गोलगप्पे खाने को मिल जाए। ये तो अभी स्टार्टर से शुरूआत हुई...लड़की रास्ते भर बर्गर-पिज्जा, मसाला डोसा, उतप्पम, फ्रेंच फ्राई जाने कैसे कैसे डिश का स्वाद लेते हुए आखिर में मटका कुल्फी से अपनी रोमांटिक सफर की समाप्ति करती है। फिर वो अपने घर से एक गली पहले सती सावित्री की तरह बाइक से आहिस्ता पाँव उतर कर ऐसे अदब से घर में प्रवेश करती हैं जैसे किसी मंदिर में भगवान के दर्शन कर वापस लौट रही हो।"

"इन मामलों में ये प्रेमी पर निर्भर होता है कि वह इस रोमांचकारी नैन-मटक्के को किस ईच्छाधारी चश्में से देखने की कोशिश करता है। प्रेमी सरीखा बेबस जीव इसे जिस तिलश्मी चश्में से देखने की कोशिश करेगा, उसे उसी तरह के प्यार की अतरंग भावनाएँ भी आएँगी। मैं भी अपने मोहब्बत की शुरूआती दौर में इस तरह की अलौकिक अहसास का शिकार होना चाहता था। लेकिन कसम से, बड़ी ही किस्मत वाले ही इस तरह की षडयंत्रकारी किंतु रोमांचकारी फीलिंग के दौर से गुजर पाते हैं। तकिए के नीचे लव लेटर रखकर सोना, पिताजी की सेविंग ब्लेड से अंगूठे में चीरा लगा कर उससे निकल रहे खून से अपनी प्रेमिका का नाम लिखना, किताब के हर पन्ने पर उसके नाम के पहले अक्षर को खूबसूरती से उकेरना...आदि। यही तो वह अद्भुत, अद्वितीय और मन को आनंदित करने वाली रोमांटिक फीलिंग होती है जो आशिकों में प्रेम की उम्मीदों की एक परसेंट की अलख को सौ परसेंट पर लाकर खड़ा कर देती है। इस क्रिया से कुछ नहीं तो प्रेमी के दिव्यात्मक कारनामों से कम से कम मोहब्बत की लौ तो भुकभुकाती रहती है। मानसी के प्यार में मैंने भी इनमें से कुछ रोमांचकारी और युगांतकारी युक्ति से उसके दिल को रिझाने का जज्बाती साहस दिखाया था।"

तंत्रा बुदबुदाई- "युगांतकारी युक्ति और जज्बाती साहस, क्या शब्द गढ़े हैं।"

विजय ने तंत्रा की बुदबुदाहट को सुन लिया था।

"बिल्कुल, युगांतकारी इसलिए क्योंकि मैं अपनी मानसी को पाने के लिए युगांतकारी सोच के साथ आगे बढ़ने की कोशिश करता था। रही बात जज्बाती साहस की तो बगैर जज्बात के दिमाग में साहस के कीड़े जन्म ही नहीं लेते। जज्बात से ही साहस जन्म लेता है। एक बार गौर करने की है तंत्रा, मैं मानसी को पाने के लिए साहस तो दिखा सकता था लेकिन दुस्साहस नहीं, दुस्साहस वही प्रेमी दिखाते हैं जो अपने इश्क के नाकाम होने पर अपने कलाई की नसें काट लेते हैं या फिर पंखे पर झूल कर जान दे देते हैं। लेकिन मैं उनमें से नहीं था जो खोया-पाया के फेर में अपनी कई साल की उम्मीदों पर पानी फेर देता।"

विजय की कहानी मानो रोमांच की लहरों पर सवार थी। तंत्रा पूरी रूमानियत के साथ उसकी बातें सुन रही थी। विजय भी बड़े ही दिलकश अंदाज में अपनी इस राम कहानी को आगे बढ़ा रहा था।

"ये बड़ी ही किस्मत की बात होती है जब आशिकी का मारा हुआ जज्बाती दिल मोहब्बत के तंदूर पर चढ़ जाए और बिना जले-भूने सही सलामत रोस्ट हो जाए। सच्चाई तो ये है कि इसके जरिए महज चंद आशिक ही दावते-ए-इश्क में शहादत के आत्मसुख की अनुभूति कर पाते हैं। कुछ आशिक जो इस अनूठी प्रक्रिया से बच जाते हैं, उनमें से अधिकाँश अपनी नाकामी पर आँसू बहाते हुए किसी कोने में बैठकर मातम मनाने लगते हैं। वहीं कुछ बचे-खुचे आशिक प्यार में अव्वल दर्जे का धोखा खाने के बाद भी किसी दूसरे-तीसरे-चौथे फिदायीन मोहब्बत को पाने की चाह में फिर से शहादत की राह पर निकल जाते हैं। इस तरह वे एक बार फिर खुद को न्यौच्छावर करने की तैयारी शुरू कर देते हैं। ऐसे ढीठ प्रेमियों की संख्या भी तेजी से बढ़ी है। कारण साफ है। अब लड़कियाँ पहले की तरह बकलोल नहीं रहीं, काफी होशियार हो चुकी हैं।"

"लड़कियाँ पहले तो अपने प्रेमी को बस एक उँगली पकड़ाती हैं। फिर जैसे ही लड़का लड़की की एक उँगली पकड़ता है, लड़की सॉयलेंट मोड में आ जाती है। लेकिन प्रेमी लड़की की चतुराई समझ नहीं पाता। वह ज्यादा देर तक खुद को सॉयलेंट मोड में नहीं रख पाता और लड़की का हाथ थामने के लिए उतावला हो उठता है। लेकिन लड़की लड़के के उतावलेपन को भाँपते हुए एक प्यारी सी स्माइल पास कर

अपने सॉयलेंट मोड के ड्यूरेशन को थोड़ा और बढ़ा देती है। ऐसी परिस्थितियों में प्रेमी की बेकरारी बढ़ने लगती है। प्रेमिका के बार-बार रिझाने की क्रिया से प्रतिक्रिया के तौर पर लड़के की व्याकुलता बढ़ती जाती है। अब उसकी तड़प इस हद तक बढ़ जाती है कि वह बोल उठता है– "जानू, मैं तुम्हारे लिए जान तक दे सकता हूँ।" लेकिन प्रेमिका को लड़के की जान थोड़े ही लेनी होती है, उसे तो बस ये जानने की फिक्र रहती है कि लड़का उसकी चाहत में किस हद तक पागल हो सकता है और किस हद तक अपने तन-मन की बजाय धन लुटा सकता है। फिर क्या, लड़के का लव लेवल भाँपते ही लड़की लोहा गरम देख लड़के की पॉकेट पर एक तगड़ा हथौड़ा दे मारती है। इश्क में लाचार अपने प्रेमी को अपनी बाँहो में कैद करते हुए लड़की कहती है, "जान देने की कोई जरूरत नहीं है जानू। कानूनी पचड़े में फंसना है क्या? आईफोन का लेटेस्ट मॉडल मार्केट में आ गया है, बस वही दिलवा दो। कलेजे से लगाकर रखूँगी। सोचूँगी सीने से तुम्हें चिपका कर रखा है। कसम से तुम पर पूरा भरोसा है कि तुम मेरी भावनाओं की पूरी कद्र करोगे मेरे बाबू..."

लड़का लड़की की डिमांड सुनकर पहले तो सन्नाटे में आ जाता है, फिर उसकी धड़कने बढ़ने लगती हैं। इस अवस्था में तेज चल रही साँसों पर स्पीडब्रेकर भी ब्रेक नहीं लगा पाता। लड़के का मुँह सूख जाता है। लड़की उसकी हालत पर तरस खाकर अपने बैग से पानी की बोतल निकालती है और गुस्से में उसके मुँह में घुसेड़ देती है।

"आईफोन ही माँगा था, जायदाद तो नहीं माँगी थी। अभी तो तुम अपनी जान तक देने की बात कह रहे थे। फिर क्या हुआ? प्यार कोई मौसमी साग-सब्जी नहीं है जो रास्ते चलते मोल-भाव कर के खरीदा जा सकता है। प्यार करने की कीमत चुकाने का जज्बा कलेजे में नहीं है तो जाओ डूब मरो किसी नाले में। चले थे जान देने ! मखखीचूस...कंजूस।"

एक ओर लड़की लड़के बुरी तरह से जलील करती है तो अगले ही पल अपना अगला पैंतरा भी चल देती है। इस क्रम में वह लड़के के सिर को सहलाते हुए सदमाग्रस्त लड़के को होश में भी लाने की कोशिश करती है। थोड़ा अपनापन दिखाते हुए लड़की लड़के के सिर को अपनी गोद में रख लेती है। लड़का जैसे ही लड़की की गोद की गर्माहट महसूस करता है, उसकी जेब की गर्मी बाहर आने लगती है। उसे इस बात का अहसास तक नहीं होता कि वह अब लड़की के प्यार में देसी मुर्गा बन चुका है। अब लड़के के लिए इस मनी ओरिएंटेड लव गेम में 'टर्म एंड कंडिशन अप्लाई' करने की कोई गुंजाइश नहीं बचती।"

"लड़की की गोद की आगोश में कैद लड़का सिर उठाकर देखता है तो पाता है कि उसकी एक अनार सौ बीमार जैसी हालत है। जैसे ही वह लड़की को नाराज करेगा, पीछे मजनुओं की लगी कतार में खड़े दूसरे प्रेमियों का नंबर लग जाएगा और वह मुँह देखता रह जाएगा। लड़का ये सोच-विचार करते और अपनी बेबसी को कोसते हुए जैसे ही लड़की की डिमांड पूरी करने के लिए हाँ करता है। लड़की अपने पर्स से बच्चों वाला दस रूपल्ली लॉलीपॉप निकालती है और लड़के के मुँह में ठेल देती है। लॉलीपॉप के मुँह में पड़ते ही अचेतन बॉडी में जैसे ही ग्लूकोज का संचारण होता है, लड़के की जान में जान आती है और वह फिर से नई ऊर्जा के साथ झाड़-पोछ कर खड़ा हो जाता है। आगे बताने की जरूरत नहीं कि अगले ही पल बगैर देरी किए लड़की लड़के की बाइक पर सवार हो जाती है। फिर बाइक का चक्का सीधे जाकर किसी बड़ी मोबाइल शॉप पर रूकता है।"

"तो आपने अब तक लड़कियों पर क्या-क्या लुटाया है?" तंत्रा से हँसते हुए पूछा।

विजय इस प्रश्न का जवाब देने के लिए तैयार था।

"मैं क्या लुटाता? मैं तो पहले ही मानसी के प्यार में लुट चुका था। कभी किसी लड़की पर एक चवन्नी भी नहीं खर्च नहीं की है मैंने। जैसा पहले था, वैसा ही आज भी हूँ। हाँ, मानसी के लिए मेरा सब कुछ कुर्बान है।"

विजय फिर अपनी कहानी पर आ जाता है।

"आजकल के प्रेमियों की भी पूछो मत ! ये बड़े सहनशील होते जा रहे हैं। खुराक डांट की हो या मार की, बिना उफ्फ किए बड़ी ही जतन से सब कुछ सहन कर लेते हैं। ऐसे प्रेमियों की इश्क में अमरत्व की प्राप्ती होने की संभावना प्रबल हो जाती है। आप अगर किसी पुराने इश्कबाजों से रूबरू नहीं हुईं तो कोई बात नहीं, कतई निराश नहीं हों। इस्टाग्राम पर रोमांस का गोता लगा रहे किसी शख्स का एक शो रील अपनी आँखों के सामने लहराइए और सीधे सोशल वेबसाइट्स की दुनिया में प्रवेश कर जाइए। आप पाएँगी कि आजकल के फेसबुकिया और इंस्टा लवर्स प्यार की शहादत का जोखिम लेने के लिए हमेशा कमर कसे रहते हैं जब तक कि जोखिम खुद उनसे ऐसा करने से तौबा ना कर ले।"

तंत्रा बड़ी ध्यान से विजय की बातें सुन रही थी। उससे रहा नहीं गया, उसने अपने

मन की बात को आखिरकार विजय से कह ही दी।

"लगता है विजय जी, आपने इश्क के मामले में पूरी की पूरी PHD कर रखी है।"

विजय तंत्रा की बात सुनकर झेंप सा गया।

"दरअसल, PHD की थिसिस के कुछ आखिरी पन्नों को मैं नहीं लिख पाया। अगर पूरी PHD कर ली होती तो आज मानसी सिनेमाई पर्दे पर दिखने की बजाय निश्चित तौर पर मेरी बाहों में दिखती। वो तो समय के साथ-साथ मुझे मोहब्बत के नए-नए अनुभव मिलते गए और प्यार की नई-नई प्रजातियों के बारे में पता चलता गया। प्यार की PHD पूरी नहीं कर पाया, इसका अफसोस जरूर है। खैर, छोड़िए, फिर भी मामला प्यार का है तो चलिए थोड़ा जज्बाती भी हो लेते हैं। ये सब्जेक्ट ही कुछ ऐसा है जब तक मन की बात उगल ना दी जाए, हाजमा खराब होने जैसी फीलिंग आती है। इश्क-मोहब्बत की बातों को हजम करने में हाजमोला भी काम नहीं आता।"

किसी नाकाम उम्रदराज प्रेमी से बात करो तो बड़ी ही हनक के साथ कहता है कि भाई हमने भी अपनी जवानी में बड़े गुल खिलाएँ हैं। दरअसल, ऐसी सोच हर दगे हुए कारतूस सरीखे प्रेमियों की होती है। तभी तो इनके किस्से-कहानियों में रोमांस कम, रोमांच ज्यादा दिखता है। बिल्कुल सही सुना आपने। साउथ के सुपरस्टार कहे जाने वाले रजनीकांत की भाषा में कहें तो इसमें रोमांच अधिक और रोमांस 'कुंचम-कुंचम' होता है। तमिल में 'कुंचम-कुंचम' मतलब थोड़ा-थोड़ा...

खैर...रोमांस की बात करेंगे तो आप कहेंगी कि छोड़िए, पुराने दिनों की बातें ही कुछ और थीं। छत पर पतंग उड़ाने के दौरान पेच लड़ाते-लड़ाते दूसरी छत पर खड़ी लड़की से पेच लड़ जाता था। पड़ोस की आंटी की लड़की से चीनी माँगने के बहाने भी नैन मटक्का होना सामान्य सी बात थी। बिजली गुल होने पर मोहल्ले की औरतों के इकट्ठा होने के बाद बाल मंडली का ग्रुप बनाकर छुपन-छुपाई (आइस-पाइस) का खेल खेलना भी लड़कियों से करीबी बढ़ाने का एक अच्छा जरिया था। वो दौर याद करें जब टीवी पर महाभारत और रामायण सीरियल आते थे। बहुत ही कम घरों में टीवी सेट हुआ करता था। उन दिनों शर्मा जी के यहाँ नई-नई शटर वाली ब्लैक एंड व्हाइट डायनोरा टीवी आई थी। आस-पड़ोस के लोग शर्मा जी के घर पर इकट्ठा हो जाते थे। एक तरफ टीवी स्क्रीन पर सीता जी भगवान श्रीराम जी को उपवन में छुपकर देख रही होती थीं तो दूसरी तरफ शर्मा जी की लड़की पड़ोस के मिश्रा जी के लड़के को देखकर शर्मा रही होती थी। रामायण और महाभारत सीरियल के चलते ऐसे कितने

ही प्रेमी शादी के बंधन में बंध गए तो कितनों ने इसी चक्कर में दो परिवारों के बीच महाभारत तक करवा दी।"

तंत्रा मुस्कुराई, "बिल्कुल सही कहा आपने।"

"जी, अब तक तो सही ही कहता आया हूँ, लेकिन मेरे साथ भगवन श्रीराम जी ने सही नहीं किया। मानसी को मुझसे दूर रखा। जाने कब तक मैं उससे दूर रहूँगा। हालाँकि उम्मीद पर दुनिया कायम है। मैं भी इसी उम्मीद में अब तक आस लगाए बैठा हूँ कि मेरी मानसी मुझे मिल कर रहेगी। हो सकता है इसका माध्यम आप ही बन जाएँ। आपको इंटरव्यू देने के दौरान मेरे दिल में भी मानसी को लेकर कुछ-कुछ होता है जैसी फीलिंग आ रही है। खैर अभी तो आपसे आशिकों की नई करतूतों पर चर्चा करना बाकी है।"

"जहाँ पुराने दिनों में किताबों में फूल की कलियों और भावनाओं से भरी चिट्ठी-पत्री से भी दिल का हाल बयाँ किया जाता था। वहीं 70 के दशक की पारिवारिक फिल्मों में नायक-नायिका के बीच प्यार भरे सीन को दिखाने के लिए तोता-मैना का सहारा लिया जाता था। रूपहले पर्दे पर दो कलियों को आपस में गुत्थम-गुत्था करते हुए दिखाते ही लोग समझ जाते थे कि 'दो दिल मिल रहे हैं...मगर चुपके-चुपके'। दिल मचलता रहता था कि कैसे अपने दिल के गुबार को अपनी एकतरफा प्यार वाली लड़की के सामने उढेल दे। इश्क का मामला पान की उस पीक की तरह होती है, जिसे मुँह में लेकर चाहे जितना गोलियाते रहिए लेकिन कुछ देर बाद पीक की पिचकारी तो छोड़नी ही पड़ती है। देखा गया है कि नाकाम प्रेमी अक्सर अपनी मोहब्बत भरी व्यथा को बड़ी ही शान से लोगों के बीच गौरवगाथा की तरह पेश करते हैं और इसे अपने दोस्तों के बीच ऐसे बाँचते हैं- जैसे कोई एक था राजा..एक थी रानी की कहानी सुना रहें हों। हाँ, ये अलग बात है कि कुछ प्रेमी रावणी प्रवृत्ति के होते हैं और ऐसे प्रेमी अपनी नाकाम मोहब्बत की मौखिक व्याख्या ऐसे करते हैं जैसे उसकी अधूरी प्रेम कहानी की नायिका पहले तो एक मनमोहिनी हंसिनी थी, लेकिन जब उन्हें वह नहीं मिली तो फिल्मों की ललिता पवार सरीखी खलनायिका बन गई।"

"बात कर रहे थे दिल-विल की। बीच में बे-मतलब का रावण का पात्र आ गया। खैर, टॉपिक बदलते हैं और उन दिलजलों की बात करते हैं, जो प्यार को मनोरंजन का उत्पाद समझते हैं। दिलचस्प बात ये है कि ऐसे आशिकों को अपने इश्किया दिल को जज्बाती चूल्हे पर पकाने में बड़ा मजा आता है। लेकिन प्रेम रोग विशेषज्ञ पटना

वाले संजीव सिन्हा बाबू की माने तो इश्क के जज्बाती कीड़े को उपले की आँच पर भी बेहतरीन तरीके से पकाया जा सकता है। जितनी देर तक प्रेमी अपने अंदर के प्यार को संक्रमित करने वाले जज्बाती कीड़े को उपले की आँच पर पकाएगा, प्यार के वायरस उतने ही क्रियाशील होते जाएँगे। इन जज्बाती वायरस से निकलने वाले द्रव्य की चासनी की तासीर भी पकने के साथ उतनी ही दिलकश, प्रगाढ़ और आशिकाना हो जाती है। स्वाद तो पूछो मत, ऐसी कि लपलपाती जीभ पर अंगारे भी रख दिए जाएँ तो लगेगा जैसे मानो जुबाँ पर किसी ने मटका कुल्फी रख दिया हो।"

"ये तो मोहब्बत के जज्बाती अहसास की बात है कि जैसा आप महसूस करेंगे, प्यार की अनुभूति भी वैसी हीहोगी। कुछ लोग अपने जज्बाती प्यार के अहसास को नियंत्रण में रखते हुए कम आँच पर चाय की केतली में उबालते हैं और इश्क पर गहरे रंग के चढ़ने का इंतजार करते हैं। कहावत है कि सब्र का फल मीठा होता है लेकिन यहाँ प्यार-व्यार के मामले में ज्यादा सब्र दिखाना हमेशा फायदे का सौदा साबित नहीं होता, कभी-कभी ये डेंजरस टू लव भी साबित होता है। जब आप अपने इश्किया जज्बाती वायरस के पकने और उसपर मोहब्बत का रंग चढ़ने का इंतजार करते हैं , कोई कॉम्पीटिटर आपके दिल से खेलने वाली दिलकश लड़की पर हाथ साफ कर चुका होता है और आप हाथ मलते रह जाते हैं।"

"मैनें हाल में ही एक खबर पढ़ी थी कि लड़कियाँ लड़कों को टिश्यू पेपर की तरह इस्तेमाल करती हैं। लेकिन मैं देसी मिजाज का शख्स जो ठहरा। मेरा मानना है कि आजकल की लड़कियाँ लड़कों को सत्तू की तरह इस्तेमाल करना चाहती हैं। अरे, हाँ...वही भुने हुए चने का आटा, जिसे खान-पान की देसी भाषा में सत्तू कहते हैं । दरअसल, सत्तू एक ऐसा खाद्य उत्पाद है जिसका पेट-पूजा के लिए कई तरीकों से इस्तेमाल किया जाता है। समय और जरूरत के हिसाब से आप इसे तैयार कर सकते हैं। बिल्कुल कम समय है तो सत्तू को पानी में घोला, नमक डाला और गटागट पी गए। ठीक-ठाक समय है तो सत्तू का पराठा बना लिया। इससे भी अधिक समय है तो सत्तू की बाटी तैयार कर देसी घी में डूबो कर चोखा-दाल संग मौज कर ली। मजा सभी वेराईटीज में है और खूब है। इसलिए तो लड़कियाँ चाहती हैं कि उसका ब्वायफ्रेंड सत्तू की माफिक हो, ताकि वे चाहे जैसे शार्ट टर्म से लेकर लांग टर्म पॉलिसी की तरह आशिक का भरपूर इस्तेमाल कर सकें। लड़कियाँ तो यहाँ तक चाहती हैं कि लड़का घर जमाई की तरह बर्ताव करे, लेकिन लड़की यानि वो खुद अपने ससुराल में ही रहकर अपनी सासू माँ को नाकों चने चबवाये। साथ ही शौहर पर भी अपनी हुकूमत कायम रखे। ऐसी स्थितियों में भी लड़कों को अद्भुत...अद्वितीय...अलौकिक लक्षणों

वाला लहरकटिया डांस करना पड़ता है। कभी अपनी बेबस माँ के सामने तो कभी अपनी प्रेमिका सरीखी पत्नी के सामने इस अद्भुत डांस को करने का कुछ अलग ही मजा है। हम तो फालतू ही अपनी रामकहानी के ट्रैक से उतर गए। अभी तो लव होने से लेकर इसके साइड इफैक्ट के होने तक की लंबी फेहरिस्त है, जिसका जिक्र करना बाकी है।"

तंत्रा, "प्यार में महाभारत होते तो देखा-सुना था। लेकिन आपने तो मोहब्बत पर पूरी की पूरी रामायण ही लिख दी है। बहुत ही रोचक अंदाज में आप इसे सुना भी रहे हैं।"

विजय, "रामायण कहें या महाभारत, जो कुछ लिखा है, आपके सामने ही है। आपने ही जिद की थी कि मेरा इंटरव्यू लेंगी। अब तो मेरी कहानी...मेरी जुबानी सुनाने का सिलसिला शुरू हो चुका है। खैर, ये तो मजाक रहा। अगर आप बोर हो रही हों तो इस लव चैप्टर को यहीं क्लोज कर दूँ। "

तंत्रा, "नेवर, द शो इस मस्ट गो ऑन... जारी रखें...बहुत मजा आ रहा है आपसे सुनकर।"

विजय, "इस हौसलाफजायी के लिए शुक्रिया ! तो आगे बढ़ते हैं।"

तंत्रा, "बिल्कुल..."

"जहाँ तक बात कुछ धाकड़ मोहब्बतधारी मजनू भाइयों की रही तो वे अपनी चाहत रूपी प्यार की गाड़ी को उबड़-खाबड़ गढ़ढेवाली सड़कों पर दौड़ाने का काम करते हैं। लेकिन इसकी क्रिया की प्रतिक्रिया बहुत खतरनाक होती है। इसमें दुर्घटना के होने की आशंका हमेशा बनी रहती है। हाँ, अगर मोहब्बत की गाड़ी को अनुभवी अंदाज में दिल की पटरी पर नियंत्रित रफ्तार से दौड़ाई जाए तो सकारात्मक परिणाम के साथ-साथ बेहतर माइलेज मिलने की उम्मीद बढ़ जाती है। इससे एक तो दुर्घटना होने की आशंका कम रहती है। साथ ही प्रेमी के कलेजे पर साँप लोटने का डर भी कम हो जाता है। दरअसल, होता क्या है कि लड़की एक नाजुक सी खिलते हुए फूल की कली होती है, उस पर चार-पाँच लड़के भँवरे की तरह मँडरा रहे होते हैं।"

"जो आशिक जितना ज्यादा धैर्यवान होता है, उसकी इस बात की संभावना उतनी ही बढ़ जाती है कि फला लड़की उसी से पटेगी। लेकिन कई बार अपवाद भी हो जाता है। जैसे एक आशिक अपनी चाहत को फाँसने के लिए जी-तोड़ मेहनत करता

है परंतु फायदा कोई दूसरा अवसरवादी फंदेबाज आशिक उठा लेता है। क्योंकि कई बार लड़कियाँ लंबा इंतजार करना अपनी रोमांटिक इमेज के लिए बेहतर नहीं मानती हैं। हम पहले ही आपको सत्तू वाला उदाहरण दे चुके हैं। फिलहाल, जब आशिकी के पेड़ को खाद-पानी कोई और दे और फल खाने के लिए कोई दूसरा मजनू टपक आए तो ऐसी स्थिति में घोखा खाए आशिक के तन-बदन में आग लग जाती है। खासकर इन परिस्थितियों में कमजोर दिल वाले आशिकों की हार्ट संबंधी दिक्कतें काफी बढ़ जाती हैं।"

"चलो, कहानी को आगे बढ़ाते हैं। कुछ आशिक प्रयोगधर्मी होते हैं। ऐसे में वे एक्सपेरिमेंटल मोड में इश्क की गाड़ी को किसी सुनसान और अनजान सड़क पर दौड़ाने का काम करते हैं। जहाँ ट्रैफिक की हलचल नहीं के बराबर होती है और सन्नाटा होने की उम्मीद होती है। लेकिन ऐसा भला कहाँ हो पाता है। रूमानी सैर सपाटे को चौपट करने के लिए कोई न कोई कमबख्त इश्क की सपाट सड़क पर किसी अंधे मोड़ से रांग एंट्री मार ही देता है। लेकिन ये भी एक सच्चाई है कि प्यार-मोहब्बत की गाड़ी ना कभी रूकी है और ना ही कभी रूकेगी। चाहे कितने ही जलनखोर आशिक भटकती आत्मा बन कर इश्क के हाईवे पर रांग एंट्री क्यों ना मार लें।"

"चाहत के हाईवे पर रांग एंट्री मारने वालों पर कभी-कभी जबर्दस्त फाइन भी लग जाती है। अगले दिन हाथ-पैर तुड़वा कर या सूजा हुआ मुँह लेकर अपनों के बीच जाते हैं तो संदेह पैदा हो ही जाता है कि इनकी वन-वे वाली ट्रैफिक में किसी ने रास्ते में जानबूझ कर मोबिल ऑयल गिरा दिया रहा होगा। ऐसे में आशिक ने जैसे ही रांग एंट्री मारी होगी, फिसलन का शिकार हो गया होगा। फिर क्या ! फ्री स्टाइल फिसलन ने ऐसी कयामत ढायी होगी कि दिन में ही तारे नजर आ गए होंगे। हड्डियों से हड्डियाँ बज गई होंगी। कुछ लोग सोच रहे होंगे कि कवाब में हड्डी बनने पर हड्डी तो टूटेगी ही, ये सबक मोहब्बत के घुसपैठियों को मिलना भी चाहिए। लेकिन मुझे फिसलन वाले ऐसे लाचार घुसपैठियों से थोड़ी बहुत सहानुभूति रहती है। सच्चाई यही है कि प्यार में रांग एंट्री मारने की हरकत से लड़कियों का दिल टूटे ना टूटे, लेकिन लड़कों के हौसले के साथ-साथ इनके हाथ-पैर की हड्डी जरूर टूट जाती है।"

"आजकल की लड़कियाँ वैसे भी बहुत ज्यादा समझदार हो गई हैं। अपने आशिकों के आधारकार्ड की फोटो कॉपी अपने पर्स में लेकर घूमती फिरती हैं। जैसे ही उन्हें कुंडली मिलान करने वाला कोई तिलकधारी पंडित दिख जाता है, वे स्मार्टली & फ्रैंकली अपने तथाकथित आशिक की कुंडली पर्स से निकाल लेती हैं। इसके बाद

ग्राहक की तलाश में बैठे सड़क छाप पंडितजी के पास मुस्कुराते हुए आसन जमा लेती हैं। यूँ कहें कि अपनी मनमोहिनी मुस्कान से पंडितजी की आँखों की रैटिना को आँखों ही आँखों में सैट कर लेती हैं। अपने नैनों को नचाते हुए पंडितजी की लालायित आँखों में आँखें डाल कर कुछ देर तक ऐसे घूर कर देखती हैं जैसे कोई भूखा शेर अपने पंजे में फंसे शिकार को देखकर गदगद हो रहा हो। फिर क्या...जैसे ही उन्हें पंडितजी के ब्रह्मचर्य पर प्रहार करने वाले वायरस के सक्रिय होने का अहसास होता है, वे झट से अपनी पोटली से किसी नाग के फन की तरह लड़के की कुंडली पंडित जी के सामने ऐसे पेश कर देती हैं जैसे पंडित जी सामने अपना कलेजा निकाल कर रख दिया हो।"

"पंडितजी का लड़की की इन हरकतों से आत्मविभोर हो जाना मनुष्य की एक सामान्य सी क्रिया है। पंडितजी जैसे ही परमानंद की प्राप्ति की भेंट चढ़ते हैं, पटाखा सी दिखने वाली लड़की उनसे दो-चार सवाल-जवाबों का प्रोफेशनल सेशन पूरा कर लेती है। फिर वह पंडित के साथ थोड़ा और पर्सनल होने की कोशिश करती है। पंडितजी जैसे ही आत्मविभोर होकर लड़की के नयन रूपी सागर में गोता लगाने का सुखद अहसास करते हैं, लड़की बगैर देरी किए पंडित जी के सामने अपने दिल की बात रख देती है। फिर क्या, पंडित जी इमोशनल अत्याचार के शिकार हो जाते हैं। वह लड़की को बताने लगते हैं कि रांग एंट्री मारने वाले लड़कों की फेहरिस्त में किस लड़के की कुंडली में कुबेर का खजाना है और किसमें नहीं। लड़की की कॉमर्शियल सोच देखकर पंडित जी हैरान रह जाते हैं। लड़की को इस बात का पता चल जाता है कि कौन लड़का पैसे वाला है और कौन दरीद्र नारायण देवता का सूचक है। भूत-वर्तमान-भविष्य का दिव्य ज्ञान देने के बाद जैसे ही पंडितजी अपनी पोथी-पत्रा को ठिकाने लगाने में व्यस्त होते हैं। चालबाज लड़कियाँ पंडित की अक्ल को ठिकाने लगाते हुए पल भर में नौ-दो-ग्यारह हो जाती हैं। पंडितजी के बताए अनुसार वह कुबेर के खजाने वाले बहकते-दरकते प्रेमी की बाहों में कैद होने के लिए बेकरार हो जाती हैं।"

"दरअसल, जिस आशिक को अब तक वो कोई इज्जत नहीं देती थीं, उन्हीं लड़कों के प्रति उनका अर्थ समर्थित प्रेम उबाल मारने लगता है। इतना ही नहीं, साम-दाम-दंड-भेद की नीति अपनाते हुए ये लड़कियाँ समझदारी के साथ पहले तो अपनी अहम रूपी अकड़ को थोड़ा ढिली करती हैं। इसके बाद वो सीधे उसी अस्पताल में पहुँच जाती हैं...जहाँ मोहब्बत का इजहार करने के चलते दुर्घटना का शिकार आशिक अपने हाथ-पैर की डॉक्टर से मरम्मत करवा रहा होता है। पुष्प गुच्छों के गुलदस्ते के साथ लड़की जैसे ही फाइव स्टार होटल सरीखे हॉस्पिटल के प्राइवेट वीआईपी वार्ड

में एंट्री मारती है...आशिकी की जिल्लत का शिकार हुए लड़के की आँखें लड़की को देखकर पुन: चमक उठती हैं। उसे समझ में नहीं आता कि उसकी दिव्यपरी जले पर नमक छिड़कने आई है या उसके जख्म का मरहम बनने के ख्याल के साथ अस्पताल में पधारी है। गजब तो तब हो जाता है, जब जिस रांग एंट्री के चलते लड़के का एक्सीडेंट हुआ रहता है, वही एक्सीडेंट अब राईट एंट्री में तब्दील जाता है। कहते हैं लड़ने-झगड़ने के बाद जो प्यार होता है, वह पक्का होता है। लड़के को भी यही वहम हो जाता है कि चलो एक्सीडेंट हुआ तो क्या हुआ, लड़की का कलेजा तो पसीज गया।"

लड़का-लड़की एक दूसरे को देखकर ऐसे मुस्कुराते हैं, जैसे वे ख्यालों में गीत गुनगुना रहे हों –

'हमें तुमसे प्यार कितना ...ये हम नहीं जानते...मगर जी नहीं सकते..तुम्हारे बिना ।'

"इस दिव्य फिलिंग के साथ लड़की अपने हाथों से लड़के को फूलों का गुलदस्ता भेंट करती हैं। उसकी वाणी के शब्दकोश में 'गो टू हेल' की जगह 'गेट वेल सून' का समावेश हो जाता है। लड़का दुर्घटना का शिकार भले ही हुआ है, लेकिन उसके दिमाग से रोमांस का भूत अभी तक नहीं उतरा होता है। फूलों के गुलदस्ते को देखकर वह बहक जाता है और फूलों का गुलदस्ता पकड़ने की बजाय वह लड़की की कलाई पकड़ लेता है। लड़की अपनी कलाई छुड़ाने की झूठ-मूठ की नाकाम कोशिश करती है और शर्माते हुए अपने जिश्म को ढीला छोड़ देती हैं। लड़का जैसे ही लड़की को फ्री स्टाइल अवस्था में पाता है। उसे अपनी ओर खींच लेता है। लड़की कोई प्रतिरोध नहीं करती है और लड़के की आँखों में आँखें डाल कर गीत गुनगुनाने लगती है –

'ये दिल तुम बिन कहीं लगता नहीं, मैं क्या करूँ'

लड़की के इस अदा पर लड़के का बावला होना स्वाभाविक प्रतिक्रिया है। लेकिन लड़की भावनाओं की बजाय दिमाग का इस्तेमाल करते हुए मन ही मन में कहती है, 'बकलोल कहीं का... लड़की की कुटिल मुस्कान से लड़का भ्रम का शिकार हो जाता है। वह सोचने लगता है कि लड़की उसकी प्लास्टर की हुई चेचीस को देखने आई है या अस्पताल की गैराज में खड़ी उसकी चमचमाती BMW कार के नए-नवेले मॉडल देखकर उससे चिपकने आई है।"

सौ टके के ज्ञान की बात – "लड़के के पास BMW की जगह मामूली स्कूटी

होती तो फूलों के गुलदस्ते की बात छोड़ो, लड़की मोहब्बत के शिकार लड़के के हाथ में दस रूपए की फ्रूटी तक नहीं थमाती।"

तंत्रा - "तो आपकी नजर में लड़कियाँ इतनी स्वार्थी होती हैं।"

विजय – "नेवर, सभी लड़कियाँ अवसरवादी नहीं होतीं। अपवाद तो हर जगह होता है। दरअसल, ये लड़के-लड़कियों के पटने-पटाने के लिए आधुनिक प्यार के अत्याधुनिक तौर-तरीके हैं, जिनका मैंने विश्लेषण किया और जो नतीजा निकाला, उसे आपके सामने रख रहा हूँ। महानगरों में ऐसे प्यार की तादाद में तेजी से बढ़ोतरी हो रही है। ये मेरा व्यक्तिगत आँकलन है...खैर, कहानी सुनो और और इसके मजे लो।"

6

मिलावटी इश्क

"ये बताना तो बनता ही है कि प्यार के खेल में थोड़ी सी गड़बड़ी हुई नहीं कि गाड़ी पटरी से उतर भी जाती है। इसलिए सीट बेल्ट के तौर पर सुरक्षा कवच के बगैर लड़कियाँ मोहब्बत के हाई-वे पर फर्राटा नहीं भरना चाहती हैं। ऐसा करना भी नहीं चाहिए, क्योंकि ऐसा जोखिम लेना प्यार के खेल में हानिकारक साबित हो सकता है। सावधानी हटी नहीं कि दुर्घटना घटने की आशंका बढ़ जाती है। वैसे भी प्यार के खेल में जोखिम तोल-मोल कर लेने में ही समझदारी होती है। मोहब्बत की गाड़ी में अब तो लड़कियाँ सुरक्षा के लिहाज से ड्राइवर की बगल वाली सीट पर भी एयरबैग की डिमांड करने लगी हैं। लड़कियाँ भला ऐसी डिमांड क्यों ना करें जब उनकी मोहिनी काया के चलते आशिकों में एक अनार सौ बीमार जैसे हालात बने हुए हों। अब तो वैसे भी सरकार ने कार में 6 एयरबैग्स को अनिवार्य कर दिया है।"

"ये जवानी लाईफ में बार-बार थोड़े ही आती है। उम्र की ढलान से पहले ही लड़कियाँ अपना फ्यूचर को डेकोरेट कर लेना चाहती हैं। वे जानती हैं कि कभी-कभी रांग एंट्री मारने वाले के पास डायरेक्ट नहीं पहुँचा जा सकता। लेकिन मोहब्बत में कई आशिक बिन बुलाए मेहमान की तरह सीधे मंडप तक पहुँच जाते हैं। भारतीय सिनेमा में तो ऐसा अक्सर होता है। फिलहाल तो इसी सिनेमा का अब मैं खुद हिस्सा हूँ। हमारी फिल्मों में शादी किसी और से हो रही होती है और हीरो राबिन हुड की तर्ज पर रांग एंट्री मार कर हीरोईन को शादी के मंडप से उठा लेता है और फरार हो जाता है। अधिकतर फिल्मों में खलनायक की ऐसी ही एंट्री होती है। वह जोर-जबर्दस्ती कर हीरोईन को मंडप से उठाकर फरार होने की जब कोशिश करता है, हीरोईन चीखने-चिल्लाने लगती है। तभी फिल्म के हीरो की सीन में शानदार और जानदार एंट्री होती है। हीरो राइट-रांग देखे बगैर अकेले 20 गुंडों पर भारी पड़ता है। वैसे तो सब कुछ रील

लाइफ की बजाय रियल लाइफ पर निर्भर करता है। लड़कियों को भी खुद नहीं पता होता कि उनका असली हीरो कौन है। बात केवल दिल लगाने की ही तो नहीं होती, मामला बैंक अकाउंट्स से लेकर सिबिल के स्कोर तक जुड़ा होता है, खाते-पीते घर का आवारा लड़का भी लड़कियों का पसंदीदा प्रेमी बन जाता है और राम भजन करने वाला सीधा-साधा मजनू हाथ पर हाथ धरे बैठा भज गोपाला का कीर्तन करता रह जाता है। सारा मामला करियर और लाइफ के फ्यूचर से जुड़ा होता है। वर्ना एक समय जीरो फिगर वाली अभिनेत्री कभी सेकेंड हैंड हसबैंड नवाबजादे से शादी नहीं करती।"

"प्यार की दौड़ किसी फेरारी की रेस से कम है क्या? पैसे से बड़ी कोई ताकत आज तक नहीं देखी गई। तभी तो इश्क का देवता बहुत हद तक बैंक बैलेंस ही है। जिसने इस सत्य वचन को समझ-परख लिया, समझो उसने प्यार का जग जीत लिया। जिसने नहीं समझा उसके हिस्से बस देवदास वाली दुख:भरी कहानी आती है। भारतीय परंपराओं के मुताबिक देवदास की कहानी नेशनल ट्रेजडी साबित हो चुकी है। चाहे कोई बड़ा राजनेता हो या सुपर स्टार, चाहे कोई बड़ी पैसे वाली सैलेब, तमाम लोगों ने अपने से ज्यादा या कम उम्र के आशिकों से शादी की है। इसकी वजह किसी की खूबसूरती नहीं बल्कि उसका बैंक बैलेंस होता है। ये तो प्यार की मॉडर्न फिलॉसिफी की बातें हुई। अब हम आपको जलेबी की तरह घुमाने की बजाय सीधे मुद्दे पर लाते हैं और बात को आगे बढ़ाते हैं।"

तंत्रा - "आप तो प्रेम पुराण सुना रहे हैं...अपनी कहानी कब सुनाएँगे।"

विजय – "जो कुछ सुना रहा हूँ, वो मेरी राम कहानी से ही जुड़ा हुआ है। आगे की कहानी और रोचक है।"

"मेरा बचपन वाला तूफानी दिल जोर-जोर से उफान मार रहा था। यह किशोर अवस्था से गुजरते हुए जवानी दहलीज पर दस्तक देने को तैयार बैठा था। ऐसे में जवानी की शिकार मेरी मोहब्बत भी बेलगाम और बेताब होने लगी थी। पहले जिन गुड्डे–गुड़ियों से खेलने में मेरा मन लगता था, वहीं ये गुड्डे-गुड़ियाँ मुझे मेरी जिंदगी के वास्तविक पात्र नजर आने लगे। ये किसी बालसखा की तरह मेरी जेहन में बैठ चुके थे। समय के साथ मेरी अक्ल परिपक्व होती जा रही थी। जाहिर है मेरी बढ़ती अक्ल के साथ बेजान सी दिखने वाली गुड़ियों की समझ भी बढ़ती जा रही थी। इनकी भावनाएँ जवान हो रही थी। मेरी किशोर अवस्था इस उम्मीद के साथ उछल-कूद करते हुए कुँलाचे भरने लगी कि एक ना एक दिन मेरा भी दिन आएगा। जब मन बहलाने वाले

गुड्डों की तरह मैं भी अपनी गुड़िया से खुलकर रोमांस कर सकूँगा, उसे गले लगा सकूँगा और उससे सुख-दुख: की बातें कर सकूँगा। अगर मेरी गुड्डी मेरा प्रतिरोध नहीं करेगी और उसके घर की ओर से कोई प्रतिरोध नहीं होगा तो मैं उसके सामने अपना जीवन साथी बनाने का प्रस्ताव रखूँगा।। जैसे ही उसके परिवार की ओर से मुझे रजामंदी मिलेगी, मैं उससे शादी कर लूँगा।"

"सच कहें तो गुड्डे–गुड़िया का ये खेल ना केवल बच्चों में आपसी अपनत्व की भावना जगाता है बल्कि उसके मन: मस्तिष्क को परिपक्व बनाने में मदद करता है। साथ ही खेल-खेल में ही धीरे-धीरे इनके अंदर जेंडर सेंस की समझ पनपने लगती है। आमतौर पर बचपन में हम सभी इस खेल को खेले रहते हैं। ऐसे में इस खेल से हमारे मन में अपोजिट सेक्स के प्रति एक अजीब तरह का आकर्षण पैदा होता है। जिन गुड्डे-गुड्डी रूपी खिलौनों की हम बच्चे आपस में खेलते हुए धूम-धाम से शादी रचा देते थे और खुशी के मारे फूले नहीं समाते थे, उन्हीं खिलौनों के जरिए हमारे जवान हो चुके जज्बात भी धीरे-धीरे ही सही...लेकिन परिपक्वता के उस स्तर को पार कर जाते हैं, जहाँ भावनाएँ सबल हो जाती हैं और दिमाग के बीच एक अजीब तरह की रस्सा-कस्सी चलने लगती है।"

"लड़के-लड़कियों को बचपन में ही उनकी गुड्डे-गुड़ियाँ मिल जाती हैं, जिनके लिए उनके मन में ढेर सारा प्यार उमड़ता रहता है। जाहिर है बचपन की इस अवस्था में माँ-बाप भी इस तरह के गुड्डे-गुड़ियों के रिश्तों को खुले मन से खुशी-खुशी स्वीकार कर लेते हैं। दादा-दादी, नाना-नानी, मौसा-मौसी, बुआ-फूफा सभी गुड़डे-गुड़ियों की शादी में बाराती और घराती बनकर अपने नौनिहालों की खुशी में शरीक होते हैं और उनके साथ खुद भी बच्चे बन जाते हैं। लेकिन इन्हीं गुड्डे–गुड़ियों में पल रहे हमारे जज्बात जब सचमुच जवानी की दहलीज पर कदम रख चुके होते हैं तो बदली हुई परिस्थितियों में माँ-बाप की सोच भी अचानक बदल जाती है। घर-परिवार के साथ समाज को बच्चों की पूर्व की अंकुरित होती नादानियाँ चुभने लगती हैं। वे यह मानने को कतई तैयार नहीं होते कि आखिर बचपन की सोच में एक ना एक दिन परिपक्वता तो आनी ही थी, लेकिन अपने बेटे-बेटियों के बचपन के जज्बात अब उन्हें गुनाह की तरह दिखने लगते हैं।"

"अपने बच्चों की बचपन की वही नादानी अब बड़े होने पर उन्हें होशियारी नजर आने लगती है। जाहिर है बढ़ती उम्र के साथ नैतिक रूप से रिश्तों को लेकर सामाजिक एवं बुनियादी तस्वीर बदल चुकी होती है। इन्हीं बचपन के गुड्डे-गुड़ियों

की अब समाज जात-पात, अमीरी-गरीबी, गोत्र-कुटुंब और धर्म-समुदाय जैसे तमाम दायरे तय कर देता है। इनके बीच अब समाज को बाँटने वाली ऐसी अदृश्य रेखाएँ खिंच जाती हैं, जिन्हें ना चाहते हुए भी सभी को मजबूरन मानना पड़ता है। इनके पुराने जज्बातों पर घूल की मोटी परतें चढ़ चुकी होती हैं। दरअसल, हमारी भावनाएँ अब तक भौतिकवादी संस्कृति की शिकार हो चुकी होती हैं। वयस्क हो रहे बच्चों की सोच परिवार की सोच से मेल खाए ना खाए, लेकिन समाज की सोच को लेकर चलना निश्चित तौर पर एक मजबूरी बन जाती है। जो लोग इस मजबूरी के दायरे में कैद होने को तैयार नहीं होते, उन्हें असभ्य, असामाजिक और अमर्यादित कहा जाता है। जो मन मारकर परिवार के साथ कदमताल कर लेते हैं , उनकी अपने कुनबे, परिवार और नाते-रिश्तेदारों में सामाजिक स्वीकार्यता बढ़ जाती है।"

"दरअसल, हमारे माँ-बाप हमें पढ़ा-लिखा एक फिजिकल प्रोडक्ट यानि भौतिक उत्पाद की तरह इस्तेमाल करते हैं। सबके अपने स्वार्थ होते हैं। किसी के लिए बुढ़ापे की लाठी तो किसी के लिए जीविकोपार्जन का जरिया। माँ को इस दायरे से अलग रखा जा सकता है, क्योंकि इस पूरी कहानी में केवल माँ ही ऐसी पात्र होती है जिसका अपने बच्चों से कोई निजी स्वार्थ नहीं होता। सच कहें तो घर वाले हमारे जज्बातों को दरकिनार कर अपनी सहुलियत के हिसाब से अपनी महत्वाकांक्षा हम पर थोपने की कोशिश करते हैं और इस हिटलरशाही में उन्हें शायद खुशी भी मिलती है। हमारे जज्बात उनकी निजी स्वार्थों और उम्मीदों के आगे बौने पड़ जाते हैं और आमतौर अधिकाँश लोग ना चाहते हुए भी वही रास्ता अपनाते हैं जिसमें घर वालों की मर्जी होती है।"

"सबसे पहले हम गुड्डे-गुड़ियों के साथ लगाव सबंधी अपनी संगत के पहले चरण की बात करते हैं। दरअसल हम जिन गुड्डे-गुड़ियों से प्यार करते हैं, वह हमारे ईर्द-गिर्द चहकती हुई ऐसी भावनाएँ होती हैं, जिनके महसूस करने भर से हमारा मन प्रफुल्लित हो जाया करता है। धीरे-धीरे हम बेजान सी दिखने वाली इन्हीं गुड्डे-गुड़ियों में खुद के होने का अहसास करने लगते हैं। हमें गुड्डे-गुड़ियों का साथ पाकर या इन्हें अपने कलेजे से लगा कर बड़ा ही सुकून मिलता है। कभी-कभी हम उनसे अकेले में बातें भी किया करते हैं। उन्हें पुचकारते हैं, दुलारते हैं। इन्हें चूमते हैं और प्यार करते हैं। दरअसल ये किसी भी प्रिये और प्रियतमा के बीच के सच्चा लगाव और अपनापन जैसा होता है। इसमें ना तो सामाजिक बंधन आड़े हाथ आते हैं और ना ही रूढ़ीवादी परंपरा ही इस अपनेपन सरीखे संबंध में कोई बाधा उत्पन्न करती है। गुड्डे-गुड़ियों के साथ का ये पहला चरण भले ही बच्चों के खेलने-कूदने की अवस्था

के दौरान का होता है लेकिन बालमन पर इसकी अमिट छाप पड़ जाती है।"

"गुड्डे-गुड़ियों के साथ दूसरे चरण में समझ चुके होते हैं कि हम महज गुड्डे-गुड़ियों का खेल खेल रहे हैं। लेकिन इन्हें लेकर संबंधों के प्रति हमारी गंभीरता बढ़ने लगती है। दरअसल, ये गुड्डे-गुड़ियाँ जीवंत प्यार सरीखे बन जाते हैं। इनमें से कोई गुड्डा या गुड़िया हमारे जिगर का टुकड़ा होता/होती है तो कोई अपना करीबी दोस्त होता/होती है, जिस पर हमें खूब प्यार उमड़ता है। हमें उसका साथ अच्छा लगने लगता है। उसके साथ खाना-पीना, खेलना-कूदना, सब कुछ दिल को लुभाने लगता है। ऐसा लगता है जैसे मानो उसके करीब होने से हौसला और आत्मविश्वास दोनों बढ़ जाता हो। उसके अपने इर्द-गिर्द रहने से माहौल खुशनुमा सा रहता है। तन-मन में एक अजीब सी ऊर्जा का संचार होने लगता है। ये महज सुखद अहसास भर नहीं होता, दरअसल, इस दौरान हमारे ब्रेन से डोपामाइन नामक हैप्पी केमिकल रिलीज होता है जो हमें सुकून देने का काम करता है। जिंदगी में यहीं से असली गुड्डे-गुड़ियों के साथ इमोशनल रोमांस के खेल की शुरुआत हो जाती है। पहले यह आपसी मेल-जोल खेल के दौरान लड़के और लड़की के बीच दोस्ती के तौर पर अंकुरित होता है। लेकिन धीरे-धीरे अपोजिट सेक्स के प्रति आपस का दोस्ताना व्यवहार दिल में गहरी पैठ बना लेता है।"

"गुड्डे-गुड़ियों के खेल के एक और अहम चरण यानि तीसरे चरण की बात करें तो अपोजिट सेक्स के साथ बचपन की आपस में एक दूसरे से नजदीकियों का अहसास हमारे अंदर एक अजीब सा रोमांच पैदा करने लगता है। हमारे दिमाग में रिलीज होने वाले डोपामाइन केमिकल का असर अब तीसरे चरण में असर दिखाने लगता है। हमें एक दूसरे की प्यार भरी बातें अच्छी लगने लगती हैं। इसकी एक और बड़ी वजह हमारी बढ़ती उम्र के साथ हमारे अंदर हो रहा शारीरिक बदलाव भी होता है, जो हमारे अंदर एक-दूसरे के प्रति प्यार के होने की अनुभूति काअहसास कराता है। हम दिल और दिमाग के अलावा शारीरिक अंगों की बढ़ती संवेदनशीलता के चलते प्यार को महसूस करने लगते हैं। शरीर में होने वाले इस बदलाव की अवस्था को किशोर अवस्था कहते हैं। इस दौरान विपरीत लिंग के प्रति हमारे दिल और मन में आकर्षण पैदा होना सामान्य सी बात होती है। हमारी बॉडी का केमिकल लोचा अपोजिट सेक्स के प्रति फिजिकल अक्ट्रैक्शन को बढ़ाने का काम करता है। इसी दौरान प्यार के बीज अंकुरित होने का काम करते हैं। दरअसल, गुड्डे-गुड़ियों के खेल का ये तीसरा चरण टीन एज की शुरूआत मानी जा सकती है।"

तंत्रा को विजय की बातें सुनकर ऐसा लग रहा था जैसे वह खुद प्यार की गहराइयों में गोता लगा रही हो। इन सब के बीच विजय की बातें जारी थीं।

"अब हम गुड्डे-गुड़ियों के खेल के आखिरी यानि चौथे चरण की बात करेंगे... दरअसल, ये चरण व्यक्तिगत तौर पर मेरे लिए सबसे महत्वपूर्ण चरण रहा है। मैं उम्र के जिस पड़ाव पर था, जहाँ पहले के तीन चरण गुजर चुके थे। मैं भी अपने बचपन के गुड्डे-गुड़ियों के खेल से बाहर निकल कर असल दुनिया में प्रवेश करने वाला था। मैं भी अब जाने-अनजाने अपनी सचमुच की उस गुड़िया की तलाश में जुट गया था, जैसा कि मैं बचपन में अपनी गुड़िया के बारे में सोचता था। मुझे भरोसा था कि एक ना एक दिन मुझे मेरी अपनी पसंद वाली गुड़िया जरूर मिलेगी। बाजार में, सिनेमाघर में, नौकरी-पेशे के दौरान या सुबह टहलते हुए पार्क में ही सही, मुझे मेरी वाली जीवंत गुड़िया मिलेगी तो लेकिन कब मिलेगी, ये नहीं पता था। खुशफहमी में रहने या कल्पना करने से किसी को रोका नहीं जा सकता। मैं भी अपनी गुड़िया को लेकर सपनों का एक काल्पनिक संसार बना चुका था।"

"मैं अगर इश्क-मोहब्बत को लेकर अपने खट्टे-मीठे अनुभवों की बात करूँ तो प्यार दरअसल जलेबी की तरह मीठी होती है। लेकिन इसके रास्ते जलेबी की डिजाइन की तरह बड़े ही टेढ़े-मेढ़े और उलझे हुए होते हैं। मोहब्बत की गणित भी यही कहती है कि प्यार की दास्ताँ जितनी उलझी होगी, उसे पाने के लिए बंदर की तरह उतनी ही गुलाटियाँ मारनी पड़ेंगी। मेरा मानना है कि उलझाऊ प्यार की चासनी बहुत मीठी नहीं होनी चाहिए, वर्ना रिश्तों में खटास आने की आशंका बढ़ जाती है। प्यार में मिठास को उतना ही रखो जिससे मधुमेह यानि डायबिटीज जैसी बीमारी के होने की आशंका नहीं के बराबर रहे। लेकिन आमतौर पर ऐसा हो नहीं पाता है। हमें जैसे ही अपना प्यार करीब आता दिखाई देने लगता है, हम सोचते हैं कि एक बार में ही उसे संपूर्णता के साथ हासिल कर लें। लेकिन यहाँ धैर्यता रखना बेहद जरूरी होती है। इश्क के खेल में जल्दीबाजी हमेशा ही पछतावे की वजह बनता है।"

"आमतौर पर अधिकांश प्रेमी चाहते हैं कि उनकी प्रेमिका मॉडर्न कपड़ों में उनके साथ सैर-सपाटा करे और बीच चौराहे पर उन्हें अपनी बाहों में कैद कर फिल्मी स्टाइल में उनसे प्यार का इजहार करे। पार्क में खुलेआम इजहार-ए-मोहब्बत की नुमाईश करे। Whatsapp पर मोहब्बत भरे नगमें भेजे और सोते-जागते गुड मार्निंग-गुड नाईट के बीच ढेर सारे फॉरवर्डेड मैसेज का आदान-प्रदान करे। दोनों एक दूसरे को बेबी-बेबो-बाबू-जानू जैसे ना जाने कितने पुचकारने वाली शब्दावलियों से पुकारें।

एक-दूसरे की जूठी आइसक्रीम चखें। बाईक पर बेताल की तरह सवार होकर प्रेमिका ठंडी हवाओं का मजा लें और प्रेमी उसके बदन के स्पर्श मात्र से ही रोमांचित महसूस करें। आखिर में चट मंगनी पट ब्याह भी हो जाए। फिर प्रेमिका अपने ससुराल में एक शालीन बहू की तरह व्यवहार करे और एक संस्कारी एवं आदर्श गृहणी के तौर पर जानी-पहचानी जाए। मात्र इतना ही तो लोग अपनी शादी से पहले और फिर शादी के बाद भगवान से चाहते हैं। यानि सब कुछ अघोषित टर्म एंड कंडिशन। लेकिन इस मात्र की मात्रा कुछ दिन बाद रिश्तों पर भारी पड़ने लगती है जब लड़की प्रेमिका का चोला उतार कर घर की रियल बहू बन जाती है। पत्नी सास की और सास पत्नी की खामियाँ तलाशने लगती हैं और फिर बीच में पिसता है बेचारा पति। जाहिर है प्रेमिका का चोला उतार कर कोई लड़की बहू वाली भूमिका में आ जाए तो शुरूआती दौर में परिवार में हो-हल्ला तो मचेगा ही। ऊपर से घर में नंद और जेठानी का वास हो तो पूछिए मत, पति के घर में घुसते ही माँ और पत्नी की ओर से शिकायतों का अंबार लग जाता है। अब पति पत्नी को समझाए कि माँ को, ये सवाल शादी के होने के कुछ दिन बाद तक बना रहता है। दूसरी ओर नए नवेले वर-वधु में धैर्य नाम की कोई चीज तो होती नहीं है। दोनों के बीच रोमांस के तड़के की छौंक बेडरूम की दीवारों को भेदती हुई कई बार निर्लज्जता की हदें पार कर जाती हैं और फिर घर वाले नई-नई बहुरिया को सहूर नहीं होने का और नए-नवेले पति सरीखे प्राणी को पत्नी का गुलाम बनने का तमगा दे देते हैं। दरअसल, हर भारतीय परिवार को संस्कारी सास, संस्कारी नंद-जेठानी नहीं बल्कि संस्कारी बहू चाहिए होती है। बस यही चाहत और उम्मीद घर में कलह की वजह बनती है। हाँ, गुजरते समय के साथ घर-गृहस्थी की गाड़ी पटरी पर लौट भी आती है। लेकिन कुछ मामलों में मामला जब बिगड़ जाता है तो शादी के कुछ दिन बाद ही पति-पत्नी के बीच अनबन की बढ़ती खाई के चलते दोनों के बीच तलाक का पेपर तक तैयार हो जाता है।"

"हड़बड़ी में गड़बड़ी का होना लाजमी है। प्यार के मामले में भी कुछ ऐसा ही होता है। जज्बात में बढ़ाया गया हर वो कदम बोझ लगने लगता है, जिस बोझ को ढोने में कभी मन आनंदित और आंदोलित हो जाया करता था। लाईफ के रोमांटिक सफर में पति-पत्नी मानसिक फिसलन का शिकार हो जाते हैं। इस फिसलन से बचने की अगर ईमानदारी से कोशिश की भी जाती है तो प्यार के दुश्मन रास्ते में केले का छिलका डाल देते हैं। फिसलन से बचने की रही सही उम्मीद भी कमबख्त केले के छिलके की भेंट चढ़ जाती जाती है। लेकिन इन सब के बावजूद किसी से किया गया सच्चा प्यार कभी बेकार नहीं जाता है। सच्चे प्यार को निभाने के लिए नीम की कड़वाहट और

शहद की मिठास, दोनों का घर-गृहस्थी की जिंदगी में होना जरूरी होता है।"

"सुख-दुख: के बीच कई प्रेमियों की जिंदगी इसी उधेड़बुन में सँवर जाती है तो कुछ की गृहस्थी की गाड़ी का संतुलन बिगड़ जाता है। प्यार खान-पान में नमक की तरह होता है। सब कुछ अनुपातिक रहा तो शादी निभ जाती है वर्ना चटोरे लोगों के लिए शुरूआती प्यार का जायका भले ही स्वादिष्ट लगे, लेकिन रोजाना तेज नमक और मसालेदार स्वाद लेने से चक्कर में खान-पान की गरिष्टता बढ़ जाती है। फिर चटोरों के लिए ऐसी शादियाँ कुछ दिन बाद कई बीमारियों की वजह भी बन जाती है। जैसे ऑफिस से देर से आने का रोज-रोज का उलाहना, तीज-त्यौहार में फैशनेबल ड्रेसेज नहीं खरीद पाने की शिकायत, अक्षय त्रितिया में स्वर्ण आभूषणों के नहीं खरीद पाने का मलाल। आखिर में पति पर अम्मा का लाडला होने से लेकर कंजूस पति का ठप्पा लग जाता है। ये कुछ ऐसी भौतिकवादी घरेलू बीमारियां हैं जो शादी के बाद अधिकाशत: हर पति के हिस्से चाहे-अनचाहे आ ही आती हैं। लेकिन हम मोहब्बत की फिलॉसिफी पर अभी क्यों बात कर रहे हैं। मुझे तो अपनी मानसी को लेकर चर्चा करनी है कि आखिर उसे पाने के लिए मुझे क्या करना पड़ा। दरअसल मेरे दिमाग में यही रहता था कि मैं कैसे उसका दिल जीत लूँ।"

"इन सब के बीच मामला फिर वहीं आकर अटक जाता है कि आखिर जब मूर्ख आशिकों को उनकी अपनी वाली हासिल हो जाती हैं तो मेरी आशिकी में ऐसी कौन सी खोट रह गई जो मुझे मानसी को पाने के लिए दर-बदर भटकना पड़ रहा है। मुझे तो कभी किसी ने सबक भी नहीं पढ़ाया कि प्यार बेवफा होता है। पता चल भी जाता तो क्या मैं प्यार करना भूल जाता? कभी नहीं।"

"मैं सोचता था कि प्यार के फेर में मैं कभी सात फेरे भी लगा पाऊँगा या नहीं, या फिर मोहब्बत की खाई में औंधे मुँह गिरना ही मेरी चाहत का आखिरी पड़ाव होगा। अगर मोहब्बत के हाई-वे पर इश्क की गाड़ी दुर्घटनाग्रस्त हो भी जाती तो शायद मेरे हाथ-पाँव ही टूटते। बहुत होता तो अस्पताल में भर्ती होना पड़ता। लोग मुझे निकम्मा आशिक कह कर मेरा उपहास उड़ाते और मैं इन तानों से तंग आकर एकतरफा प्यार से तौबा कर लेता। लेकिन इन सब के बाद कम से कम मुझे जिंदगी जीने का नया रास्ता तो दिख जाता। लेकिन जो नहीं कर सका, उस पर रोना रोने से कोई फायदा नहीं। प्यार हासिल नहीं हुआ तो क्या, मैंने जिंदगी में इससे इतर बहुत कुछ हासिल किया। इसकी एकमात्र वजह केवल और केवल मानसी ही रही है। मेरी फिल्मी सफलता में मेरी किस्मत और मेहनत भी एक बड़ी वजह हो सकती है। या फिर दोनों ही हो सकते

हैं लेकिन इसकी सबसे बड़ी वजह तो मानसी ही है।"

"मैंनें प्यार में बहुतों को बिखरते देखा है। मोहब्बत में नाकाम होने पर लोग ऐसे रोते-बिलखते हैं जैसे घर का कोई सदस्य परलोक सिधार गया हो। कई शख्स तो अपनी महबूबा को हासिल नहीं कर पाने पर अपनी जान तक दाँव पर लगा लेते हैं। मेरी नजरों में ऐसे प्रेमी घोर पलायनवादी होते हैं। अक्सर सुनने में आता है कि मनचाहा प्यार नहीं मिला तो नींद की गोली निगल ली। पुल से नदी में छलांग लगा दी। बहुमंजिली इमारत से कूद कर जान दे दी। चूहे मारने वाली दवा खा ली। हाथ की नसें काट ली। पंखे से लटक कर जान दे दी। ऐसा कर कुछ लोग खुद को दिल लगाने की जानलेवा सजा देते हैं। ऐसी हताशा वाले लोग प्यार करते ही क्यों हैं, जब उनमें इश्क के मैदान में डटें रहने की हिम्मत ही ना हो। ऐसे फल्टूबाज आशिकों को लगता है कि उनका प्यार क्या उनको नहीं मिला, मानो उनकी दुनिया ही उजड़ गई। भाई प्यार जिंदादिली का नाम है, गम में डूबने का नहीं। "

"रणछोर सोच वाले ऐसे प्रेमियों का कोई भला भी नहीं कर सकता। अरे भाई! मुगले आज़म का 'जब प्यार किया तो डरना क्या' का गाना सुनो और अपने प्यार को हासिल करने में लगे रहो। प्यार में बाधा बनने के लिए तमाम स्पीड ब्रेकर्स आएँगे, तूफान के साथ भयंकर सुनामी भी आ सकती है, लेकिन गुरू मैदान ऐसे ही नहीं छोड़ा जाता है। बंधु, दिल लगाया ही क्यों जब दिल का दौरा सहने की क्षमता ही नहीं है। किसी पंडित ने तो बोला नहीं रहा होगा कि जाओ लड़की पटाओ...इश्क लड़ाओ। ना तो फूफा-मौसा ने ही मोहब्बत करने की सलाह दी रही होगी...तो फिर प्यार करने की जरूरत ही क्या है, जब जिगरा ही नहीं है। ये सभी आशिकों के लिए लाख टके का सवाल है। लेकिन इस सवाल का जवाब आज तक किसी मजनू को नहीं मिला। और ना ही अब तक कोई शख्स इन सवालों का पूरी तरह से तर्कपूर्ण विश्लेषण ही कर सका है।"

तंत्रा – "लेकिन लगता है कि आप इसका सवाल के जवाब के काफी करीब पहुँच चुके हैं।"

"मैं...मैं कौन सा परम ज्ञानी हूँ जो इस यक्ष सवाल का जवाब दे पाऊँ। जहाँ तक रही बात तर्कपूर्ण विश्लेषण की तो यहाँ भी मैं बड़ी ही सच्चाई के साथ कहूँगा कि – 'कतई नहीं'... दरअसल, राधा के मामले में प्यार की व्याख्या करने में भगवान कृष्ण जी भी नाकाम हो गए थे। मीरा की कृष्ण के प्रति लगाव को दुनिया ने सराहा तो

लेकिन उसकी व्याख्या करने में बड़े से बड़े ज्ञानी असफल रहे हैं। आज भी इन विषयों पर रिसर्च होती है। ऐसे में प्यार की व्याख्या करना एक बड़ा उलझाऊ प्रसंग है। वेद-पुराण की ही तरह प्यार के भी अपने अलिखित ग्रंथ हैं, जिसकी व्याख्या समय और हालात के अनुसार बनते-बिगड़ते रहते हैं। इस विषय में PHD करने वाले खुद प्यार से महरूम रह जाते हैं। मैं इश्क में PHD करने वालों की थिसिस से कुछ अंश तुम्हारे सामने रखना चाहता हूँ।"

"रखिए, जरूर रखिए, इसी बहाने इश्क-मोहब्बत के मामले में मुझे भी अपनी समझ बढ़ाने में कुछ मदद मिल जाएगी।" तंत्रा ने चहकते हुए कहा।

"तो सुनिए, कुछ लोग आध्यात्मिक प्यार में भरोसा करते हैं। इस तरह का प्यार करने वाले प्रेमी अपनी संवेदनाओं को बैसाखी बनाकर अपने साथी का दिल जीतने की कोशिश करते हैं। ऐसे प्रेमी अगर अपने प्यार को हासिल कर लेते हैं तो वे सांसारिक हो जाते हैं और किन्हीं कारणवश नहीं हासिल कर पाए तो वे आध्यात्म की राह पर निकल पड़ते हैं। कुछ प्रेमी व्यावहारिक प्यार के पुजारी होते हैं। इनके लिए "दो कदम तुम बढ़ो...दो कदम हम" का फार्मूला लागू होता है। वर्ना "तुम भाड़ में जाओ, मैं तो अपने रास्ते चला" वाला जुमला यहाँ सटीक बैठता है। कुछ भौतिकवादी प्यार को ही अपनी मंजिल समझते हैं। क्योंकि इसमें प्रेमी या प्रेमिका अपने को शारीरिक या मानसिक यातना नहीं देते हैं, ना ही अपने दिल को जलाते हैं बल्कि प्रेमी जोड़ा इस प्रेम लीला में खुद को आनंदित रखने की भावना रखता है। जैसे ही प्रेमी-प्रेमिका की फिजिकल नीड पूरी होती है, ये भूल जाते हैं कि इनका किसी के साथ भावनात्मक लगाव भी है।"

"कुछ प्रेमी रासायनिक प्यार के शिकार होते हैं। त्वचा का रंग और कद काठी इनके लिए विशेष मायने रखती है। लड़की पटाएँगे तो गोरी चमड़ी वाली ही पटाएँगे, नयन-नख्श अच्छे होने के साथ शारीरिक आकार-प्रकार ऐसे प्रेमियों के लिए विशेष महत्व रखती है। कुछ प्रेमी अलौकिक प्यार की मनोकामना करते हैं, ऐसे प्रेमी सोचते हैं कि कोई दिव्य परी या हैंडसम लड़का उनके पास आएगा और घुटने के बल बैठकर हाथों में गुलाब का फूल लेकर उनसे प्यार का इजहार करेगा। इस तरह की प्रेम गाथा अक्सर केवल किताबों और फिल्मों में ही मिलती है। वास्तविक तौर पर ऐसा कुछ नहीं होता है। ऐसे प्रेमियों की मूल भावना रोमांचकारी होने के साथ-साथ छपास प्रवृत्ति की होती है। इनके बीच शादी का नहीं होना ही इसकी सलामती की वजह होती है, वर्ना शादी होने के बाद इस कैटेगरी की पत्नियाँ अपने पति से हमेशा यही उम्मीद

रखती हैं कि वह रोजाना उनकी नागिन की तरह लहराती जुल्फों में गजरा लगाएँगे। उन्हें रोजाना कोई ना कोई अच्छा सा उपहार देंगे। सप्ताह में एक दिन पिक्चर-विक्चर दिखाएँगे और वीकेंड पर बाहर डिनर कराएँगे। पति सोचता है कि ऑफिस आते-जाते समय उनकी पत्नी घर की चौखट पर खड़ी होकर उन्हें विदा करे और घर वापस लौटने के क्रम में भी उनकी नजरें अपने पति के घर वापस आने की बाट जोह रही हों। लेकिन जमाना तेजी से बदला है। अब पत्नियाँ भी नौकरी-पेशे वाली हो गई हैं। इसलिए पति लोग तो खासकर ऐसे सपने नहीं देखें जो बाद में सिरदर्दी की वजह बने।"

"कुछ प्रेमी बंगाली प्यार पर भरोसा रखते हैं। ऐसे प्रेमी-प्रेमिका अपने मनचाहे प्यार की तलाश में दरगाह और तांत्रिकों के पास दर-बदर भटकते रहते हैं। ऐसे लोगों को अधिकांशत: उन तांत्रिकों के पास मंडराते देखा जा सकता है, जो लोग चुटकी में मनचाहा प्यार दिलाने वाले भ्रामक अखबारी विज्ञापनों में फंस जाते हैं। पंचपरमेश्वर प्यार और पलायनवादी प्यार भी आज के इस दौर में खूब फल-फूल रहा है। पंचपरमेश्वर प्यार वो प्यार होता है जिसमें अगर प्रेमी के पाँच दोस्तों ने कह दिया कि भला लड़की या लड़का उसे देखती या देखता है तो फिर लड़का-लड़की हाथ धोकर एक दूसरे के चक्कर में पड़ जाते हैं। पंचपरमेश्वर प्यार के भ्रम के शिकार आशिक तब तक उस लड़की के पीछे पड़े रहते हैं जब तक कि लड़की उनके गाल पर दो-चार थप्पड़ रसीद ना कर दे। वहीं पलायनवादी प्यार में आशिक लड़का लड़की की गली के दो चार फेरे मारता है। लड़की ने खिड़की पर आकर अगर ग्रीन सिग्नल नहीं दिया तो एकतरफा चाहत रखने वाला आशिक मेहनत की बजाय अपने लक्ष्य से पलायन कर जाता है। और फिर वह किसी दूसरी लड़की के घर के चक्कर लगाना शुरू कर देता है, जब तक कि कोई लड़की खिड़की पर आकर ग्रीन सिंग्लन ना दे दे। एक ना एक दिन आशिक की मेहनत रंग लाती है और खिड़की वाला प्यार का इजहार शादी के मंडप पर आकर आशिक के सपने को साकार करता है।"

"हमारे समाज में आम तौर पर महाभारत और रामायण से प्रेरित प्यार का भी खूब प्रचलन है। महाभारत से प्रेरित प्यार का स्वरूप बड़े ही खतरनाक स्तर का होता है। इसमें लड़के और लड़की तो आपस में प्यार करते हैं लेकिन उनके घर वाले आपस में ऐसे उलझ जाते हैं जैसे एक दूसरे की जान लेने पर आमादा हों। पूरे मोहल्ले में महाभारत की तरह घमासान मच जाता है। लड़के वाले कहते हैं कि लड़की ने उनके लड़के को बिगाड़ दिया तो लड़की वाले लड़के पर सारा दोष मढ़ देते हैं। अगर इस मामले में लड़का-लड़की घर से भाग गए तो कोर्ट-कचहरी होना आम बात होती है। कई बार मामला बन जाता है तो कई बार माँ-बाप के जहर खाने की धमकी के डर से

लड़की अपने घर वापस आ जाती है और लड़का पुलिस के डंडे से हाथ पैर तुड़वा कर जिंदगी की नई शुरूआत करने की कोशिश करता है। कई बार लड़के-लड़की दोनों को सामाजिक क्रूरता का शिकार होना पड़ता है। उन्हें झूठी शान के लिए जान से मार दिया जाता है। वहीं रामायण बेस्ड प्यार में दिल जीतने के लिए मार-काट करने की बजाय धर्म का रास्ता अपनाया जाता है। लड़की और लड़के के माँ-बाप एक धर्म-जाति का होने पर मन मसोसकर प्रेमी-प्रेमिका का ब्याह करा देते हैं ताकि उनके खानदान की सामाजिक प्रतिष्ठा पर आँच ना आए। बाजार में प्यार की और भी कई तरह की वैराईटीज मौजूद हैं। आपको जिस प्रकार के प्यार पर भरोसा दिखता है, वैसा प्यार चुन सकते हैं। प्यार करने वालों की जितनी हैसियत है, उससे कहीं अधिक विशाल प्यार का बाजार है। कुछ प्यार खरीदते हैं तो कुछ प्यार बेचते हैं।"

"हमारे देश में सनातनी प्यार की मान्यता बहुत रही है। इस तरह का प्यार खासकर शादी-ब्याह के दौरान घराती और बराती में शामिल होने वाली युवा लड़के-लड़कियों के बीच देखा जाता है। जयमाल(जनवासा) या फिर लड़की की विदाई के दौरान वहां मौजूद लड़के-लड़की आँखों ही आँखों नैन-मटक्का कर लेते हैं और इशारों ही इशारों में अपनी मोहब्बत का इजहार भी कर देते हैं। सनातनी प्यार में तनातनी बहुत होती है। ऐसी शादियों को लेकर घर वाले जल्दी राजी नहीं होते। एक ही घर में दूसरा रिश्ता करने से दोनों परिवार के लोग कतराते हैं। लेकिन लड़के-लड़की के अड़ जाने की स्थिति में सनातनी प्यार की तनातनी का सुखद अंत होता है। खासकर ऐसी शादियाँ रोमांचकारी साबित होती हैं।"

कुछ प्रेमी Facebook और Whatsapp यूनिवर्सिटी के प्रतिभाशाली छात्र होते हैं। ऐसे प्रेमी 24x7 घंटे स्टेटस मेंटेन करने और इसके कचड़ा ज्ञान को हासिल करने में लगे रहते हैं। इसी कड़ी में फ्रेंडलिस्ट में कई बार एक-दूसरे से जुड़ने और उनकी स्टेटस पर कमेंट करने के दौरान दोनों पक्षों की इमोशंस दुर्घटना का शिकार हो जाती हैं। इस दौरान प्रेमी-प्रेमिका एक-दूसरे के इंस्टाग्राम अकॉउंट की प्रोफाइल चैक करते हैं। बात बनती है तो बनती है नहीं तो ब्लॉक करने से लेकर अनफ्रेंड करने तक की नौबत आ जाती है। कई बार तो ऐसे मामलों का अंत दोनों के बीच अंतहीन गाली-गलौज पर आकर खत्म होता है।"

"इन दिनों मेट्रो शहरों में मेट्रोमोनियल इश्क जोर पकड़े हुए है। अखबारी इश्तहार में चुनौती देने के बाद भी जब कोई सामने नहीं आता तो इंटरनेट की दुनिया में शादी कराने वाले तमाम वेबसाइट्स इन निराश प्रेमी-प्रेमिकाओं को एक रंगा-रंग मनोहारी

डिजिटल मंच देते हैं और उन्हें हताशावादी सोच से बाहर निकालने का काम करते हैं। ऐसे प्रेमी-प्रेमिका तिल-तिल कर कुढ़ने की बजाय अपना योग्य जीवनसाथी चुनकर लव चैप्टर को सदा के लिए क्लोज कर देते हैं।"

"आजकल मार्केट में कैशलैश प्यार का व्यापार भी खूब फल-फूल रहा है। यह एक नए तरह का प्यार है। इस तरह के प्यार के किस्से फिल्मी दुनिया में ज्यादा सुनने को मिलते हैं। दोनों पक्ष एक दूसरे को बैसाखी बनाकर प्यार का खेल खेलते हैं। टीवी के अलावा फिल्मी पत्र-पत्रिकाओं में गॉशिप की खबरें प्रकाशित होती हैं जो खूब टीआरपी बटोरती हैं। बाद में पता चलता है कि दोनों पक्षों ने इस रोमांटिक खबर का खंडन कर दिया। खंडन से भी जब बात नहीं बनी तो प्रेमी जोड़ा मीडिया के सामने आकर आपसी रजामंदी से ब्रेकअप होने की खबर पर मुहर लगा देता है। इस तरह से ये प्रेमी जोड़ा फिर से मिडिया में छा जाता है। लाइम लाइट में आने से इन्हें फिल्मों में, वेब सीरीज में काम मिलने लगता है। अब तो आपको ही तय करना है कि आप किस कैटेगरी के प्यार के अभिलाषी हैं। वैसे भी कई मामलो में तो परिस्थितियाँ तय करने लगीं हैं कि आपके हिस्से कौन सा प्यार आने वाला है।"

"अब तो कई सोशल नेटवर्किंग बेवसाइट्स और मोबाइल ऐप भी मोहब्बत के बाजार में धमाका मचाए हुए हैं। जहाँ ना केवल प्यार की तलाश पूरी करने के लिए इच्छाधारी नाग-नागिन आपको मिल जाएँगे बल्कि फ्रेंडशिप वाले ढेरों ऐप के जरिए भी आप प्यार के समंदर में गोते लगा सकते हैं। बस शर्त मामूली सी है कि आपके पास पैसे होने चाहिए। तमाम फ्रेंडशिप कराने वाले ऐप आपकी जेबें खाली करती रहेंगी और आप भ्रम के भँवरजाल में फंसकर भी आनंदित और आंदोलित महसूस करते रहेंगे।"

"प्यार का सारा खेल सामाजिक मान्यताओं के साथ-साथ मानसिक धारणाओं और दिमागी अवधारणाओं पर आधारित होता है। कुछ भौतिकवादी तर्कशास्त्रियों का मानना है कि प्यार केवल और केवल लेन-देन सरीखा दो तरफा मामला होता है। लेकिन कुछ की नजर में प्यार भावनात्मक पहलुओं से जुड़ा हुआ सुखद अहसास होता है। लेकिन भावनाओं का क्या करें जब प्यार पूरी तरह से बाजारीकरण का शिकार हो गया हो। सीधे तौर पर वेलेंटाइन डे और रोज डे इसका जीता जागता उदाहरण है। वैसे भी प्यार में किसने किस पर कितना लुटा दिया, ये भी अतरंगी रिश्तों में काफी मायने रखता है। तभी तो बाजारीकरण की गिरफ्त में आए इस प्यार को लेकर आप कोई सवाल-जवाब नहीं कर सकते। कुछ रूढ़ीवादी लोगों की नजर में प्यार

मानो किसी गुनाह की श्रेणी में आता है तो दूसरी ओर कृष्ण के भक्त इसे दैवीय कृपा मानकर चलते हैं और तर्क देते हैं –

'राधा के बिना श्याम आधा...कहते राधे श्याम, जनम-जनम के भाग्य जगा दे... इक राधा का नाम...

बोलो राधे... बोलो राधे... बोलो राधे...राधे...राधे, बोलो राधे...'

भला जो राधा खुद श्याम जी का प्रेम पाने के लिए भटकती रहीं, उस राधा का गुणगान करने के बाद क्या किसी प्रेमी को उसकी प्रेमिका जीवनभर के लिए हासिल हो सकती है...ये गंभीरता से सोचने-विचारने का विषय है। फिलहाल प्रेमियों के प्रकार की बात हो रही थी। पहले गुंडा प्रवृत्ति के प्रेमियों की बात करते हैं।"

"कुछ दबंग प्रेमी हिटलरशाही प्यार वाली स्टाइल पर भरोसा करते हैं। जिसे नजर में बसा लेते हैं, उसे शादी का ऑफर करते हैं, लड़की मान गई तो ठीक नहीं तो सीधे घर से उठाकर मंडप में लाते हैं और किसी दो कौड़ी के पंडित से कामचलाऊँ मंत्र पढ़वा कर लड़की के साथ सात फेरे ले लेते हैं। वहीं कुछ प्रेमी अहिंसक गांधीवादी प्यार के पुजारी होते हैं। सैकड़ों गुलाब का फूल कुर्बान करने के बाद आखिरकार उन्हें अपना प्यार को हासिल करने में कामयाबी मिल ही जाती है। लड़की भी ऐसे प्रेमियों के धैर्य को देखकर अपना मन कोमल कर लेती है। उसे पता होता है कि ऐसे प्रेमियों को जब चाहे, जिस तरह से चाहे नचाया जा सकता है।"

"आपको कुछ प्रेमी लुका-छिपी प्यार भी करते दिख जाएँगे। दुनिया बहुत बड़ी है, कहीं बनावटी प्यार तो कहीं सजावटी प्यार का नमूना आपको हर जगह दिख ही जाएगा। लेकिन भिन्न-भिन्न प्रकार के इस प्यार में लोग अंतत: बस एक ही बात तलाश करते हैं ...और वह है सुकून। उस प्यार को पाने से क्या फायदा, जिसे हासिल करने के बाद जीने का जज्बा ही मर जाए।"

"मैं पहले ही बता चुका हूँ कि मोहब्बत की कैटेगरी आप को ही तय करनी है कि आपको किस तरह के प्यार की चाहत है। प्यार की इतनी सारी वेराइटीज देखकर तो मैं खुद चकरा गया हूँ। मैं अपने प्यार को किस श्रेणी में रखूँ, समझ में ही नहीं आता है। मैं ऊपर बता ही चुका हूँ कि मेरे एक लवगुरू पटना वाले संजीव जी हैं। एक बार प्यार में निराश होकर उनकी शरण में गया था। उन्होंने अपने पहले ही प्रवचन में प्यार की ढेर सारी वेराइटी मेरे गले में कुत्ते के पट्टे की तरह लटका दी। मैं तभी से इस सोच-विचार में डूबा हुआ हूँ कि कौन सी वेराईटी वाला प्यार मेरे लिए शुभ और मंगलकारी साबित

होगा। संजीव जी से प्यार संबंधी दिव्य ज्ञान लेने के बाद जब में घर लौटा तो ऐसा लगा कि जैसे उनके द्वारा बताई गई प्यार की वेराइटी प्यार ना होकर मानो शराब की वेराइटी हो गई जिसे पीकर मैं अब जिंदगी भर कन्फ्यूजन में रहूँगा कि प्यार करना भी चाहिए या नहीं करना चाहिए। संजीव जी के पास इश्क के मार खाए तमाम लोग आते रहते हैं। कइयों के प्यार का भूत तो उनका प्रवचन सुनने के बाद ही रफूचक्कर हो जाता है।"

"मोहब्बत के लफड़े में इलाहाबादी इश्क को बहुत ही फेमस ब्रांड माना जाता है। संगमनगरी है इसलिए दिलों का संगम भी यहाँ खूब देखने को मिलता है। यहाँ लपट-झपट वाले प्यार का जबर्दस्त चलन है। प्यार की इस क्रिया में चांस तो सब मारते हैं लेकिन लड़की किसी एक इलाहाबादी लड़के के हिस्से ही आती है। लड़का प्यार के इस खेल में लड़की के दुपट्टे से लपट जाता है और जैसे ही लड़की लड़के को लिफ्ट देती है, लड़का लड़की पर झपट्टा मार कर साबित करने की कोशिश करता है कि अब वह केवल और केवल उसी की है और आगे भी उसी की रहेगी।"

"ऐसे प्यार को लपट-झपट प्यार कहते हैं। जिन प्राणियों में इसके लक्षण पाए जाते हैं वह बड़े ही छबीले और अलबेले होते हैं। ये चिड़िया उड़, कौआ उड़, भैंस उड़ जैसे भ्रामक खेल के पारांगत खिलाड़ी होते हैं। इस तरह के प्यार के पहले चरण में लपट-झपट मोहब्बत परवान नहीं चढ़ पाती। इसलिए इस विधा के प्रेमी क्रांतिकारी सोच के जरिए लपट-झपट प्यार को हासिल करने की चेष्टा करते हैं। दरअसल, इलाहाबाद देश की आजादी के वीर सपूत चन्द्रशेखर आजाद की शहादत की भूमि रही है इसलिए इलाहाबादी प्यार में क्रांतिकारियों जैसी सोच की तासीर देखने को मिले तो आश्चर्य की बात नहीं होनी चाहिए। जहाँ की आबो हवा में ही क्रांति की बयार बह रही हो, उस कालजयी मिट्टी से क्रांतिकारी प्रेमियों की खेप ही तो निकलेगी। क्रांतिकारियों का पहला प्यार राष्ट्रवाद होता है। जाहिर है क्रांतिकारी प्यार-व्यार को दरकिनार करते हुए यह साबित करने की कोशिश करते हैं कि पढ़ो-पढ़ाओ...राष्ट्रवाद जगाओ।"

"इससे इतर जिनकी सोच राष्ट्रवादियों जैसी नहीं होती है उनका नारा होता है पढ़ो-पढ़ाओ पर पहले दिल लगाओ। यही वजह है कि संगमनगरी में बोल राधा बोल संगम का खेल भी खूब खेला जाता है। लेकिन ये खेल गली-मोहल्ले में नहीं बल्कि इलाहाबाद यूनिवर्सिटी के कैंपस में खेला जाता है। इलाहाबादी प्रेम का मामला दो खेमें में बँटा होता है। इन हालातों में राष्ट्रवादियों के डर से प्रेमी जोड़े को गुत्थम-गुत्था प्यार का स्वांग रचना पड़ता है। प्रेमी जोड़े की लिपटा-लिपटी की पोजिशन तय कर देती है कि इन दोनों पर अब कोई दूसरा आशिक लाईन नहीं मारेगा। प्रेम की परीक्षा में जो एक बार पास हो जाता है, उसके लिए इश्क करने का दूसरा चांस खत्म हो जाता है।

इसके बावजूद अगर उक्त प्रेमी का दिल दूसरी लड़की पर फिदा होने के लिए अगड़ाई लेता है तो वह हॉस्टल के मनबढ़ छात्रों के हाथों जी भर कर लतिआया जाता है। इस प्रकार की शारीरिक कुटाई शोधन क्रिया से प्रेमी के नापाक इरादे बिल्कुल पाक हो जाते हैं।"

7

प्यार की ताबीज

"इसी कड़ी में अपने प्यार के ख्याली पुलाव के साथ मैं अपने मनचाहे प्यार को दिल में रखे वाया ट्रेन इलाहाबाद नगरी के लिए निकल पड़ा। रास्ते भर ट्रेन में एक पुराने अखबार का पन्ना पढ़ता रहा। जिसमें हर पन्ने पर मनचाहा प्यार दिलाने वाले बंगाली बाबा का इश्तहार देखने को मिला। जेब से एक पॉकेट डायरी निकाली और सबके नाम-पते नोट करता चला गया। कभी मेरी नजर अखबार पर पड़ती तो कभी खिड़की के बाहर जाती। रेलवे लाइन से लगी दीवारों पर गेरूआ और काले रंग से बड़े बड़े अक्षरों में विज्ञापन लिखे हुए थे। लेकिन मेरे दिमाग में केवल मनचाहा प्यार वाला विज्ञापन का दृश्य ही घूम रहा था। मैंने कुछ सोचा और फिर पॉकेट डायरी में मैंने जितना संभव था, नाम और नंबर नोट कर लिया। इन देसी अंदाज में प्रकाशित विज्ञापनों को देखकर मुझे लगा कि बेरोजगारी से भी बड़ी नाकाम मोहब्बत की बीमारी देशभर में बड़े पैमाने पर पाँव पसारे हुए है।"

"मन में ख्याल आया कि सरकार को संसद में प्रश्नकाल के दौरान इस मुद्दे पर गंभीर बहस करनी चाहिए। प्यार होगा तभी तो देश में शांति होगी। शांति होगी तो लोगों की सोच उन्नत होगी। जब सोच उन्नत होगी तो देश की तरक्की होगी। लेकिन मैं भी कितना नासमझ था कि जिस देश में प्यार-मोहब्बत से आम चुनाव तक नहीं हो सकते उस देश में प्यार जैसे विवादित और संवेदनशील मुद्दे पर क्या हमारे नेता संसद में चर्चा करना पसंद करेंगे। खैर ट्रेन के सफर के दौरान मैं अपना काम कर चुका था। हाथ में अखबार लिए पॉकेट डायरी के पन्नों पर दीवार पर लिखे इश्तहार के साथ लिखे फोन नंबर को नोट कर रहा था। इसी को तो प्यार का जुनून कहते हैं। जिसे इश्क का बुखार चढ़ जाता है, उसे रात रात नजर नहीं आती, दिन दिन नजर नहीं आता। प्यार में चोट खाए इंसान और प्यार की तलाश में भटकने वाले शख्स का दिमाग कभी संतुलित

रह ही नहीं सकता। मेरी पॉकेट डायरी में काफी नंबर लिखे जा चुके थे। इलाहाबाद पहुँचकर सोचा एक बार बंगाली बाबा की सौ फीसदी गारंटी वाले विज्ञापन को ट्राई करना चाहिए। क्या जाने मेरी जिज्ञासा का समाधान हो जाए और कोई बंगाली बाबा मेरे मनचाहे प्यार की डोर मेरे हाथ सौंप दे। मनचाहा प्यार ना भी दिला पाए तो कम से कम इतना तो बता ही दे कि मैं कौन सा टोटका आजमाऊँ ताकि मोहब्बत की परीक्षा में सौ प्रतिशत सफलता पा सकूँ।"

"मेरी सोच रूपी क्रिया की तत्काल प्रतिक्रिया हुई और मेरे हाथों ने हलचल दिखाई। दिमाग का एंटिना जैसे ही एक्टिव हुआ, मेरा दाहिना हाथ जेब में रखी पॉकेट डायरी पर गया। फोन नंबर नजर आते ही उँगलियाँ अपने आप मोबाइल पर चलने लगीं। दिल बेकाबू होने लगा। साँसे तेज चलने लगीं। मानो फोन नहीं लगा रहे हों बल्कि किसी से दिल के तार जुड़ गए हों। इधर मेरा फोन गया और उधर फोन की घंटी बजते ही फोन उठ गया। मेरे कानों को एक दिलकश और आकर्षक आवाज सुनाई दी। फोन से निकलने वाली वाणी तरंगें एक युवा लड़की की थीं। उसकी आवाज सुनते ही ऐसा लगा जैसे किसी बंगाली बाबा का फोन नहीं लगा बल्कि मेरी किस्मत का राइट नंबर लग गया। मुझसे फोन पर बात कर लड़की की क्या जादुई मखमली आवाज थी। ऐसा लगा जैसे ऊपर वाले ने मेरी फरियाद सुन ली है और मेरे ऊपर बंगाली बाबा की कृपा बरसने वाली है। दिल से आवाज आई क्या कमाल के हैं बेजोड़ और चमत्कारी बंगाली बाबा। फोन नंबर मिलाते ही रिजल्ट सामने।"

"प्यार पाने का इतना शार्टकट रास्ता...मैंने तो इसकी उम्मीद भी नहीं की थी। तभी फोन से मीठी सी आवाज आई – 'हम आपकी सेवा में हाजिर हैं, बताएँ कब का अप्वाइंटमेंट फिक्स कर दें।' मैं खुशी से उछल पड़ा। मैंने सोचा बंगाली बाबा तो बड़े वाले जादूगर निकले। लड़की तो फोन मिलाते ही अप्वाइंटमेंट फिक्स करने की बात कह रही है। मेरे मन में मानो लड्डू फूटने लगे। मैंने फोन पर लड़की से कहा कि आज ही समय फिक्स कर दो। मिलने में क्या जाता है। तभी उधर से आवाज आई कि डॉक्टर साहब से मिलने से पहले आपको अपनी समस्या बतानी पड़ेगी। शीध्रपतन की बीमारी से ग्रसित हैं तो मात्र इक्कीस सौ रुपए और धात कमजोर है तो मात्र ग्यारह सौ रूपये फीस है। लड़की की बात सुनकर मेरा सिर चकरा गया। मैंने सोचा लड़की मिली नहीं और शीघ्रपतन की समस्या। मैंने तो बंगाली बाबा को फोन मिलाया था, ये सेक्स क्लिनिक का नंबर कहाँ से लग गया।"

"तभी ख्याल आया कि रेल की पटरियों से लगी दीवारों पर ऐसे ही विज्ञापनों

की भरमार होती है। मैंने गलती से अखबार की जगह दीवारों पर लिखे नंबर नोट कर लिए होंगे। मेरे ऊपर चढ़े प्यार के बुखार के चलते गलत नंबर डॉयल हो चुका था। इसे विडंबना ही कहेंगे कि फोन पर बंगाली बाबा का नंबर मिलने की बजाय शुक्राणु बाबा का नंबर लग गया था। मैंने सोचा कि मैं तो मनचाहा प्यार वाली समस्या को ही एक राष्ट्रीय समस्या मान कर चल रहा था। लेकिन हमें नहीं पता था कि एक और राष्ट्रीय बीमारी युवाओं और नौजवानों को बुरी तरह से अपनी गिरफ्त में लिए हुए है। यह बीमारी है नामर्दी , शीघ्रपतन और धात कमजोर होने की बीमारी। ये बीमारी देश के नौजवानों की अहम समस्याओं में से एक है। जितने नीम-हकीम इस बीमारी के मिल जाएंगे उतने तो MBBS डॉक्टर अपने देश में नहीं होंगे। आज भी जब कभी मैं ट्रेन से सफर करता हूँ तो शुक्राणु बाबाओं के विज्ञापन देखकर पुरानी यादें ताजा हो जाती हैं। लेकिन मेरे प्यार का भूत अभी उतरा नहीं था। कुछ और भी ऐसी बीमारियाँ हैं जिनकी इश्तहारी बीमारियों की श्रेणी में खास जगह आज भी बनी हुई है। इन बीमारियों में बवासीर और भगन्दर की बीमारी टॉप फाईव में अपनी जगह बनाने में कामयाब हुई है।"

तंत्रा विजय के रोचक तरीके से अपनी बात रखने से काफी प्रभावित थी।

तंत्रा, "सर, इस मुद्दे पर भी एक फिल्म बना दीजिए, खूब चलेगी।"

"बन चुकी है, एक फिल्म आई थी- खानदानी सफाखाना, लेकिन लोगों ने इस फिल्म को नकार दिया। दर्शकों को शायद लगा हो कि अगर वे फिल्म को देखने जाते हैं तो लोग समझेंगे कि वे भी शीघ्रपतन की समस्या के शिकार हैं।"

"देखो मैं फिर मुद्दे से भटक गया। दरअसल, मेरा बातूनी होना भी एक बीमारी है जो मेरी कहानी को रह-रह कर मेन टॉपिक से भटका दे रही है। कहाँ मैं मानसी की कहानी सुनाने चला था और कहाँ प्यार की फिलॉसिफी में उलझ गया। इस मुद्दे पर मैंने तुम्हें लंबा-चौड़ा भाषण भी दे दिया। मैं तो उलझा ही साथ ही तुम भी भ्रम का शिकार हो गयी। खैर अपनी बात आगे बढ़ाता हूँ। कहतें हैं कड़ी मेहनत और लगन से कोई काम किया जाए तो सफलता मिलनी तय होती है । इन सब के बीच मंजिल को पाने के लिए अगर आप अपना सब कुछ दाँव पर लगा देते हैं तो सफलता आपके कदम चूमती है, ये भी तय माना जाता है। लेकिन मेरा मानना है कि ये महज एक दिल-बहलाऊ जुमलेबाजी है। हमारे यहाँ लाईफ की फिलॉसिफी जुमलों पर ही चलती है। जैसे सौ झूठ पर एक सच भारी होता है। ईमानदारी से किया गया प्रयास कभी बेकार

नहीं जाता...ये ऐसे तमाम जुमले हैं जो कलयुग में भी काफी लोकप्रिय हैं लेकिन इन पर कोई अमल नहीं करता और ना ही ये जुमले मौजूदा समय में प्रासंगिक रह गए हैं। आज अगर कोई जुमला हर मामले में सटीक बैठता है तो वह है जुगाड़...ये शब्द एक चमत्कारी औषधि है, जिसने गटक लिया मानो वो तर गया।"

"मैंने तो ईमानदारी से प्यार किया था और करता भी हूँ, लेकिन मुझे मुँह की क्यों खानी पड़ी। फिलहाल मैंने तो ऐसे दिल बहलाऊ जुमलों को अपनी जिंदगी में कभी जगह नहीं दी। अगर ये जुमले सच होते तो दिल के बाजार में दिल लगाने के बावजूद मुझे मेरी मानसी मुझे क्यों नहीं मिलती। अच्छे जुमलों का एक बाजार है, जहाँ संस्कारी परिवार के लोग विचरण करते हुए अपने बच्चों के लिए तबतक इन जुमलों को आधार बना कर चलते हैं जबतक कि उनके बच्चे बड़े ना हो जाएँ। इसके बाद बच्चे खुद इन जुमलों की माला को अपने गले से उतार फेंकते हैं। गर्लफ्रेंड से मिलने जाना होता है तो माँ-बाप से कोचिंग जाने का बहाना बनाकर घर से निकलते हैं। पॉकेट खर्च से अपनी प्रेमिका के लिए वेलेंटाइन डे और बर्थडे का गिफ्ट खरीदते हैं। बीमार बाप को घर में अकेला छोड़ कर गर्लफ्रेंड के साथ पार्क में अपनी मोहब्बत का इजहार करते नजर आते हैं। भले ही वह गर्लफ्रेंड कुछ देर बाद किसी और लल्लू छाप प्रेमी के साथ किसी चौराहे पर आईसक्रीम खाती नजर आ जाए। दरअसल, नए जमाने में प्रेम की परिभाषा भी बदल चुकी है।"

8

जज़्बाती कीड़े

"अब ना पहले वाले प्रेमी ही रहे और ना ही पहले वाली प्रेमिकाएँ...नए जमाने में लैला-मजनू, शिरी-फरहाद, पारो-गुलाबो और देवदास की कहानी इतिहास के पन्नों में कहीं गुम हो चुकी हैं। अब तो प्यार का गुल्लक वहीं फूटता है जहाँ पैसे मिलने की उम्मीद हो या फिर शरीर। जरूरत और दस्तूर के हिसाब से प्रेमी-प्रमिका तय होते हैं। लड़कों की औकात देखकर लड़कियाँ अपना ब्वायफ्रेंड चुनती हैं। लड़के भी मालदार लड़कियों को पटाने में दिलचस्पी लेते हैं। लड़कियों की नजर में वही प्रेमी लल्लन टॉप होता है जो उस पर दिल खोलकर पैसा लुटा सके। मेरे इतने से लंबे-चौड़े भाषण से तो आप समझ ही गई होंगी कि दिल्लगी के साथ किसी से दिल लगाने से जरूरी नहीं कि काम भी बन जाए। लेकिन एक बात साफ है कि अगर आप कड़ी मेहनत और लगन से दिल लगाने का काम करें या ना भी करें परंतु अपनी तरक्की के लिए अपने प्यार को माध्यम बनाते हैं तो मैं दावे से कह सकता हूँ कि आप सौ फीसदी सफल हो सकते हैं।"

इतना कहने के साथ ही विजय ने जेब से एक सफेद रूमाल निकाला, उसे प्यार से निहारा और जाने क्यूँ कुछ सोचकर उसे फिर से वापस अपनी पैंट की बाईं जेब में रख लिया। देखने से ऐसा लगा कि वह अपनी मोबाइल पर कुछ सर्च कर रहा है। फिलहाल, वह अपनी नजरों को फोन से हटाते हुए वह मंद-मंद कुछ बुदबुदाने लगा और ये बुदबुदाहट धीरे धीरे तेज होती गई।

विजय बोलता जा रहा था, "ये जो मेरी आँख के ऊपर खूबसूरत चोट के निशान हैं ना ! ये मेरी जिंदगी के सबसे यादगार दाग हैं। ये चोट के दाग नहीं हैं बल्कि बहुत ही दुलारे दाग है। जब तक ये दाग बनें रहेंगे, मानसी की यादें भी मन में बनी रहेंगी। जैसे गालों पर काला तिल सुंदरता की निशानी होती है, उसी तरह मेरी आँख के ऊपर चोट

का ये निशान मुझे मेरे जज्बाती होने का अहसास कराता है और मुझे एक ढीठ प्रेमी के होने का सर्टिफिकेट देता है। बात आखिर में आकर यहीं अटक जाती है कि जिस तरह हर किसी को मुकम्मल जहाँ नहीं मिलता, उसी तरह हर किसी को मनचाहा प्यार नहीं मिलता। खैर ये दार्शनिक बातों का वक्त नहीं है। मैं अपनी आँख के ऊपर लगे चोट के बारे में बता रहा था। दरअसल, नैन-मटक्का करते हुए एक बार मैं पकड़ लिया गया था। मेरी जमकर थुराई, धुनाई और कुटाई हुई थी। थुराई का मतलब शायद तुम नहीं समझो...यूपी के पूर्वांचल में जब कुटाई के दौरान मुँह-नाक से खून की धारा बहने लगे तो इस तरह की पिटाई को थुराई कहते हैं। फिलहाल, ये चोट के निशान मेरी उसी प्रेम की परीक्षा का आज भी साक्षात गवाह बने हुए हैं।"

"मानसी, मेरा मतलब मानसी के बड़े भाई ने मेरी जमकर कुटाई करवाई थी। अपनी बहनों से मोहब्बत जताने वाले प्रेमियों पर भाई लोग बहुत ही जुल्म ढाते हैं। यूपी-बिहार में तो ऐसे मामलों में गोलियाँ तक चल जाती हैं। शुक्र था कि मुझ पर हाथ-पैर ही बरसे थे। कितनी बार मुझे भरी बाजार में लोगों के बीच जलालत झेलनी पड़ी थी। मेरे चलते मेरे परिवार की सामाजिक प्रतिष्ठा को भी आँच आई थी। मेरे शैक्षिक रिकार्ड में बट्टा लगना मेरे लिए कोई नयी बात नहीं थी। एक बार प्रिसिंपल सर ने पूरे स्कूल के सामने मेरे कान पकड़ कर उठक-बैठक तक करवाई थी। इसके अलावा कई बार मुझे अपने सहपाठियों के बीच अपमानित होना पड़ा था, जब गणित के गुरुजी चौबेजी ने क्लासरूम में मुझे मुर्गा बनाकर कुकड़ू-कूँ करवाया था। कितनी बार तुड़ाई हुई मेरी, इसकी गिनती तक मुझे याद नहीं है।"

"एक बार असेंबली में पूरे स्कूल के सामने मुझसे कहलवाया गया था कि स्कूल की सारी लड़कियाँ मेरी बहन हैं। टीचर्स के सामने पेशी होना मेरे लिए आम बात हो गई थी। अगर केवल टीचर और प्रिंसिपल मेरे खिलाफ होते तो मैं झेल जाता, मेरी क्लास के कई लड़के भी मेरे खिलाफ मैदान में कुकुरमुत्ते की तरह उतर आए थे। उसमें से एक लड़का अशोक सिंह था। समोसे जैसा मुँह था उसका लेकिन वो अपने को देव आनंद समझता था। नाक पकौड़े जैसी थी लेकिन उसे मानसी को ही अपनी गर्लफ्रेंड बनानी थी। वो खुल कर चुनौती देता था मुझे कि एक दिन बुलबुल उसके पिंजरे में ही फंसेगी। स्कूल में मेरी मजामत देखकर उसे दिली तसल्ली मिलती थी। वह हमेशा कुछ चुनिंदे छिछोरे छात्रों की मदद से मेरा खेल बिगाड़ने में लगा रहता था।"

"एक बार की बात है। रक्षाबंधन का दिन था। अशोक चुपके से अपने साथ राखी लाया हुआ था। उसने क्लास की ही एक लड़की आरती से राखी बँधवा ली

और एक राखी मानसी को देते हुए मुझे बाँधने को कहा। लेकिन कसम से वो दिन मेरा था। मानसी को अशोक की हरकत नागवार गुजरी और उसने अशोक को सबक देने के लिए सभी बच्चों के सामने उसी की कलाई पर उसकी दी हुई राखी बाँध दी। ये कुछ ऐसे किस्से हैं जो तुम्हारे सामने साझा करके मैं असहज जरूर महसूस कर रहा हूँ लेकिन साथ ही उन दिनों को याद कर रोमांचित भी हो रहा हूँ। मैं भी इश्क के मामले में संवेदनशील था लेकिन इतनी बेइज्जती होने के बाद मेरी खाल भी मोटी होती जा रही थी। लफंगेबाजी में डाँट-मार खाना मेरे लिए जैसे रोज की खुराक हो गई थी। और तो और, लड़कियों के माँ-बाप की शिकायतों पर दो बार मुझे थाने की भी सैर करनी पड़ी थी। हालाँकि, केवल डराने-धमकाने के लिए ऐसा किया गया था, ताकि आगे से मैं किसी लड़की के साथ ओछी हरकत या छेड़खानी जैसी कोई गुस्ताखी ना कर सकूँ।"

"कुछ देर तक स्कूली किस्से-कहानियों के बाद विजय ने अपने माथे पर लगी चोट के निशान की ओर इशारा करते हुए बताया कि तंत्रा ये चोट की नहीं मोहब्बत की लकीर है जो कभी नहीं मिटेगी। याद दिलाती रहेगी कि मैंने अपने प्यार को पाने के लिए क्या-क्या नहीं किया। लेकिन इन सब प्रयासों से प्रेमिका भी मिल जाए, जरूरी नहीं। यानि मुझे मेरी चाहत से मानसी भी मिल जाए, ये महज किस्मत की बात हो सकती है। हालाँकि, जाने क्यों आप मुझे उम्मीद की एक किरण दिखाई दे रही हैं। खैर, ये बातें बाद में होगी...पहले मेरी कहानी मेरी जुबानी। सच्चाई है कि मैंने जिंदगी में कभी हार नहीं मानी। मोहब्बत की सीढ़ियाँ चढ़ने के दौरान गिरता रहा लेकिन जितनी बार गिरता, झाड़-पोछ कर खड़ा हो जाता। मैंने कभी हिम्मत नहीं हारी। मैं मोहब्बत के मामले में बहुत जज्बाती था, इसलिए इश्क की परीक्षा में जितनी बार मात खाता गया, मेरे अंदर के मोहब्बत के जज्बाती कीड़े उतने ही ढीठ और आशावादी होते गए।"

तभी तंत्रा ने पूछा, "सर अभी आपने बताया कि मानसी के चलते ही आपकी कई बार पिटाई हुई। ऐसे में आपको उससे प्यार होने का अहसास कब हुआ।"

"मुश्किल सवाल है, मानसी से प्यार कब हुआ...जाने कब हुआ। मैं पाँचवीं कक्षा से गुजरते हुए 12वीं कक्षा में पहुँच चुका था। अक्ल और शरीर के साथ मेरा इश्क भी जवान हुआ। मेरे अंदर की भटकी हुई भावनाओं ने खुद के नफा–नुकसान के मुताबिक वैचारिक आकार लेना शुरू कर दिया था। मेरे जज्बात अब मानो मेरी उम्र को लेकर सिनेमा का 'A' सर्टिफिकेट पाने को बेताब थे। सीधे तौर पर कहूँ तो मैं वयस्क होने के कगार पर था। हमेशा मेरे दिल में बसी रहने वाली मेरी मानसी भी जवानी की दहलीज पर खड़ी थी। मेरी उसके प्रति दिवानगी दिनों-दिन बढ़ती जा रही

थी।"

"मैं किशोर अवस्था के आखिरी पड़ाव पर था। मानसी को लेकर मेरी दिवानगी हद से गुजरती जा रही थी। उसकी नाज़ुक उँगलियों से लिखी कोई हस्तलिपि मुझे अगर क्लास के किसी कोने में या डस्टबिन में पड़ी मिल जाती तो मैं उस मरोड़े हुए बेकार से लगने वाले पन्ने को भी समेट लेता था। उस पर उसके हाथ से लिखी लेखनी को अपने कलेजे से लगाकर ऐसा अहसास करता जैसे वह खुद साक्षात मेरे कलेजे से लिपटी हुई मुझे मेरे पास होने की अनुभूति दे रही है। किसी के लिए ये कूड़ा-करकट हो सकते थे। लेकिन मेरे लिए तो उसकी लेखनी मेरी जिंदगी का दस्तावेज बन चुकी थी। आज भी मैंने उन फटे-मरोड़े कागज के टुकड़ों को अच्छी तरह से सहेज कर रखा हुआ है। अकेले में जब कभी मौका मिलता है, मैं उन कागज के टुकड़ों को अपने जिगर का टुकड़ा समझकर अपनी आँखों की रेटिना में कैद कर लेता हूँ। एक ठंडी अहसास लेकर खुद को तसल्ली देता हूँ और कहता हूँ कि जा ...आज नहीं तो कल तुम मुझे मेरे पास आकर कहोगी– 'अरे पगले मैं तो कब से तुमसे प्यार करती थी, लेकिन क्या करूँ, कहने से शर्माती थी।'"

"मानसी के हाथों से लिखे शब्दों को आज भी मैं बड़े ही गौर से, प्यार से पढ़ता हूँ। उसके हाथ की लिखावट तक से मुझे बेहद प्यार रहा है। मेरी दिवानगी की हद को सुनोगी तो मुझे पागल कहे बिना नहीं रह पाओगी। दरअसल, उसका पसीना भी मुझे इत्र की तरह लगता था। एक बार नैपकिन से उसने अपने पसीने को पोछ कर डस्टबिन में फेंक दिया। मैंने उसे ऐसा करते देख लिया। दिवानगी इस हद तक थी कि उस नैपकिन को मैं डस्टबिन से निकाल कर चुपके से अपनी पैंट की जेब में रख लिया। एकांत में जाकर मैंने उसके पसीने से तरबतर नैपकिन पेपर को नाक पर लगाकर ऐसे सूँघने लगा जैसे उसमें से इत्र की खुशबू आ रही हो। सचमुच उसके पसीने की गंध में भी गजब का नशा था। सब ये समझो कि उससे जुड़ी हर चीज मुझे आकर्षित करती थी। ये किसी से किया गया सच्चा प्यार ही तो था। जब किसी के पसीने की दुर्गंध में भी सुंगध जैसी फीलिंग आए तो समझ लो बच्चे ने प्यार की परीक्षा में सौ फीसदी अंक लाए हैं।"

"मेरे दिल से कभी ना जाने वाली मानसी सचमुच मेरे हृदय में तुलसीदास के रामचरित मानस की तरह बस गई थी जिसके सभी पद और चौपाई पढ़ने के बाद भी उसका रस सदा बना रहता है। मानसी के लिए मुझे कितनी महाभारत करनी पड़ती थी, ये केवल मेरा दिल ही जानता है। लेकिन मुझे गीता के उस श्लोक पर पूरा भरोसा

था– "कर्म किए जा फल की ईच्छा मत कर ऐ इंसान। जैसा कर्म करेगा...वैसा फल देगा भगवान"...मैं प्यार की अंगीठी पर रोजाना अपने आपको तपाता था। सोचता था कि एक ना एक दिन मेरी तपिश जरूर रंग लाएगी। मानसी मेरे करीब आएगी। इसी भ्रम के साथ मैंने बारहवीं तक की पढ़ाई पूरी कर ली। लेकिन मानसी ने मेरी भावनाओं को समझने की कभी कोशिश नहीं की। सच्चाई ये थी कि मानसी के मन तरंगों तक तक मेरे जज्बाती संगीत की लहरें शायद पहुँच ही नहीं सकी थीं।"

"सच कहूँ तो ना तो मैं पढ़ाई में कभी अव्वल रहा ना ही मोहब्बत में कामयाब रहा, लेकिन अपनी बेपनाह मोहब्बत की वजह से ही आज बॉलीवुड में कामयाबी के उस मुकाम पर खड़ा हूँ। जहाँ पहुँचने के लिए अच्छे-अच्छों को बड़े-बड़े जतन करने पड़ते हैं। फिलहाल, मुद्दे पर आता हूँ, दरअसल मैंने पढ़ाई और मोहब्बत, दोनों को ही करने में कोई कोर कसर नहीं छोड़ी थी, खूब मेहनत लगा कर पढ़ाई भी की और उतनी ही शिद्दत से एकतरफा मोहब्बत भी किया था, लेकिन होता वही है, जो ऊपर वाले को मंजूर होता है। परीक्षा में तो सभी बैठते हैं लेकिन सभी अच्छे नंबर से पास हो जाए, ये जरूरी तो नहीं होता। मेरे साथ भी कुछ ऐसा ही हुआ था तंत्रा...। पहले तो मोहब्बत की दौड़ जीतने के चक्कर में पढ़ाई में पिछड़ गया। और फिर पढ़ाई पिछड़ने के चलते मोहब्बत की जंग में भी करीब-करीब अकेला पड़ गया। लेकिन इसके बावजूद मैंने कभी हार नहीं मानी, मैं तो बस अपने मिशन-ए-मोहब्बत की पूँछ पकड़ कर लटका रहा।"

"मैं जानता था कि इस काम में मशक्कत ज्यादा करनी पड़ेगी। लेकिन शोले फिल्म में धर्मेन्द्र का रोल मुझे हमेशा प्रोत्साहित करता रहता है कि अगर मन से प्यार किया जाए तो बसंती कितने भी नखरे दिखाए, उसके दिल को जीता जा सकता है। यही वजह थी कि मैंने अपने हौसले को कभी टूटने-बिखरने नहीं दिया था। जिस दौरान मैंने प्यार किया था उस दौरान अगर फेसबुक, ट्विटर और इंस्टाग्राम जैसे सोशल वेबसाइट्स होती तो शायद मेरी मंजिल नेटफ्लिक्स जैसे किसी OTT पर दिखने वाली वेब सीरीज की तरह रूमानियत से लबरेज और बहुरंगी साबित हो सकती थी। भरोसे से कह सकता हूँ कि फेसबुक और इंस्टाग्राम पर हमारी मोहब्बत की दास्ताँ वॉयरल हो चुकी होती। लेकिन जो होता है, अच्छे के लिए होता है। अगर उस दौरान ये सोशल नेटवर्किंग साईट होते तो जाने कितने और दिवाने मानसी पर मर मिटने पर आमादा हो चुके रहते। क्या जाने? किसकी प्रोफाइल मानसी की दिल की धड़कन बन जाती। जाने कौन दिवाना उसे अपनी मोहपास में कैद कर लेता। जाने कौन फेक आईडी वाला फेसबुकिया उसे अपने चक्रव्यूह में फंसा लेता और घनचक्कर बना कर

उसके चक्कर लगाता फिरता। पता नहीं मेरा नंबर कभी लगता भी या नहीं। क्या जाने, मेरा प्यार सोशल वेबसाईट के इर्द –गिर्द ही घूमता रह जाता और सोशल मीडिया की भेंट चढ़ जाता।"

ये कहते हुए विजय ने अपनी वाणी को थोड़ा विराम दिया। आज विजय पूरे मूड में था। उसे जो कुछ कहना था वह खुल कर कह रहा था। वह उन सभी बातों को आज कहने का साहस किया था जो उसने आज तक किसी से नहीं कहा था। वह बिल्कुल ताजगी और रूमानियत के साथ अपनी बात को बड़ी बेबाकी के साथ तंत्रा से साझा कर रहा था। तंत्रा भी विजय की बातें ऐसे सुन रही थी जैसे वह कोई रामकथा या भागवत कथा सुन रही हो। वह कभी गंभीर नजरों से विजय को देखती तो कभी वो संजीदा हो जाती। वह इस उम्मीद से विजय की बातें सुन रही थी कि कहीं ना कहीं इस कहानी में मानसी की जबर्दस्त एंट्री होगी। लेकिन कब, उसे भी नहीं पता था। फिलहाल, विजय अपनी कुर्सी से और तंत्रा उसकी बातों से बिल्कुल चिपकी हुई थी। विजय के लफ्जों में एक चुंबकीय शक्ति थी जो माहौल को बाँधे हुए थी। ये ढाई आखर प्यार की वो जादुई ताकत थी जो फिजा में रोमांस का रोमांच घोल रही थी।

तंत्रा, "आप लाजवाब डायरेक्टर के साथ एक शानदार स्टोरी टेलर भी हैं। जितना अद्भुत आप का निर्देशन है उतनी ही अद्भुत है आपकी ये अनसुनी कहानी। "

विजय, "वाकई ! तारीफ किसे अच्छी नहीं लगती, शुक्रिया। खैर ...आगे की कहानी और भी रोचक और रोमांचक है।"

9
मसंद किसकी पसंद?

“मेरी कहानी में अब ट्विस्ट आने की बारी है। मुझे मानसी पसंद थी लेकिन शायद मानसी को मसंद पसंद था। ऐसा मुझे लगता था। मसंद हमेशा क्लास में टॉपर्स की फेहरिस्त में शुमार रहने वाले लड़कों में से एक था। मसंद मिडिल क्लास से ताल्लुक रखने वाला स्मार्ट लड़का था, था क्या आज भी कहीं बैंक में बड़े पद पर बैठा होगा। 12वीं में टॉपर रहने के बावजूद उसने उत्तर प्रदेश के सुल्तानपुर जिले में ही आगे की पढ़ाई जारी रखी। जबकि मानसी का पढ़ाई का नया ठिकाना इलाहाबाद बन चुका था। उन दिनों प्रतियोगी परीक्षाओं के गढ़ के तौर पर इलाहाबाद का अपना खास रूतबा था। कॉलेज की नई जिंदगी और नया माहौल भला किसे रास नहीं आता। बिंदास जिंदगी का सफर शुरू हो चुका था। हाथ की भाग्य की रेखाएँ धीरे-धीरे अपना रंग दिखानी शुरू कर चुकी थीं। माथे पर जो बल और तनाव कभी माँ-बाप की डाँट के चलते दिखाई देते थे, वे अब भविष्य की चिंताओं को लेकर दिखाई देने लगे थे।”

“मैं तय नहीं पा रहा था कि आखिर मुझे क्या करना चाहिए। मैं इसी उधेड़बुन में लगा रहा। मसलन, मसंद की तरह सुल्तानपुर के कॉलेज में मैं भी अपना भविष्य तलाश करूँ या युवा जोश की उड़ान के साथ कहीं और किसी नई मंजिल की तलाश में नए शहर को पढ़ाई का ठिकाना बनाऊँ। लेकिन जबसे मुझे पता चला था कि मानसी इलाहाबादी हो गई, मेरा मन भी इलाहाबादी होने को लेकर बेताब था। दिल संगम नगरी में बसने के लिए मचलने लगा। लेकिन वहाँ की पढ़ाई को लेकर खर्चा–पानी पर बात अटक गई थी। सच कहूँ तो जिंदगी में पहली बार पता चला था कि पैसे में बड़ी ताकत होती है। मेरे पिताजी ने साफ कर दिया कि मुझे सुल्तानपुर के नामचीन बीएन डीग्री कॉलेज में ही पढ़ाई करनी है। अगर इलाहाबाद में पढ़ने का शौक है तो बेशक पढ़ूँ, लेकिन एक फूटी कौड़ी भी घर से नहीं भेजी जाएगी। जाहिर है, ज्यादा ना नाकुर

किए बगैर मैंने बड़ी ही विनम्रता से पिता जी के आदेश को भरे मन से स्वीकार कर लिया। फिर क्या था, मैंने सुल्तानपुर के ही बीएन डीग्री कॉलेज में दाखिला ले लिया। मन की उड़ान के टेक ऑफ से पहले ही आर्थिक हालातों ने मेरे सपनों की लैंडिंग करा दी। जाहिर है कलेजे पर पत्थर रखने के सिवा मेरे पास कोई और चारा भी नहीं दिख रहा था। ऐसे में घर वालों की मनमर्जी ही चली और मैंने मन मारकर घर वालों के आदेश को अध्यादेश मानकर वही किया जो पिताजी चाहते थे। हाँ, पिताजी ने इतना जरूर कहा था कि अगर मैं पढ़ाई-लिखाई में उनके भरोसे पर खरा उतरता हूँ तो वे मुझे आगे की पढ़ाई के लिए इलाहाबाद भेज सकते हैं। पिताजी का इतना ही आश्वासन मेरे लिए काफी था। दरअसल पिताजी चाहते थे कि मैं इकोनॉमिक्स में स्नातक करने के बाद MBA कर लूँ।"

"मैंने भी ठान लिया कि मानसी और मंजिल को पाने के लिए पिताजी के भरोसे पर खरा तो उतरना ही होगा, इसके लिए चाहे कुछ ही क्यों ना करना पड़े। मेरे दिल और दिमाग में केवल और केवल मानसी छाई हुई थी। वैसे भी पिताजी के भरोसे पर खरा उतरने के लिए मुझे दशरथ माँझी की तरह कोई पहाड़ तोड़ कर रास्ता नहीं तैयार करना था, ना ही एवरेस्ट पर चढ़ाई ही करनी थी। बल्कि उन्होंने मेरे प्रति जो भ्रम का चश्मा पहन रखा था, बस उसे उतरवाना था। मैं पिताजी के सामने साबित करना चाहता था कि मैं इलाहाबाद में जाकर अपने उज्जवल भविष्य के सपने देख सकता हूँ। मैं इस सपने को यथार्थ में बदलने का जज्बा भी रखता था। मुझे बस मौका मिलने की एक दरकार थी। मेरा पूरा दिमाग पढ़ाई के साथ-साथ मानसी पर फोकस हो चुका था। जबकि मानसी का शुरू से ही पूरा फोकस उसके करियर पर था। मेरे लिए भविष्य सँवारने का बस एक ही फॉर्मुला था, जिसे अमलीजामा पहनाना मेरा काम था और उस फॉर्मुला का हल कोई और नहीं बल्कि मानसी थी।"

"एक दिन अचानक कालेज में मुझे मसंद दिख गया तो पता चला कि उसने भी मेरे ही कॉलेज में दाखिला ले रखा है। मेरी खुशी का ठिकाना नहीं रहा। मैंने सोचा जिस मानसी को मैं पसंद करता हूँ, वो कम से कम मसंद के करीब तो नहीं ही है। इस खुशफहमी को मैंने खुद को जिंदादिल रखने का एक जरिया बना लिया। मैं कॉलेज में दाखिला ले चुका था। स्वभाव के अनुरूप ही कॉलेज में भी मेरी दोस्ती-यारी मेरे जैसे ही लड़कों के साथ हो गई थी। ऐसे में मैं अपनी इश्कियाबाजी वाली अद्भुत प्रतिभा को कब तक मन में दबा कर रख पाता। कॉलेज में आजादी मिलते ही मेरे अंदर का टैलेन्ट अब बाहर निकलने लगा था। कॉलेज के दूसरे सर्वगुण संपन्न छात्रों के बीच मेरी अच्छी पैठ बन चुकी थी।"

"मेरी गिनती कॉलेज के उन इश्कजादों में होने लगी थी जो इस हुनर में अपना एक अलग मुकाम हासिल कर चुके थे। लेकिन मैं प्रोफेशनल इश्कबाजों की तरह नहीं था, बल्कि मैं समतामूलक और लोकतांत्रिक इश्कबाजों की टीम का ऐसा सरगना था, जिसे सीधे तौर पर कोई अमर्यादित शख्स नहीं कह सकता था। तमाम लड़के अपनी प्रेम कहानी की पंचायतें लेकर मेरे यहाँ आते थे। मेरी नीति पहले आओ, पहले टिप्स पाओ की थी। अमीरी-गरीबी, गोरा-काला, जाति-बिरादरी से मेरा कोई मतलब नहीं था। जो भी आता मुझसे इश्क फरमाने के तौर-तरीकों के साथ लड़की पटाने के टिप्स मुफ्त में ले जाता। कॉलेज के नए आशिकों को लव टिप्स देने में मेरा कोई सानी नहीं था, ऐसा मैं नहीं कह रहा हूँ बल्कि कॉलेज में छंटे इश्कजादों की मेरे बारे में यही राय थी। पता नहीं ये सच था या नहीं, लेकिन मैंने हमेशा तफरी के माहौल में ही किसी मनचले आशिक को लड़की पटाने और उसका दिल जीतने के टिप्स देता था। हर टिप्स के बाद मुझे इंतजार रहता था कि कोई मेरी टिप्स पर अमल कर लड़की को पटाने की कोशिश करेगा और साला लात-घूँसों से कूटा जाएगा। लेकिन खुशकिश्मती कहें या बदकिश्मती, मेरी सलाह कभी बेकार नहीं गई और जिसने भी मुझे लव गुरू मान कर मेरे सुझाव पर अमल किया, वह अपने ' लड़की पटाओं मिशन' में सौ परसेंट कामयाब रहा। जाहिर है अपने पटना वाले संजीव गुरु से मैंने बहुत कुछ सीखा था जो अब काम आ रहा था। "

"दरअसल, वह ऐसा फिल्मी दौर था, जब शाहरूख खान और काजोल की लव स्टोरी तहलका मचाए हुए थी। उन दिनों 'दिल वाले दुल्हिना ले जाएंगे' (DDLJ) रूपहले पर्दे पर कामयाबी के नए आयाम गढ़ रही थी। उन दिनों रोमांस की दुनिया में गोता लगाने वालों की जुबाँ पर केवल और केवल DDLJ के ही चर्चे थे। फिल्म को लेकर इश्कबाज लड़कों के मुकाबले लड़कियाँ ज्यादा जज्बाती हो चुकी थीं। शायद यही वजह थी कि हवाबाज लड़कों को अपनी मोहब्बत को हथियाने के लिए ज्यादे मशक्कत नहीं करनी पड़ रही थी। कभी-कभी मैं सोचता था कि आखिर इस मामले में मैं ही क्यों अभागा निकला और मानसी को अपनी ओर आकर्षित करने में नाकाम रहा। जबकि कल के नए-नए लड़के मेरी ही मोहब्ब-ए-टिप्स पर अमल कर दिवानगी की चासनी में तर-बतर होकर रोमांचकारी गोते लगाने में कामयाब रहे हैं। मैं इस सवाल का जवाब तलाश रहा था कि आखिर मेरे दिल का क्या कसूर था जो मानसी को अपने मानस पटल पर काबिज नहीं कर सका। फिलहाल ये तो अपनी-अपनी किस्मत की बात थी।"

"एक बार प्रशासनिक महकमें में काम करने वाले मेरे एक मित्र मनोज तिवारी

ने मेरे हाथ की रेखाओं को देखकर बताया था कि मेरा शुक्र कमजोर है। दरअसल, शौकिया तौर पर उन्होंने हस्तरेखा और ज्योतिश शास्त्र का अध्ययन कर रखा है। उन्होंने मुझसे साफ-साफ कहा कि जिनका शुक्र मजबूत होता है, लड़कियाँ उनके पास स्वयं चलकर आती हैं और जिनका शुक्र कमजोर होता है वह लड़की के जितना करीब जाने की कोशिश करेंगे, लड़की उनसे उतना ही दूर भागने की कोशिश करेगी। उनकी बातों से मैं थोड़ा निराश हो गया तो उन्होंने कहा कि ऐसा नहीं है कि ग्रह-दशा में बदलाव नहीं होगा। लेकिन समय लगेगा। फिलहाल हाथ-पाँव मारने से कुछ हासिल नहीं होगा। उन्होंने दिलासा दिलाया कि जब मानसी मुझे मिलनी होगी तो ऐसे हालात बनेंगे कि अपने आप मैं मानसी के करीब आता जाऊँगा और एक दिन वो मेरी बाहों में होगी। जब मैंने उनसे पूछा कि वो दिन कब आएगा तो उन्होंने कहा कि अगर वह इतने ही काबिल हस्तरेखा ज्ञानी होते तो आज उनकी वाली भी उनकी बाहों में झूल रही होती। 'बी पॉजीटिव' के फार्मूले को अपनाते हुए मैंने मन ही मन में कहा कि हथेली में मेरे शुक्र भले ही कमजोर है, लेकिन मेरे इरादे मजबूत हैं। मेरा दिल कहता है कि एक ना एक दिन मुझे मेरी मानसी जरूर मिलेगी। कभी-कभी सोचता हूँ कि काश कोई ऐसा तिलकधारी पंडित मुझे मिलता जो बस एक बार मुझसे कह देता कि तुम्हें तुम्हारी मानसी बस मिलने ही वाली है। वैसे तंत्रा जी आप भी तो पंडित ही हैं....मतलब तंत्रा त्रिपाठी। खैर ये तो मजाक रहा। आगे की कहानी सुनिए।"

"मोहब्बत अगर किसी को ना मिले तो ये चट्टान से भी भारी है। अगर आप को अपना प्यार मिल जाए तो ये हवा से भी हल्की एक खुशगवार बयार है। ये बयार जब चलती है तो केवल इश्कजादों को ही छू कर निकलती है, अगल-बगल वालों को इसकी भनक भी नहीं लगती कि ये मोहब्बत की बयार कब आई और कब निकल गई। मैं अपनी बात नहीं कर रहा हूँ लेकिन बाकी लड़कों के लिए एक सीधा फॉर्मूला रहता है कि चलो एक नहीं पटी तो दूसरी को पटाया जाए...किसी और के दिल में मोहब्बत को जगाया जाए। लेकिन मेरी नजर तो बस एक ही लड़की पर थी। वह लड़की मानसी के सिवा कोई और हो ही नहीं सकती थी।"

बोलते बोलते विजय थोड़ी देर के लिए रूक गया। लेकिन उसके मन में अपने कॉलेज के दिनों की बहुत सी यादें थी जिसे वह कहना चाहता था। एक ठंडी आह भरने के बाद वह फिर से शुरू हो गया।

"ना तो मैं अव्वल दर्जे का रंगबाज था और ना ही मेरे अंदर कोई ऐसा ऐब था जो नए जमाने के छात्रों में होता है। मसलन खान-पान को लेकर गुटखा और सिगरेट

वगैरह जैसी नशे की लत। मैं इन तमाम ऐब से कोसों दूर था। एक-दो बार सिगरेट पीने की कोशिश की भी लेकिन विफल रहा। पान-मसाला करीब-करीब मेरे सभी दोस्त खाते थे, लेकिन मैं इस दिव्य मुखदोष से भी सदैव दूर ही रहा। इसकी वजह सिर्फ और सिर्फ मेरे बाप थे। एक बार कपड़े की धुलाई के दौरान मेरी पैंट की जेब में पान मसाला मिल गया था। फिर क्या था पैंट की धुलाई के साथ-साथ मेरी भी ऐसी धुलाई हुई थी कि आज भी सोचकर रोंगटे खड़े हो जाते हैं। मुझे तो बस एक ही नशा था या यूँ कहें कि है तो वो है मोहब्बत का नशा यानि मानसी का नशा।"

सुल्तानपुर की पढ़ाई और अनावश्यक तौर पर लड़कीबाजी में बदनामी, मेरी किस्मत की किताब में लिखी जा चुकी थी। लेकिन मेरे हाथ की लकीरों में तो कुछ और ही लिखा था। मैंने एम.कॉम भी सुल्तानपुर से ही किया और अचानक जिंदगी में ऐसा मोड़ आया, जिसका इंतजार मुझे पहले से था। नियति को भी शायद यही मंजूर था। मैंने इलाहाबाद विश्वविद्यालय में MBA की प्रवेश परीक्षा दी थी। मैं इस परीक्षा की बाधा को पार भी कर गया। MBA में दाखिला मिलने से मेरे पिताजी का मेरे ऊपर भरोसा बढ़ गया।"

"मैं आनन-फानन में सुल्तानपुर से संगमनगरी और वर्तमान के प्रयागराज में आ गया। मुझे प्रोफेशनल कोर्स में दाखिले से ज्यादा इस बात की खुशी थी कि मैं अब इलाहाबाद में हूँ और मेरी दिल की धड़कन मानसी ने भी यहीं से ग्रेजुएशन किया है। ये विचार मुझे बार-बार आंदोलित और आनंदित कर रहे थे कि मानसी से इलाहाबाद में मुलाकात संभव हो सकती है। ये सोच महज मेरी खुशफहमी थी। लेकिन मुझे ऐसा लगता था जैसे मैं जो सोच रहा हूँ वही सच है। मेरा मानना है कि सागर से मोती तलाशना आसान तो नहीं होता लेकिन असंभव भी नहीं होता है। बस यही बात मेरे मन को बहलाने के लिए काफी थी। लेकिन सच्चाई यही थी कि लाखों की भीड़ में मानसी की तलाश करना मेरे लिए किसी भागीरथी प्रयास से कम नहीं होता।"

"MBA में दाखिला लेने के साथ मैंने हॉस्टल के लिए भी अप्लाई किया हुआ था। लेकिन जुगाड़ नहीं बैठ पाने के चलते मुझे हॉस्टल नहीं मिल सका। ऐसे में मुझे यूनिवर्सिटी के कुछ ही दूरी पर एक कमरा किराए पर लेना पड़ा। जरूरत के सामान की खरीददारी के साथ डेरे का गृहप्रवेश भी हो गया। नया शहर, नया माहौल और नए कोर्स के साथ मेरा नया-नवेला आत्मविश्वास मेरी जिंदगी की परीक्षा लेने को तैयार था। मैंने किराए के कमरे में ही सही, काम चलाऊँ गृहस्थी बसा ली थी। पहले एक-दो दिन तो मेरा दिमाग इस बात पर लगा रहा कि MBA की पढ़ाई अच्छी तरह से करनी

है। फिर दिमाग में अचानक मानसी को लेकर ऐसा बुखार चढ़ा कि MBA की पढ़ाई को भूल कर उसी की याद में खो गया। हालाँकि, सुल्तानपुर में पढ़ाई के दौरान मसंद से मेरे संबंध ठीक-ठाक बन चुके थे। लेकिन ये संबंध चाय-पानी तक ही सीमित था। हम दोनों जब भी कहीं मिलते थे, बिंदास होकर मिलते थे। इस बीच मैंने कभी भी मसंद से मानसी को लेकर कोई बातचीत नहीं की थी।"

10

फटे पोस्टर का रहस्य

"अब सुल्तानपुर पीछे छूट चुका था, मैं इलाहाबाद में आ चुका था। हालात बदले हुए से थे। बदमाश गैंग के छात्रों में गिनती होने के बावजूद मेरा MBA के कोर्स के लिए सिलेक्शन हुआ था। सच्चाई तो ये थी कि तमाम फर्जी कामों के बावजूद मैंने खुद को नशा-पानी और लड़कीबाजी से दूर रखा था और इसकी एकमात्र वजह मानसी थी। मैं चाह कर भी उसे ना तब भूल पाता था और ना अब भूल पाता हूँ। जाहिर है वह मेरे दिल में पूरी तरह से बस चुकी थी और इसकी यही एकमात्र वजह थी कि वो मेरा पहला और आखिरी क्रश थी। इस एकतरफा चाहत के प्रति मैं हमेशा ईमानदार और भावनात्मक रहा हूँ। MBA करने के दौरान मैं हमेशा सोचता था कि अगर मैं पढ़ाई में ध्यान लगाऊँ तो शायद मेरी किस्मत निखर जाए। बेरोजगार से रोजगार युवक की श्रेणी में आने से शायद मैं अपने एकतरफा प्यार को दोतरफा प्यार में तब्दील कर सकूँ। दूसरा मैं अपने पिता के मेरे निठल्ले होने के उस भ्रम को तोड़ना चाहता था जिसके चलते वह मेरी प्रतिभा को हमेशा दरकिनार करते रहे थे। मैं चाहता था कि मेरी छवि उनकी नजरों में सुधरे और वह मेरे आगे की पढ़ाई पर होने वाले खर्च का बेहिचक निर्वहन कर सकें।"

विजय बोलता जा रहा था ....बीच बीच में वह टेबल पर रखी पानी की बोतल को हाथ में लेकर पानी पी लेता था। सबसे बड़ी बात ये थी कि उसके सामने बैठी तंत्रा एक बार भी बोर नहीं दिखी। भला इतनी रोचक तरीके से कौन किसको अपनी कहानी-किस्से सुनाता है। विजय की बातों में शहद की तरह मिठास, आँखें भिगो देने वाली भावनात्मक और आत्मीयता से परिपूर्ण अपनेपन जैसा आकर्षण था। इसलिए विजय की बातों से तंत्रा का ध्यानतंत्र कभी टूटा ही नहीं।

विजय ने अपनी बात जारी रखी, "मैं इलाहाबादी परिवेश में ढलने को तैयार

था। यूनिवर्सिटी के पास नेतराम चौराहा की कचौड़ी पूड़ी और जलेबी की फेमस दुकान से नास्ता करने के साथ मैंने संगम नगरी में बिंदास तरीके से एंट्री मारी थी। सबसे पहले मैंने गंगा नहान के साथ ये प्रण किया कि जिंदगी में कुछ नया करना है। कुछ अलग करना है। लेकिन गंगा मैया का आचमन करने के दौरान एक बड़ी ही वित्रित घटना मेरे साथ घटी, जिसका जिक्र किए बगैर मेरी कहानी अधूरी रहेगी..क्योंकि आगे की कहानी में इस घटनाक्रम का बहुत योगदान है। सच कहूँ तो जब गंगा में पहली डूबकी लगाई तो जै गंगा मैया के जयकारे के साथ मैंने कुछ मन्नत भी माँगी। मैंने गंगा मैया से कहा कि अब वही मेरा और मानसी का मिलन कराएँगी।"

"गंगा आचमन के दौरान मैं जिस विचित्र घटना की बात करने जा रहा हूँ वह किसी चमत्कार से कम नहीं था। ये चमत्कार ना केवल चौंका देने वाला था बल्कि स्तब्ध कर देने वाला भी था। इस घटना ने मेरी जिंदगी में समझो एक नया ट्विस्ट ला दिया था। दरअसल, मैं जहाँ अपने कपड़े रख कर गंगा स्नान के लिए गया था, वहाँ दूर-दूर तक कोई और शख्स स्नान नहीं कर रहा था, वहाँ मैं अकेला ही था। भोर का समय था, स्नान करने वालों की तादाद बहुत ही कम थी। मैंने स्नान पूरा किया और गंगा मैया को नमन किया। इसके बाद मैं जैसे ही अपने शरीर पोछने के लिए गमछा लेने के लिए झुका, देखा कि एक बंदर मेरे कपड़े के ढेर के पास बैठा एक पोस्टर से खेल रहा है। मुझे देखते ही बंदर वहाँ से थोड़ी दूर जा कर बैठ गया।"

"मैं अपने कपड़े बदलने लगा। कपड़े बदलने के बाद आखिर में मैं अपने गमछे को जैसे ही निचोड़ने लगा, मेरी नजर अचानक उस फटे हुए पोस्टर पर जा टिकी, जिससे बंदर थोड़ी देर पहले तक खेल रहा था। यह एक आधा-अधुरा पोस्टर था। इस पर एक लड़की की आधी-अधूरी तस्वीर थी। लेकिन मेरी नजरें कहाँ धोखा खाने वाली थीं। तस्वीर में आधी-अधूरी दिखने वाली लड़की के नयन-नश्क बिल्कुल मानसी के चेहरे से मिलते-जुलते थे। आधी-अधूरी फोटो को मेरी आँखों ने मेरे मन के मटल पर पूरी आकृति तैयार कर दी। वही चेहरा, वही भाव, वही आँखें, हाँ, हेयर स्टाइल थोड़ी बदली हुई जरूर थी। मेरे भ्रम की स्थिति को तब और बल मिल गया जब मैंने फटे हुए आधे-अधूरे पोस्टर के नीचे वाले हिस्से पर SHI लिखा पाया। मानसी को अगर अंग्रेजी में लिखा जाए तो MANSHI होगा, आखिरी के तीन लेटर SHI होंगे। दरअसल, मानसी अपने नाम की यही स्पैलिंग लिखती थी। मैंने पोस्टर को उलट-पलट कर देखा, लेकिन इस अधूरी तस्वीर से कुछ और संकेत नहीं मिल पा रहे थे। मैं अंदर ही अंदर खुश होकर भी निराश था। पोस्टर मिला ...लेकिन मानसी नहीं।"

"मेरे दिमाग में रह-रह कर ये बात आ रही थी कि आखिर ये पोस्टर कहाँ से आया? इस पोस्टर का पूरा सच क्या है? क्या मैं जो सोच रहा हूँ, वही सच है या कुछ और...वगैरह-वगैरह। मैं सोच ही नहीं पा रहा था कि गंगा मैया को नमन करूँ या विनती करूँ कि आगे भी वह मेरी मदद करें और साथ ही मानसी के इस आधे अधूरे पोस्टर के रहस्य को पूरी तरह से सुलझाएँ। मैंने दिल से गंगा मैया के जल को माथे पर लगाया। आशीर्वाद लिया। इसके साथ ही संगम नगरी को दिल से शुक्रिया कहा, क्योंकि उसने मेरे यहाँ आने के मकसद को एक नयी दिशा दे दी थी। पढ़ाई मेरा भविष्य था तो मानसी मेरी जिंदगी। दोनों ही मेरे लिए एक सिक्के के दो पहलू रहे हैं। बेहतर भविष्य से जिंदगी को बेहतर तरीके से सजाया सँवारा जा सकता है। हाँ, ये अलग बात है कि मेरी जिंदगी मेरी मानसी अगर मुझे मिल भी जाती तो क्या वह मुझे प्यार से गले लगाती, यह एक यक्ष प्रश्न था। शायद नहीं ! क्योंकि मैं मानसी को भले ही बहुत चाहता रहा हूँ, लेकिन मैं उसकी पसंद शायद कभी नहीं था। इस सब के बावजूद मानसी को दिल से प्यार करना, उसे दिल में बसाकर रखना, कोई खता तो नहीं थी। मेरा तो दोष बस इतना था कि मैं इस लायक नहीं बन सका था जिसे देखकर मानसी मुझे अपनी चाहत बनाती।"

बोलते-बोलते ही अचानक ही विजय भावुक हो गया। लेकिन तुरंत ही उसने अपने आप को संभाल लिया और बोलना जारी रखा। दरअसल उसके मन में विरोधाभास चल रहा था कि मानसी उसे चाहती भी होगी या नहीं। उसने विश्वास के साथ कहा कि मानसी को शायद ये नहीं पता था कि मैं उसे किस कदर चाहता हूँ। अगर वह इस बात को समझती तो निश्चित ही वह मेरे दिल की धड़कनों को सुन पाती।

उसकी बातें सुनने के बाद ऐसा लग रहा था मानो तंत्रा भी अपनी कॉलेज लाइफ में पहुँच गई है। वह ध्यान से विजय की बातें सुन रही थी। उसने अपनी बात जारी रखी। वह अब थोड़ा संजीदा हो गया था। दरअसल, कहानी में एक और नया ट्विस्ट आ गया था। ये ट्विस्ट भी अपने आप में बेहद रोमांचक था।

"मैंने कभी सोचा भी न था कि संगम नगरी में दो पूर्व सहपाठियों का संगम होगा। मैं जरा खुलकर आपको बताना चाहता हूँ। आपको तो मसंद याद ही होगा, जिसका जिक्र मैं पहले भी कर चुका हूँ। हाँ, वहीं मसंद जिसे शायद मानसी पसंद करती थी। शायद...क्योंकि मैं साफ-साफ नहीं कह सकता...इसलिए शायद शब्द का इस्तेमाल कर रहा हूँ। सोच के दायरे को नियंत्रित रख पाना किसी के बस में नहीं रहा है, तो मेरे बस में कैसे रहता। दरअसल, मुझे ऐसा लगता था कि मसंद की पसंद मानसी थी

और मानसी की पसंद मसंद था। लेकिन ये मेरा महज कोरा वहम भी हो सकता है। फिलहाल, अपनी कहानी पर आता हूँ। मैं बता ही चुका हूँ कि मैं किस हद तक मानसी को चाहता था। लेकिन मेरी अधूरी मोहब्बत की गाड़ी अब इलाहाबाद स्टेशन पर एंट्री मार चुकी थी। इसी इलाहाबाद में बड़े-बड़ों के तोते उड़ने और उड़ाने से जुड़ी किस्से-कहानियाँ मैंने अपने दोस्तों से सुन रखी थी।"

"मसंद एक सरकारी बैंक में अधिकारी (PO) बन गया था। इलाहाबाद में उसकी पहली पोस्टिंग हुई थी। उसने जॉब ज्वाईन करते ही सबसे पहले मुझसे संपर्क किया। उसे पता था कि मैं यहां से MBA कर रहा हूँ। मैंने उसकी पहली पोस्टिंग इलाहाबाद में होने को लेकर खुशी जाहिर की। कुछ दिनों के लिए उसे बैंक का गेस्ट हाऊस अलॉट हो गया था। अब मुद्दे पर आता हूँ। मेरे मन एक बात रह-रह कर आ रही थी कि अगर मसंद को मालूम होता कि मानसी भी इलाहाबाद में है तो वह मुझसे संपर्क करने से पहले मानसी से संपर्क करता। मैं इसी बात को लेकर उहापोह की स्थिति में था। त्रिकोणीय मुकाबले यानि मसंद मानसी और खुद के संबंधों को लेकर मेरी सोचने-समझने की शक्ति गायब हो गई थी। मन में उठी उधल-पुथल और भ्रम की स्थिति को शांत करने के लिए मैं थोड़ी देर के लिए शांत बैठ गया। मैं सोचने लगा कि मानसी ने कभी खुलकर ऐसा कोई काम या हरकत नहीं की जिसे देखकर कहा जा सके कि मानसी मसंद को सीधे तौर पर पसंद करती रही होगी। मसंद ने भी मानसी को पसंद करने की बात कभी किसी से शेयर नहीं की थी। ये तो केवल मेरा और मेरे कुछ दोस्तों का वहम था। ये महज हवाओं में उड़ती हुई अफवाह भर हो सकती थी। जिसे सच माना भी जा सकता है और नहीं भी। हो सकता है कि मानसी मसंद को महज एक बेहतर मित्र के तौर पर देखती रही हो। चूँकि मैं उसे बेहद पसंद करता था इसलिए उसकी किसी लड़के के साथ करीब आना मेरे लिए जलन का विषय था। शायद यही वजह है कि मैं अब तक मसंद को मानसी की पसंद करार देता रहा हूँ। लेकिन सच में ऐसा होता तो मसंद सुल्तानपुर में पढ़ने के दौरान जरूर मानसी का जिक्र करता या उसका इलाहाबाद आना-जाना लगा रहता। मगर ऐसा कुछ भी नहीं था। तो क्या समझें, जो मेरा दिल मुझसे कहलवाना चाहता था, उसे ही सच मान लेता, यानि मानसी मेरी हो सकती थी। अगर दिल से प्रयास किया जाए तो मानसी को पाना मुमकिन है, ऐसा मेरा सोचना था।"

अपनी बात कहते हुए विजय मंद-मंद मुस्करा रहा था। जाहिर है कहानी की रोचकता बढ़ती जा रही थी। तंत्रा का रोमांच भी बढ़ता जा रहा था। विजय बड़ी साफगोई से कह रहा था कि जिंदगी का ग्राफ हमेशा एक सा नहीं रहता है। समुद्र की

लहरों की तरह लाइफ में उतार चढ़ाव का होना एक स्वाभाविक क्रिया होती है।

विजय ने बात आगे बढ़ाते हुए कहा, "मैं उम्मीदों के सहारे जीने वाले इंसानों में से एक हूँ। मंजिल को पाने के लिए मैं लंबा इंतजार भी कर सकता हूँ। मेरी यही खूबी भी रही है और कमी भी। खूबी इसलिए कि सफलता पाने के लिए धैर्य का होना जरूरी है। वहीं कमी इसलिए कि इस तेजी से भागती दुनिया में एक ही मंजिल पर फोकस बनाए रखना मूर्खतापूर्ण कहा जा सकता है। वो भी ऐसे में जब उस मंजिल के मिलने की संभावना बेहद कम हो। खैर, मैं मूर्खता कर रहा था या बुद्धिमानी, इसका आँकलन किए बगैर मुझे बढ़ते जाना था। हालाँकि, मैं पहले ही बता चुका हूँ कि प्यार के सागर में डुबकी लगा कर मोती पाने के लिए धैर्य एक अनिवार्य शर्त होती है। वैसे भी मोहब्बत के खेल में मैं पंचवर्षीय योजना का पक्षधर रहा हूँ।"

"फिलहाल मुद्दे पर आता हूँ। एक तरफ मसंद की पहली पोस्टिंग इलाहाबाद में होना मुझे खल भी रहा था और सुकून भी दे रहा था। अब जब कि मसंद इलाहाबाद आ ही चुका था, मैं सोचने लगा कि मोहब्बत के मैदान में जब तक दो योद्धा ना हो, मजा नहीं आता है। मेरे मन में ये बात घर कर गई थी कि दोनों में कुछ नजदीकियाँ हो सकती हैं, इसलिए मैं ऐसा सोच रहा था। फिलहाल, इन सब फालतू की बातों से इतर मेरा ध्यान उस आधे अधूरे फटे पोस्टर पर जाकर ठहर जाता, जो गंगा आचमन के दौरान मुझे मिला था। मैं चाहकर भी उस फटे पोस्टर से अपना ध्यान हटा नहीं पा रहा था। हाँ, तो मैं कह रहा था कि जिंदगी में उतार चढ़ाव लगा ही रहता है।

अभी इलाहाबाद मैं पूरी तरह से व्यवस्थित भी नहीं हो पाया था कि मसंद का भी इलाहाबाद में आ जाना और ऊपर से फटे पोस्टर की कहानी ने मेरी उलझन को और बढ़ा दिया था। मेरी जिंदगी में उथल-पुथल को लेकर ये एक भ्रामक संकेत था। एक तरफ मैं नई जिंदगी की ओर बढ़ने का प्रयास कर रहा था, वहीं दूसरी ओर मुझे लगा कि मैं भ्रम के दलदल में फँसता जा रहा हूँ। मैं इस बात को लेकर चिंतित था भी और नहीं भी कि इसका अंजाम क्या होगा। भविष्य मेरी परीक्षा ले रहा है या मैं भविष्य की परीक्षा के लिए तैयार हो रहा हूँ, ये कहना मुश्किल था। पर एक बात जो साफ लग रह थी वो ये थी कि मेरी जिंदगी में संगम नगरी एक निर्णायक भूमिका निभाने वाली थी।"

"जिंदगी जितनी आसान दिखती है उतनी शायद होती नहीं। ऐसा मेरा मानना था। लेकिन अब मेरा ये मानना है कि जिंदगी को कठिन और आसान बनाना बहुत हद

तक खुद पर निर्भर करता है। दरअसल मसंद की बिंदास जिंदगी ने मेरी इस धारणा को मजबूती दी थी। मसंद को इस बात को लेकर कोई परवाह नहीं थी कि वह आगे क्या करेगा। कैसे और किसके साथ जिंदगी कटेगी। बस वह शादी की सोच से इतर अपनी नौकरी का भरपूर आनंद उठा रहा था। वह इस बात को लेकर जरूर उत्साहित था कि उसे इलाहाबाद में मेरी मौजूदगी से अकेलापन महसूस नहीं होगा। लेकिन उसकी बातों से ऐसा भी नहीं लगता था कि मेरे रहने या ना रहने से उस पर कोई खास असर पड़ता। वह अपनी नौकरी में खुश था। वह जब भी मुझसे मिलता बस हंसी मजाक में समय निकाल देता। हाँ, वह मुझे नेतराम चौराहे के आलू पराठे खिलाने जरूर ले जाता। मैं अगर ना-नाकुर करता तो दबाव बनाने के लिए कहता– 'ये तेरी तरफ से नहीं मेरी तरफ से दावत है, स्वीकार कर ले। पुराने दोस्त कहाँ मिलते हैं इस तरह यार, जिंदगी को जी ले बेटा। पता नहीं कल मेरी पोस्टिंग कहीं और हो जाए या अगर इलाहाबाद में ही रहूँ तो क्या जाने इतना व्यस्त हो जाऊँ कि तुमसे मिलने के लिए चाहते हुए भी समय नहीं निकाल पाऊँ। यही परिस्थितियाँ तेरे लिए भी लागू हो सकती हैं।"

"मसंद का इतना कहना भर रहता था कि मैं ना चाहते हुए भी उसके साथ आलू के पराठे खाने निकल पड़ता। उसके साथ मेरा समय बड़ी ही मस्ती से कटता था। मैं कम से कम थोड़े वक्त के लिए ही सही मानसी, मसंद और खुद के मकड़जाल वाली सोच से हटकर आलू के गरमा-गरम पराठे का आनंद उठा रहा होता था। यही वजह थी कि जिंदगी को लेकर मेरी धारणा बदली गई थी कि इसे आसान बनाना या जटिल बनाना, दोनों खुद पर निर्भर है।"

"जब मैं मसंद के साथ वक्त गुजारने के बाद अपने कमरे पर लौटता तो मेरे अंदर एक अजीब सी स्फूर्ति रहती थी। मैं यही सोचता कि मसंद की तरह अपने पैरों पर खड़े होना मेरी पहली प्राथमिकता होनी चाहिए। मैं यहाँ MBA की पढ़ाई करने आया हूँ। आज से फालतू बातों में मन लगाने की बजाय केवल और केवल पढ़ाई पर अपना ध्यान केन्द्रित करूँगा। खूब मेहनत से पढ़ूँगा और अच्छे अंक लाऊँगा ताकि कैंपस प्लेसमेंट में सबसे बेहतरीन कंपनी मुझे सिलेक्ट करे। लेकिन करियर सवाँरने संबंधी ये सारी बातें मेरे जेहन में बस दो-चार घंटे ही बनी रहती थीं। इसके बाद मैं जैसे ही अपने दिमाग को आराम देने की कोशिश करता। किताबों के बीच मेरी एंट्री होने से पहले ही मानसी की एंट्री मेरे दिल में हो जाती थी। इसके बाद धीरे-धीरे वो मेरे मन मस्तिक पर पूरी तरह से छा जाती थी। एक पल दिमाग में आता कि उससे पीछा छुड़ा कर अपनी पढ़ाई में लग जाऊँ। लेकिन ये सोचना ही मेरे लिए मानो बेमानी लगता था। दिल और दिमाग की लड़ाई मेरे लिए रोज की बात हो गई थी। करियर याद आता तो दिमाग की

सुनता और मानसी याद आती तो दिल की गिरफ्त में आ जाता। ये मेरे लिए सामान्य सी बात हो गई थी।"

"इलाहाबाद आने का मकसद तो MBA की पढ़ाई ही थी। जाहिर है उससे समझौता चाहकर भी नहीं कर सकता था। धीरे-धीरे पढ़ाई की रफ्तार तेज होने लगी। पहला सेमेस्टर करीब आने को था। मसंद से मेरा मिलना-जुलना भी कम हो गया था। लेकिन मानसी वाले फटे पोस्टर का रहस्य अब भी कायम था। फटे पोस्टर में मानसी की छवि वाली लड़की का रहस्य मुझे चैन से रहने नहीं दे रहा था। अगर वह वही लड़की है तो मैं अब तक उसका पता क्यों नहीं लगा पाया, ये सवाल अक्सर मैं अपने आप से पूछता था। हो सकता है वो इलाहाबाद में ही कहीं रह रही हो, तभी तो उसके जैसी तस्वीर वाला आधा-अधूरा पोस्टर मुझे मिला। एक ना एक दिन इस रहस्य से पर्दा तो उठना ही था, ऐसा मेरा मानना था। मैंने सोचा कि पहले सेमेस्टर में कड़ी मेहनत कर परिवार वालों की उम्मीदों पर खरा उतरने के बाद मिशन मानसी पर लग जाऊँगा और गंभीरता से पोस्टर के रहस्य को सुलझाने में दिमाग लगाऊँगा। संशय और संभावनाओं की नाव पर सवार होकर जैसे-तैसे मेरा समय कट रहा था। यूँ समझ लें कि मैं पहले सेमेस्टर के खत्म होने के दिन गिन रहा था।"

"पढ़ाई में तो मेरा मन पूरी तरह से लग ही नहीं रहा था। फिर भी मेहनत पूरी कर रहा था ताकि रिजल्ट अच्छा आए। मैं ये सोच कर पढ़ाई कर रहा था कि अगर मैं अपनी काबिलियत के बलबूते कुछ बड़ा कर गया तो मानसी को पाने में कामयाब हो सकता हूँ। ये भी हो सकता है कि मैंने मानसी को पाने के लिए ही खूब पढ़ाई की। पहले सेमेस्टर में चार पेपर थे। दो हफ्ते में मेरी परीक्षा खत्म होनी थी। मैंने सोचा कि परीक्षा के दौरान मैं उस रहस्यमयी पोस्टर को अपने से दूर कर दूँ या कहीं हटा दूँ, जो मेरी दुविधा की वजह बना हुआ था। लेकिन चाहकर भी मैं ऐसा नहीं कर सका। उस पोस्टर की देखी-अनदेखी करते हुए मैंने अपनी पूरी परीक्षा दे डाली। मेरे सभी पेपर अच्छे गए। इसका श्रेय भी मैं मानसी को देना चाहूँगा। क्योंकि उसे हासिल करने के लिए ही मैं कड़ी मेहनत कर रहा था।"

"एक तरफ जहाँ पहला सेमेस्टर पूरा होने का सुकून था, वहीं मेरा लक्ष्य अधूरे फटे हुए पोस्टर के रहस्य को उजागर करना था। मैं सोच रहा था मिशन मानसी की शुरूआत आखिर कहाँ से और कैसे की जाए। मन में एक बार आया कि किसी अखबार में इस बाबत एक विज्ञापन दे दूँ। लेकिन इसका नकारात्मक असर मानसी के साथ साथ मेरी जिंदगी पर भी पड़ सकता था। मैं तो अपने को संभाल लेता लेकिन

इस बात की आशंका थी कि कहीं मानसी ही मेरी इस हरकत से नाराज ना हो जाए। मेरे दिमाग में कई बार आया कि कहीं मानसी की शादी तो नहीं हो गई है। शादी के दो-तीन साल हो गए होंगे तो बच्चे भी हो गए होंगे। ऐसे में अखबार में उसे लेकर कोई पूछताछ करना मेरे लिए सिरदर्दी साबित हो सकती थी। इसलिए मैंने अखबार में विज्ञापन देने वाला आइडिया अपने मन से निकाल दिया। फिर विचार आया कि क्यों ना वूमेन वर्किंग हॉस्टल में मानसी से जुड़ी जानकारी ली जाए, लेकिन फिर मुझे लगा कि इससे भी बहुत कुछ हासिल होने वाला नहीं।"

"अचानक मेरे दिमाग में एक ख्याल आया कि क्यों न मैं इलाहाबाद के उन तमाम प्रिंटिंग प्रेस में जाऊँ जहाँ पोस्टरों की छपाई होती है। ये मुझे सबसे अच्छा उपाय लगा। मैंने अब शहर के सभी प्रिंटिंग प्रेस का नाम जुटाना शुरू किया। मैंने अधिकांश प्रिंटिंग प्रेस की जानकारी जुटा भी ली। अब मेरा अगला कदम था इन प्रिंटिंग प्रेसों में जाना और पता लगाना कि ये आधा अधूरा वाला पोस्टर किस प्रिंटिंग प्रेस से छपा है। इस तरह से तहकीकात करना मुझे बहुत अटपटा लग रहा था। मैं पहली बार इस तरह का काम करने जा रहा था। इसलिए मन में थोड़ा डर भी था और संदेह भी कि क्या मैं इसके जरिए अपने मिशन में कामयाब हो पाऊँगा। लेकिन फटे आधे-अधूरे पोस्टर के रहस्य को जानने का मुझे इससे बेहतर रास्ता कोई और नहीं सूझ रहा था। डर के आगे जीत के फॉर्मूले को आधार बना कर मैंने तय कर लिया कि इलाहाबाद के सभी प्रिंटिंग प्रेस में मैं जाऊंगा और अधूरी तस्वीर वाले पोस्टर के सच का पता लगाऊँगा।"

"मैं इस काम में किसी की मदद नहीं लेना चाहता था। मैं शायद इस मामले में किसी की मदद ले भी नहीं सकता था। अंधेरे में तीर चलाने से कोई फायदा होता या नहीं होता लेकिन मुझे तो इसमें फायदा दिख रहा था। मुझे ना-उम्मीदी में भी उम्मीद की किरण दिखाई दे रही थी। हालाँकि, मुझे थोड़ा अजीब लग रहा था कि मैं क्या करने जा रहा हूँ। लेकिन सच यही था कि मैं संशय में होने के बावजूद रोमांचित था। मन में कई तरह के विचार आ रहे थे। जैसे अगर मानसी का पता लग भी गया तो आगे क्या होगा। क्या मेरे इन प्रयासों से पोस्टर की असलियत सामने आ जाएगी? कहीं मैं अपने उतावलेपन के चलते मानसी की बसी-बसायी गृहस्थी को तो चौपट ना कर दूँ। कहीं मानसी ही मेरे ऊपर ही ये आरोप ना लगा दे कि मैं आखिर हाथ धोकर उसके पीछे क्यों पड़ा हूँ। ये कुछ ऐसे ज्वलंत सवाल थे जो मुझे बार-बार परेशान कर रहे थे।"

"मन में ये भी सवाल आ रहे थे कि कहीं अपनी जिद्द और बचकानी हरकतों के चलते खुद के पैर पर कुल्हाड़ी तो नहीं मार रहा हूँ, क्योंकि मैं जो काम करने जा रहा

था उससे मेरा करियर भी प्रभावित हो सकता था। अगर ऐसा होता तो मुझे बेवजह अपने घर और समाज के सामने शर्मिंदा होना पड़ता। ये ऐसे कुछ अहम सवाल थे जो मेरे जेहन में तीर की तरह चुभ रहे थे। लेकिन इन सब सवालों का कोई ठोस जवाब मेरे पास नहीं था। या यूँ कहें कि इन सवालों का जवाब ढुढ़ने के लिए मैं खुद तैयार नहीं था। मेरे पास अपने को संतुष्ट करने के लिए अगर कुछ था तो वह था इलाहाबाद में चल रहे तमाम प्रिंटिंग प्रेस, जिनके पते मैंने बड़ी मुश्किल से जुटाए थे।"

"मेरे दिमाग पर मेरा दिल हावी रहा और आखिरकार मैंने तय किया कि मैं मानसी के फटे पोस्टर का राज पता लगा कर ही रहूँगा। ममफोर्डगंज, तेलियरगंज, सिविल लाइन्स, अल्लापुर, मुट्ठीगंज, नैनी, चौक के प्रिंटिंग प्रेस, जहाँ मुझे जाना था और पता लगाना था कि आखिर इसे प्रिंटिंग के लिए किसने दिया था। इतना तो तय था कि ये मानसी की ही तस्वीर थी लेकिन अब तो मुझे इसके आगे के कहानी का पता लगाना था। मैंने बचपन में दूरदर्शन पर जासूस करमचंद देखा था। उस दौरान मुझे जासूस बनने का बहुत शौक था। लगता था जैसे भगवान ने मेरी उस समय की ख्वाहिश सुन ली। इसलिए मानसी को ढूढ़ निकालने के लिए मुझे जासूसी करने का मौका मिल ही गया।"

"मैं एक्जाम के बाद थोड़ा भी आराम नहीं कर सका था। इन्ही सब कामों के बीच मुझे एक दिन के लिए घर भी जाना था। घर पर सत्यनारायण जी की कथा थी, सो घर से माँ का बुलावा था। चूंकि माँ मेरे घर आने की बात पिताजी से शेयर कर चुकी थी, सो पिताजी ने इस बार महीने का खर्च भी नहीं भेजा था। उनका सोचना था कि जब मैं घर आ ही रहा हूँ तो पैसे वह घर पर ही दे देंगे।"

"मेरे लिए एक-एक दिन कीमती था। पढ़ाई-लिखाई और माँ-पिता का मेरे ऊपर भरोसा होने से लेकर मेरे ऊपर मानसी का जो भूत सवार था, उससे निकलना मेरे लिए बेहद मुश्किल था। मैं एक साथ कई नाव पर सवार था। सभी को अंजाम तक पहुँचाना था। भविष्य के लिए करियर प्राथमिकता थी तो करियर के बाद खुद को सेटल करना भी जरूरी था और इसके लिए मेरी लाइफ में मानसी का होना जरूरी था। मेरी जिंदगी का ये एक ऐसा सुनहरा सपना था, जिसके बगैर मैं अधूरा रहता। मुझे अगले दिन सुबह उठना था और सीधे ममफोर्डगंज के हलचल प्रिंटिंग प्रेस जाना था, वहीं से मुझे तेलियरगंज के रंजीत प्रेस से होते हुए चौक के राहुल प्रिंटर्स के पास दस्तक देनी थी। ऐसे में मैं उस दिन मैं रात के दस बजते-बजते बिस्तर पर लुढ़क गया। अगले दिन सुबह करीब 6 बजे मेरी नींद खुल गई। नयी ऊर्जा के साथ मैंने दिन की शुरूआत की।"

"मैं मिशन मानसी को पूरा करने के लिए मानसिक तौर पर खुद को तैयार कर लिया था। दैनिक क्रिया करने के बाद मैं नुक्कड़ पर निम्मो भाभी के हाथों की चाय पीने चला गया। हमेशा हँसती मुस्कुराती रहने वाली निम्मो भाभी के यहाँ हॉस्टल के सभी लड़के सुबह-सुबह चाय पीने जाते थे। दरअसल निम्मो भाभी रसभरी आवाज की मल्लिका थीं। पुर्वांचल के किशोर और युवा छात्र उनकी अल्हण अदा पर फिदा रहते थे। व्यवहार के लिहाज से निम्मो भाभी बेहद नटखट दिखती थीं। हँसी-मजाक के साथ-साथ चाय पिलाना और बीच-बीच में घर परिवार की बातें करना, निम्मो भाभी की सबसे बड़ी खासियत थी। बतोलेबाजी में गोल्ड मेडलिस्ट निम्मो भाभी की उमर भी 35-40 साल के बीच रही होगी। लेकिन उनका अपनापन जैसा स्वभाव और आत्मीयता एक बड़ी वजह थी, जो निम्मो टी स्टॉल से सभी को बाँधे रखती थी। हालाँकि मैंने कभी भी सुबह-सुबह निम्मो टी स्टाल के दर्शन नहीं किए थे। क्लास से लौटते वक्त ही मैं उनकी हाथों की चाय का आनंद उठाता था। लेकिन आज मुझे सुबह सुबह अपने टी स्टाल पर देखकर निम्मो भाभी कुछ चौंकने वाले अंदाज में मुझसे रूबरू हुई।"

"क्यों भईया, आज का हो गया जो सुबहे-सुबह चाय की तलब आन पड़ी। नींद टूट गई या कौनो जगाए दिहैन आपको। लौ गरमा-गरम चाय पियो।"

मैं कुछ जवाब देता कि इससे पहले ही निम्मो भाभी फिर से चालू हो गईं।

"निम्मो भाभी के हाथ की चाय सुबहे सुबह पी लौ तो दिन अच्छा जात है। बहुत जल्दी न हो तो आराम से इ बेंचवा पर बैठ जाओ, फिर पियो मेरे हाथ की बनी कड़क चाय। करीना की तरह बिल्कुल हॉट है। स्पीड पकड़ोगे तो जीभ पकड़ लेवेगी। हमरा तनिको फॉल्ट ना देना कि तुम्हरी जीभिया अंगार बन गई। और बताओ, घर में सब लोगन फिट एंड फाइन तो हैं ना?" एक ही सांस में निम्मो भाभी ने सब कुछ बक डाला।

"मैंने हाँ में सिर हिलाया और चाय पीने लगा। हालाँकि मेरे दिलो दिमाग में बस मिशन मानसी चल रहा था। मैंने चाय पूरी की। सच कहूँ तो निम्मो भाभी की सुबह की चाय में वाकई दम था। तभी तो आस-पास रहने वाले सभी लड़के चाय की चुस्की लेने यहीं आते थे। निम्मो भाभी की चाय पीकर वाकई ताजगी आ गई थी। हाँ, मैं तो भूल ही गया, निम्मो भाभी की एक और खास बात थी। वह भोजपुरी, खड़ी हिन्दी और हॉफ अंग्रेजी की कॉकटेल बनाकर ज़ुबानी जंग करने में गजब की माहिर थीं। भाभीजी

की के मसखरेपन और रोचक अंदाज में अंग्रेजी बोलने की स्टाइल के चलते ही उनके यहाँ लड़के चाय पीने आते थे। फिलहाल मैंने कुल्हण को बड़े ही सधे अंदाज में डस्टबिन में डाला और चहलकदमी करते हुए रूम पर लौट आया।"

"एक लिफाफे में फटे हुए पोस्टर के हिस्से को रखा और बड़ी ही उम्मीदों के साथ शूज पहनते हुए भगवान से मिशन मानसी की सफलता की कामना की और रूम से निकल पड़ा। मैंने अभी मुश्किल से दो कदम भी नहीं बढ़ाया होगा कि सामने से मुझे मसंद आता दिख गया। हम दोनों की नजरें एक दूसरे से टकराईं और दोनों ही महज एक फीट के फासले पर अपनी-अपनी जगह रूक गए। मसंद ने बड़े चुटिले अंदाज में मुझसे कहा कि किधर चल दिए दिवाने । मैं सचमुच चौंक गया था उस समय। दिवाने शब्द सुनना मेरे लिए मानो ऐसे था जैसे मैं कहाँ और क्यों जा रहा हूँ, ये बात मसंद को पता हो। मैं ठिठक कर रूक गया। मैंने मसंद से कहा तो कुछ नहीं लेकिन मुस्कुराते हुए अपना सिर हिला दिया। मेरी मुस्कुराहट में एक डर छिपा था। इस डर को को मैंने लाख छिपाने की कोशिश की पर मेरे चेहरे का भाव उस समय ऐसा हो गया था जैसे मैं मसंद से कुछ छिपा रहा हूँ।"

मैं अपनी आँखों से चश्मा हटाते हुए मसंद से कुछ कहने ही वाला था कि वह मुझसे पहले ही यह पूछ बैठा-

"जनाब लगता है किसी खास काम से निकले हो। इश्क-मुश्क छिपाए नहीं छिपता, किससे मिलने जा रहे हो भाई।"

यह कह कर उसने मुझे और चौंका दिया था। मैंने हाथ में लिए लिफाफे पर अपनी पकड़ और मजबूत कर ली। मानो जैसे वह लिफाफे को मुझसे छीन लेगा।

"मैंने मसंद को बड़े सहज भाव से जवाब देने की कोशिश की। लेकिन मेरी जुबान काँपने लगी थी। मुझे ऐसा लग रहा था जैसे मेरी चोरी पकड़ी गई। इतना नर्वस मैं कभी नहीं हुआ था। पता नहीं क्यों मुझे ऐसा लग रहा था कि उसे मेरे मिशन मानसी के बारे में सब कुछ पता है। हालाँकि यह मेरा कोरा वहम था। लेकिन मसंद के 'इश्क मुश्क छिपाए नहीं छिपता' वाला जुमला मुझे बार-बार आशंकित कर रहा था।"

मैंने हिम्मत बाँधते हुए मसंद से कहा, "कहीं नहीं, बस यूँ ही निकल पड़ा था , कुछ खास नहीं।"

"मेरी गतिविधियाँ और मेरी बॉडी लैंग्वेज से कोई भी पता लगा सकता था कि मैं

सामने वाले से कुछ छिपा रहा हूँ। हालाँकि मेरा ये डर निर्मूल और निरर्थक था। फिर भी मेरे मन में चोर था। मैंने कोई अपराध तो किया नहीं था बस मानसी का पता लगाने का एक प्रयास भर था। यही सोचते हुए मैंने अपने अंदर आत्मविश्वास लाते हुए मसंद से पूछा कि उसका इधर कैसे आना हुआ।"

"मसंद ने बहुत ही गंभीरता के साथ मेरी ओर देखा और मुस्कुराते हुए पूछा – "इतनी हड़बड़ी में काहे हो। सहमें हुए भी हो। राजू तुम्हारा ऐसा हाल पहले तो मैंने नहीं देखा था। क्या बात है। कोई परेशानी है तो बताओ, छिपाने वाली कोई बात तो लगती नहीं। डॉक्टर के पास जा रहे हो या वकील के पास। इलाहाबाद में दोनों की महिमा अपरंपार है । दोनों से भगवान बचाए ! हाँ, इस लिफाफे को तुमने इतनी जोर से क्यों पकड़ रखा है। कोई लव लेटर है क्या? खैर यहाँ आए कितना दिन हुआ जो किसी से लव हो गया हो। सोचा था कि आज तुम्हारे साथ ब्रेकफास्ट करूँगा, सो आ गया ईधर।"

"नहीं...नहीं, अच्छा किए, आ गए। करेंगे ना साथ में ब्रेकफास्ट। बोलो किधर चलें।"

"लेकिन पता नहीं क्यों, मुझे ऐसा जान पड़ा मानो मेरे हाथ के लिफाफे पर उसकी गिद्ध नजर थी। लिफाफे का जैसे ही उसने जिक्र किया, मैं सचमुच हड़बड़ा गया था। मैंने लिफाफे को और मजबूती के साथ पकड़ लिया। लेकिन मसंद की लिफाफे को घूरती नजरें मुझे चुभने लगी थी। मैंने सोचा, कहाँ पूरे जोश-ओ-खरोस के साथ मैं घर से निकला था आधे अधूरे पोस्टर में दिखने वाली लड़की का पूरा सच जानने....और कहाँ मसंद ने पूरी योजना की ऐसी की तैसी कर दी।"

मेरी बकवास सोच अभी पूरी भी नहीं हुई थी कि मसंद बोल पड़ा, "ट्रीट तो मैं तुम्हें दूँगा। जानते हो ! मेरा ट्रांसफर तुम्हारे इलाके की ही ब्रांच में हो गया है। हम दोनों अब और करीब आ गए। फिलहाल तो मुझे एक अदद रूम की तलाश है। इसलिए मैंने सोचा, सुबह-सुबह तुम्हें परेशान किया जाए।"

"क्यों नहीं? दिलाऊँगा ना कमरा, किसी प्रॉपर्टी एजेंट के पास चलेंगे। तुमने सुबह-सुबह अच्छी खबर सुनाई है।"

विजय ने तंत्रा की ओर देखते हुए अपनी बात जारी रखी।

"हम दोनों ने पहले तो नेतराम चौराहे पर पूरी-कचौड़ी का नास्ता किया। फिर

इसके बाद हम दोनों ने जलेबी भी ली। मेरे व्यवहार में अचानक हुए बदलाव को सामान्य करने के लिए इतना ही काफी था। मैं अब बिल्कुल सहज हो चुका था। मैंने मसंद से कहा कि वह मुझे किराए का कमरा ढूढ़ने के लिए कम से कम एक दो दिन का समय चाहिए, अच्छा कमरा मिलने में समय जरूर लगेगा पर डेरा मिलेगा झक्कास। इसके बाद कुछ देर तक इधर-उधर की हमने बातें की। बातचीत के दौरान हम दोनों ने निम्मो भाभी के यहाँ चाय भी पी। मैंने मसंद को बताया कि पूरे मोहल्ले की भौजाई हैं हमारी निम्मो भाभी। बेहद नेक पर बातूनी महिला हैं। सभी के दुख-सुख का ख्याल रखती हैं। निम्मो भाभी के हाथों की चाय पीकर जाने कितने ही छात्र आज देश-विदेश में इलाहाबाद का नाम रोशन कर रहे हैं। ऐसे लोगों की फेहरिस्त में अब जल्द ही तुम्हारा नाम भी जुड़ जाएगा। मसंद ने उत्साहित होते हुए कहा कि अच्छी छनेगी जब मिल बैठेंगे दो यार। कचौड़ी-पूड़ी से दिन की शुरूआत होगी और सिविललाइन्स की मस्ती भरी रात से दिनचर्या का अंत।''

''मसंद का यूँ चहकना मेरे मन में आशंका पैदा कर रहा था। पहले तो मैं मसंद की बातों को गंभीरता से नहीं लिया, लेकिन बदले हुए बिंदास सुर में मसंद का होना मेरे लिए चौंकाने वाला था। इससे पहले भी मैं मसंद से मिलता रहा हूँ लेकिन वह ना तो इतना खुल कर उसने मुझसे कभी बात की थी और ना ही उसके व्यवहार में कभी इतनी गर्मजोशी ही दिखी। खैर मैं इसी उधेड़बुन में लगा रहा कि जल्द से जल्द मसंद से मैं छुटकारा पाऊँ और अपने मिशन को अंजाम देने में जुट जाऊँ। लेकिन मसंद आज छुट्टी पर था और पूरा दिन मेरे साथ मस्ती करने के मूड में था। आज उसका मेरे पास आना सचमुच मुझे बहुत खल रहा था। लेकिन, मैं मसंद के सामने अपने मन की बात को जाहिर नहीं होने देना चाहता था। दरअसल, मैंने ही मसंद से कहा था कि एग्जाम खत्म के बाद हम दोनों पूरा दिन मौज-मस्ती करेंगे और अपने स्कूल टाइम की खट्टी-मीठी यादों को ताजा करेंगे। उस दिन मसंद इसी मूड के साथ मेरे पास आया था। साथ ही उसे अपने लिए एक कमरे की तलाश भी थी, और दूसरा वह इस काम में मेरी मदद चाहता था।''

''मसंद ने मेरी सोचतंत्र को तोड़ते हुए कहा, ''भाग-दौड़ भरी जिंदगी में ऐसा अवसर बहुत कम आता है जब हम फुरसत से अपने पुराने दोस्तों से मिल सकें। कभी तुम व्यस्त तो कभी मैं...लेकिन आज हम दोनों पूरा दिन साथ बिताएँगे। साथ लंच होगा और डिनर भी। कभी-कभी ही ऐसे मौके आते हैं। खूब मजा आएगा। सच !''

मैंने उसकी बातों से सहमति जताते हुए अपना सिर हिलाया और उसके कंधे पर

अपना हाथ रखते हुए मुस्कुरा दिया।

मैंने मसंद की फिरकी लेते हुए उससे पूछा, "मेरे मसंद भाई को खाने में क्या पसंद है।"

मसंद ने एक जोरदार ठहाका लगाया और कहा, "काहे की पसंद, जो दोस्त खिलाएगा, वही उसकी भी पसंद होगी। हाँ, बिल की भरपायी मेरी तरफ से होगी।"

"तब की तब देखी जाएगी, पहले पेट तो भरे, बिल भरने बारी तो इसके बाद आएगी।"

मसंद, "जहाँ अच्छा खाना खाने को मिले, वहीं चलते हैं। खाने की पसंद और जगह का चुनाव तुम्हारा होगा।"

"मैं अपनी मुंडी हिला दी और पास के ही एक साफ-सुथरे ढाबे की ओर बढ़ने लगा। इस बीच मसंद से बातचीत भी जारी रही। मैंने फटे पोस्टर वाले लिफाफे के अपनी जेब में रख लिया था। लेकिन समय समय पर मैं लिफाफे की स्थिति को जानने के लिए जेब पर हाथ फेर लेता था।"

"अब हम दोनों ढाबे पर थे। हम दोनों को जोरों की भूख भी लगी हुई थी। दोनों ने पहले तो लंच का मीनू कार्ड देखा फिर आपसी सहमति से खाने का आर्डर दे दिया। पुरानी यादों की चटपटी चर्चा के साथ हम दोनों ने खाने का आनंद उठाया। इधर-उधर की बातों के बीच मैंने जब वेटर को बिल लाने के लिए कहा तो मसंद मुस्कुराने लगा। वेटर ने बिल लाया और मैं जैसे ही पैसे देने के लिए जेब में हाथ डाला, मसंद ने मेरा हाथ पकड़ लिया। विजय भाई, पेमेंट तो मुझे ही करना है, आप क्यों परेशान होते हैं। मैंने जब थोड़ा विरोध करने की कोशिश की तो उसने कहा कि अभी तो वही चुकाएगा, आगे और भी बहुत मौके मिलेंगे लेने-देने के, अपनी इस मरोड़ को तब पूरी कर लेना। इसका बुरा मानना भी नहीं चाहिए दोस्त। वैसे भी मैं नौकरीशुदा हूँ। जब तुम कमाने लगोगे तो तुम्हें भी ये मौका जरूर दिया जाएगा। एक बार नहीं, कई बार दिया जाएगा लेकिन आज तो कतई नहीं। जब कमाने लगना तो ढाबे पर नहीं किसी महंगे होटल में पार्टी होगी। जी भर के हम खाएँगे और बिल तुम चुकाना...क्यों ठीक कहा ना !"

मेरे हाथ एक बार फिर से मेरी जेब में दुबके हुए लिफाफे पर गया। इस बार मसंद ने मुझे टोक दिया।

उसने मुझसे पूछा, “बार बार जेब को क्यों टटोल रहे हो भाई। कोई खास बात तो नहीं, या फिर दाद-खाज-खुजली से परेशान हो। अगर हो तो इसका इलाज है मेरे पास।”

यह कह कर वह हँसने लगा। मैं थोड़ा खिसिया गया।

मैंने झेंपते हुए कहा, “नहीं ऐसी कोई बात नहीं है। बस यूँ ही....”

और आगे बात टालते हुए पूछा, “अंकल आंटी कैसे हैं?”

मसंद ने एक झक्कास डकार ली और बोला, “सब मजे में हैं...तू बता, तेरे घर पर लोग कैसे हैं?”

मैंने भी वही रटा रटाया जवाब दिया, “वो लोग भी मजे में हैं।”

“हम दोनों हँसते हुए ढाबे से बाहर निकले और एक पान की दुकान पर जा कर अचानक मसंद रूक गया। मुझे लगा कि मसंद पान-पत्ते का भी शौकिन हो गया है। हालाँकि कॉलेज लाईफ में उसने कभी भी ऐसा शौक नहीं रखा। लेकिन पान की दुकान पर टंगे एक देसी छाप विज्ञापन पर मसंद की नजरें जा टिकी थीं, जिस पर लिखा था– “किराए के कमरे के लिए संपर्क करें। छुट्टे सांड आमंत्रित हैं। रोटी वाले चलेंगे लेकिन बोटी वालों से दूर की नमस्ते।”

मसंद ने बड़े रोचक अंदाज में लिखे इस विज्ञापन पर नजरें दौड़ाई और पान वाले से जानकारी लेने लगा। पान वाले ने पहले तो मसंद को खाने के लिए एक इलायची बढ़ाई।

इसके बाद पान वाले ने कभी मसंद की ओर तो कभी मेरी ओर देख कर जो बोलना शुरू किया तो रूकने का नाम ही नहीं लिया।

उसने कहा, “यहाँ लिखी शर्तें मंजूर हो तो कमरा दिखा सकता हूँ। गायत्री परिवार वाले शर्मा जी का है। शर्मा जी सीधे और सरल स्वभाव के हैं, किराए से तो मतलब रहता ही है साथ ही किराएदार से भी संपर्क जुड़ा रहता है। छिपकली की तरह दिखने वाले शर्मा जी वैसे तो काम से काम रखते हैं। लेकिन समय पर किराया नहीं मिला तो थोड़े तल्ख हो जाते हैं। किराएदार के दरवाजे पर हनुमान जी बन कर खड़े हो जाते हैं, जब तक कि किराया वसूल ना कर लें।”

मसंद पहले तो पानवाले की बातें चाव से सुनता रहा। फिर उसने पान वाले से

बोला, "बोलते ही रहोगे कि सुनोगे भी किसी की चचा।"

पान वाला पहले तो थोड़ा झेंपा फिर बोला, "अब आप भी फरमाईए। मेरा तो किराएदारी का टर्म और कंडिशन बताने का फर्ज था, सो उगल दिए। अब आप उगलो। कहो का कहना चाहते हो।"

मैंने झल्लाते हुए मसंद की ओर देखा फिर पान वाले से कहा, "नहीं-नहीं, अगर कुछ बचा रह गया हो तो वो भी उगल दीजिए। हम नियम और शर्तें जानने के बाद ही सोचेंगे कि कमरा हमें आप के जरिए लेना है या नहीं।"

पान वाले ने मसंद की ओर देखते हुए कहा, "अच्छा तो आपके साथ हैं ये बाबू। थोड़ा तुनुकमिजाज लगते हैं। भाई मेरा तो फर्ज बनता है कि कमरे को लेकर सारी जानकारी और ऊ का कहते हैं – टर्म अउर कंडिशन अपने भेजे से आपके भेजे में ट्रांसफर कर दूँ। ताकि कोई डाउट नहीं रहे आपके माइंड में...बाकि आपकी मर्जी। पसंद आए तो भी जै जै, ना पसंद आए तो भी जै जै। अब बोलिए मैंने कुछ राईट-रांग तो नहीं बोला ना।"

तंत्रा विजय की बातें सुनकर मुस्कुरा रही थी। लेकिन विजय का वाणी व्यायाम जारी था।

विजय, "पानवाला बड़े ही लच्छेदार शब्दों से हमारे मन को जीतने की कोशिश कर रहा था। जब हमने पूछा उस पाने वाले से पूछा कि कहाँ के हो चचा?"

उसने तपाक से हमसे ही पूछ लिया, "सुल्तानपुरिया लगते हो बाबू।"

विजय उसकी बातें सुनकर अवाक रह गया।

विजय, "खालिस सुल्तानपुरिया...आप भी वहीं के हैं क्या?"

पानवाले के पास हर सुलझे सवाल का एक उलझाऊ जवाब था।

"आप के नियरे-नियरे हैं। वैसे तो अब हमरा मनवा इ संगम नगरी में लग गया है तो अब हमें यहीं का समझो राजू। कहो तो एक धांसू मस्त पान लगा दें आपको, मजा आ जाएगा। गारंटी है इस बात की। ई लच्छू का पान है जो खा लेता है, दोबारा जरूर आता है दुकान पर।"

मैं कुछ ना-नाकुर करता कि लच्छू भाई फिर बोल पड़े –"घबड़ाओ नहीं, बिल्कुल पलेन पान होगा। तंबाकू-उम्बाकू नहीं देंगे आपको।"

लच्छू का पान आपसी बातचीत के दौरान ही तैयार हो गया। लच्छू भाई का पलेन पान का मतलब सादा पान से था।

विजय गंभीरता के साथ तंत्रा के सामने अपनी बात कहे जा रहा था।

"मैंने ना चाहते हुए भी पान के बीड़े को अपने हाथ में ले लिया और फिर मुँह में डाल लिया। मसंद मुझे देखकर हँसने लगा।

वह मेरी पीठ ठोकते हुए बोला, "लच्छू भाई के पान और वाणी दोनों में स्वाद है। इनसे सीखो MBA, ये हैं मैनेजमेंट के असली मास्टर।"

मैं मसंद की बातों को ज्यादा तवज्जो नहीं देते हुए सीधे लच्छू की ओर मुखातिब हुआ और पूछा कि कितने पैसे हुए चचा। लच्छू को शायद बुरा लग गया उन्हें चचा कह कर पुकारना।

लच्छू ने सिर हिलाते हुए कहा, "हमारी दुकान पर ग्राहक को पहला बीड़ा मुफत में मिलता है। आगे खाए तो जै-जै, नहीं खाए तो भी जै-जै । वैसे ई लवंगलत्ता वाले पान की कीमत 15 रूपईया होत है, लेकिन हम अभी आप से इस बार पइसा नहीं लेवेंगे। लेकिन एक गुजारिश है आपसे, चचा नहीं कहो हमको। कत्था की महक से ससुरा कम उमर में ही बे-बाल हो गए हम, नहीं तो ई लंबे-लंबे बच्चन भईया की तरह कान को ढपे जुल्फ थे हमरे। इतने घने कि कंधी की सींक टूट जाती रहे। लेकिन वकत-वकत की बात है। ससुरा बाल ही जब साथ छोड़ गया तो का करें।"

"लच्छू पानवाले मजाक नहीं कर रहे थे। उनकी अमिताभ बच्चन को पान खिलाते एक फोटो उनकी दुकान में टँगी हुई थी। लच्छू जी उधर ही इशारा करते हुए टँगी फोटो में अपने घुँघुराले और घने बालों की तुलना बच्चन जी से की थी। मसंद बस लच्छू जी की बातों की मौज ले रहा था और मंद-मंद मुस्कुरा रहा था। तभी अचानक मेरी नजर लच्छू जी की दुकान के अंदर चिपके एक फटे-पुराने पोस्टर पर गई। बिल्कुल वही पोस्टर था जो फटे हुए हाल आधा-अधूरा हमारे पास मौजूद था। दोनों ही अधमरे पोस्टरों की हालात एक जैसी थी। आधे-अधूरे जिस पोस्टर को मैंने संजो के रखा हुआ था, करीब-करीब उसी हालात में लच्छू जी की दुकान में लगे पोस्टर का भी हाल था। बस एक अंतर था कि लच्छू जी की दुकान वाले पोस्टर में

मानसी नाम पूरा लिखा हुआ था। मेरे लिए ये बात किसी बड़ी कामयाबी की तरह थी। मेरी आँखों में चमक आ गई थी। मैंने मसंद को पान की दुकान पर रूकने के लिए मन ही मन शुक्रिया कहा। जबकि इससे पहले मैं मसंद को कोस रहा था कि कहाँ से हम दोनों लच्छू जैसे लपेटने वाले शख्स के चक्कर में फँस गए हैं। मैं जितनी बेरूखी से पहले लच्छू से बात कर रहा था, पोस्टर की एक झलक ने मेरे अंदर नई ऊर्जा भर दी। मैंने लच्छू को उसके पान की मीठे बीड़े की जमकर तारीफ की और लच्छू जी की वाणी की दिल खोलकर प्रशंसा की। मैंने लच्छू से कहा कि आज तक मैंने इतना झमाझम पान नहीं खाया था। लच्छूजी प्रशंसा सुनकर खुशी के मारे फूले नहीं समा रहे थे। चेहरे के हाव-भाव को देख कर ऐसा लगा कि मैं अगर यूँ ही प्रशंसा करता रहा तो कहीं लच्छूजी को खुशी के मारे दिल का दौरा ना पड़ जाए।"

11

कमरा नं. सनम बेवफा

"मैंने अब लच्छूजी से दोस्ती बढ़ा ली थी। आज ये कहावत सच साबित हो गई कि मतलब पर गधे को बाप कहना पड़े तो कोई गुरेज नहीं करना चाहिए। मुझे तो मसंद का साथ अब शुभ संकेत नजर आने लगा। मैंने सोचा कि मसंद को अब लच्छूजी के दिखाए कमरे में ही एंट्री करानी है। लच्छूजी भी खुश, मसंद भी खुश और मैं भी खुश। मैं मन ही मन सोचा कि एक तीर से तीन निशाने, अब और क्या चाहिए। मैंने लच्छूजी से कहा कि वो हमें कमरा तो दिखा दें। बस इतना कहने भर की देर थी। लच्छूजी ने लपक कर एक मँझे हुए एथलीट की तरह सधे हुए अंदाज में नाप तोल कर ऐसी छलांग मारी कि सीधे दुकान से बाहर हमारे पास आ टपके।"

लच्छूजी ने अपनी वाणी को कष्ट देते हुए एक जोरदार आवाज लगाई, "देवता"

आवाज लगाने भर की देर थी। लच्छू के देवता के उच्चारण के साथ ही एक देवता का तत्काल प्रभाव से अवतरण भी हो गया। परिधान कुर्ता-धोती...हसोड़ व्यक्तित्व...जितना बड़ा पिछवाड़ा, उतना ही बड़ा सिर। लच्छूजी ने अपने पाजामें की नाड़े के पास से एक चाभी निकाली और गोल-मटोल से दिखने वाले धोतीधारी देवता को सौंपते हुए कहा – "देवता जरा इन्हें 'सनम बेवफा' वाला कमरा दिखा के लैयो। बत्ती जला के तसल्लीबक्स होके कोठरी का चारो कोना दिखा देना। जरको हड़बड़ी ना दिखाना।"

"हमें लच्छू जी बातें सुनकर थोड़ा हैरानी हुई। सबसे पहले तो सनम बेवफा वाला कमरा अपने आप में कौतुहल का विषय था। दूसरा देवता...जैसा नाम वैसी ही सूरत थी उस धोतीधारी कार्टून जैसे दिखने वाले शख्स की, जिसे लच्छूजी ने कमरा दिखाने के लिए कहा था। दरअसल, लच्छू पानवाले की बातें जितनी लच्छेदार थी,

उतनी ही रोचक और रोमांचकारी थी उसके इर्द-गिर्द की मनभावन दुनिया। उससे जुड़े लोगों के नाम भी किसी हास्य पात्र से कम न थे। शायद यही वजह थी लच्छू पानवाले को इलाके के अधिकाँश लोग जानते-पहचानते थे। जिसने भी लच्छू जी के एक बार दर्शन कर लिए, उन्हीं के होकर रह गए। खुद लच्छू पान वाले का भी कुछ ऐसा ही कहना था।"

"फिलहाल हम अजीब से हाव-भाव वाले शख्स देवता के साथ 'सनम बेवफा' वाला कमरा देखने चल दिए। देवता ऐसे भाग रहा था जैसे कोई दस्त का शिकार व्यक्ति सुलभ शौचालय ढूढ़ रहा हो और जल्द से जल्द फ्रेश होना चाहता हो। उनकी इस चाल को पकड़ने के लिए हमें सचमुच दौड़ना पड़ रहा था। खैर भागम-दौड़ का दौर खत्म हुआ और हम एक खुले अहाते में आ गए। देवता ने अहाते में आकर पीछे-पीछे आ रहे हम दोनों को एक नजर ऊपर से नीचे तक देखा और मुस्कुराते हुए बोला– "ई तो हमरी रोज की दौड़ है। लगता है आप लोग थोड़ा थक गए हैं, तनिक सुस्ता लें। तब तक मैं ऊपर जा कर कमरे का ताला खोलता हूँ। कमाल का कमरा है। मोहब्बत करने वालों के लिए ये कमरा बड़ा सूट करता है। पढ़ने वालो को टॉपर बनाता है और नौकरी वालों को जल्द तरक्की दिलाता है।"

मुझसे रहा ना गया, मैंने देवता से पूछ ही लिया।

"देवताजी बता सकते हैं कि आखिर इस कमरे का नामकरण सनम बेवफा क्यों पड़ा?"

"काहे नहीं, बतावेंगे, जरूर बतावेंगे....पहले इस कमरे का नाम 'दिलरूबा' था। लेकिन एक संगीन प्रेमी ने अपनी दिलकश प्रेमिका के लिए इस कमरे का नाम 'सनम बेवफा' रख दिया। चारो ओर उसके नाम की चस्पी चिपका दी। लड़की को मजबूर होकर यहाँ से नौ-दू-ग्यारह होना पड़ा। बड़ी ही नकचढ़ी लेकिन दिल की साफ लड़की थी। किसी का भी उधार लगा के नहीं गई। नहीं तो यहाँ की परंपरा है कि जब किसी लवंडे को कमरा छोड़ना होता है तो वह राशन का एक महीने का उधार मार कर ही डेरा छोड़ता है। लेकिन सनम बेवफा ने इस कमरे को छोड़ने से पहले एक-एक पाई का हिसाब चुकता किया, फिर वह एक दिन अचानक रात को गायब हो गई। जब संगीन प्रेमी यहाँ सुबहे-सुबह उहका दीदार करने के लिए प्रकट हुआ तो कमरे में जड़ा ताला देख कर बौरा गया। आव देखा ना ताव और तोड़ दिहिस ताला। ताला टूटा और साथ ही टूट गया उहका भ्रम।"

देवता ने आगे कहानी जारी रखी। "चिड़िया पिजड़े से फूर्र हो चुकी थी। अकेले भागी या किसी नए लवंडे के साथ, ई तो पता नहीं चल सका लेकिन जबसे गई, मोहल्ले का माहौल और मिजाज में वो रस नहीं घुल पाया है जो उसके रहने पर हुआ करता था। बड़ी ही नेक और दिलदार लड़की थी। जब भी मिलती थी घर-परिवार का हाल-चाल ले लिया करती थी। ई कुर्ता उसी ने हमें दिवाली में गिफट दिया था। जब हमें कम लौकाई देने लगा तो वह चश्माघर में आँख टेस्ट करा कर लेंस वाला एक चश्मा भी हमें लाकर दी थी। लेकिन जब फूर्र हुई तो किसी को कुछ नहीं बताया। जाने कहाँ गई। कसम तोहरी बाबू, ऊ बहुते नेक और दिलदार लड़की थी।"

मैंने देवता के काम में जाकर धीरे से पूछा, "अरे उस लड़की का नाम पता भी कुछ है कि बस दिलदार लड़की थी।"

"आपको कमरा दिखावे की खातिर आए हैं बाबूजी, लड़की का नाम-पता बतावे के लिए नाहीं, सब कुछ एकै दिन में जान लौगे का।"

मैं देवता की बात सुनकर झेंप गया, "हाँ..हाँ, पहले कमरा दिखाओ, हमें भी नहीं सुननी तुम्हारी राम कहानी।"

देवता ने बातों का पैंतरा बदला और सीधे मुद्दे पर आ गया।

"अरे, अब तक तो आप लोग सुस्ता लिए होंगे। चलिए ऊपर चल कर कमरा खोलते हैं। करंट मुफत है। कटिया लगी है। करंट का पैसा नहीं लागत यहाँ। बार्डर भईया का मोहल्ला है। का मजाल कोई बिजली अधिकारी कटिया को इधर से उधर कर दे। वैसे बार्डर भईया बड़े नेक इंसान हैं। किराया तो उनके दद्दा शर्मा जी लेते हैं। बार्डर भईया के हाथ में किराया गया नहीं कि समझो किराएदारी भी गई। बस बार्डर भईया को कभी-कभार महीने में सौ-पचास रूपए की जरूरत जो पड़ जाए तो वो अपने किराएदारों से माँग लेते हैं, वो भी वापस करने की बात कह कर। लेकिन लिया हुआ उधार उन्होंने कभी किसी को दिया नहीं, ये उनका ट्रैक रिकारड (रिकॉर्ड) है, पहिले ही बता देना हमरा फरज है,सो बता दिहै।"

मुझे ऐसा लगा कि मसंद बस देवता की बातें एक कान से सुन कर दूसरे कान से निकाल रहा था। जब देवता को भी इस बात का आभास हुआ कि हम उसकी बक-बक को इग्नोर कर रहे हैं तो वह अपनी वाणी व्यायाम पर विराम लगाते हुए तुरंत कमरा खोलने लगा। लेकिन बातूनी व्यक्ति अपनी आदत से कैसे बाज आए, उसकी

जिह्वा बोलने के लिए बेकरार होने लगी।

कमरा खोलते ही देवता महोदय बोल पड़े, "है ना गजबे का कमरा। का नजारा दिखता है यहाँ से। आप कमरे की छत से पूरे मोहल्ले का दर्शन कर सकते हैं।"

मैंने और मसंद ने सनम बेवफा कमरे की मुँह दिखाई की। हमें कमरा मुफीद लगा, हमें तो कमरे में कोई बेवफाई नजर नहीं आई।

जब देवता से किराया पूछा तो उन्होंने तपाक से कहा- "रेट की बकैती मौसा जी ही करेंगे। जो बक देंगे, वही किराया समझो।"

हमने पूछा ये मौसा कहाँ से आ गए बीच में, तो देवता ने कहा, "मौसा माने हमरे लच्छू मौसा। एक ही तो मौसा है हमरे। बचपन में पिल्ले की तरह पाला-पोसा हमें, अब जवानी में मेरा गदहे की तरह इस्तेमाल कर रहे हैं। कमरा दिखाने का काम हम ही करते हैं। मौसा का तो काम बस आदेश देना होता है और हमरा काम उनकी आज्ञा का पालन करना।"

"इलाहाबाद की एक खासियत जो मैंने देखी वो ये थी कि यहाँ समझाने वाले बहुत मिलेगें पर समझने वाले कम। यानि एक शब्द में बोलूँ तो यहाँ के लोग बकैती में PHD होल्डर हैं। उन्हीं में से एक नमूना देवता भी था। कमरा क्या दिखाने लाया, हमारे दिमाग की दही कर दी थी। लेकिन उसकी एक विशेषता भी थी। उसकी वाणी में ऐसी मिठास थी कि कोई उस पर चाहते हुए भी नाराज नहीं हो सकता था। मसंद को भी पूरे दिन हमारे साथ काटने थे। इसलिए उसे कोई जल्दीबाजी नहीं थी। जबसे मैं लच्छू पानवाले की दुकान में चिपके फटेहाल पोस्टर से रू-ब-रू हुआ था, मैं भी किसी तरह की जल्दीबाजी नहीं थी। सनम बेवफा कमरा तो हमने देख लिया था। आलमारी में पुराने अखबार पड़े थे। जो धूल फाँक रहे थे। कमरा तो साफ था पर कमरे में लगे जाले और पुराने अखबार और रद्दी से अटी पड़ी आलमारी को देखकर लगा कि इस कमरे में इससे पहले कोई स्टूडेंट ही रहता रहा होगा। ये तो देवता बता ही चुके थे कि एक मल्लिका-ए-नूर यहाँ रहती थी। जिसका एक संगीन मतलब रंगीन प्रेमी था। उसी संगीन/रंगीन प्रेमी ने कमरे का नाम सनम बेवफा दिया था।"

"बिजली का बिल नहीं भरना है और किराये की बात लच्छू महराज ही बकेगें। ये है अब तक का अपडेट। मैंने देवता की मौजूदगी में ही एक साँस में ये सारी बातें मसंद के सामने बक दी। मसंद ने हंसते हुए मेरी ओर मुखातिब होते हुए कहा कि देवता के

असली वारिस तुम ही हो सकते हो गुरू। फिर हम दोनों ने जोरदार ठहाका लगाया। लेकिन जैसे ही हमनें ठहाका लगाया, देवता ने मुँह पर हाथ रखते हुए धीरे से कहा, "लगता है मेरी बातें आपको लतीफा की तरह लगी। इसलिए आप लोग मेरा मजाक उड़ा रहे हैं ना !"

मैंने देवता को समझाते हुए उनसे बड़े ही प्यार से कहा, "ऐसा कुछ नहीं है। आप तो एक लाजवाब शख्सियत हैं...जो रोते हुए शख्स को भी हँसा दें।"

हमारी बातें सुनकर देवता गदगद हो गया और खैनी निकाल खाते हुए हमें भी खैनी का ऑफर दे दिया। जिसे हम दोनों ने बड़ी ही विनम्रता के साथ अस्वीकार कर दिया।

हमें 'सनम बेवफा' वाला कमरा पसंद आ चुका था, बस किराए की बात पर मामला अटका पड़ा था। देवता तो कमरा दिखा कर चलता बना। साथ ही वह हमें लच्छू जी के हवाले सौंप गया था। हम फिर से लच्छू पानवाले की छत्रछाया में आ गए। किराए को लेकर मामला ज्यादा देर तक नहीं उलझा, सौदा पट गया। लच्छू जी ने बड़े ही अदब से एक कोने में ले जाकर मसंद से कुछ कहा। मसंद ने सिर हिलाया। क्या बात हुई पता नहीं चला लेकिन मुझे ऐसा लगा कि लच्छू जी मसंद से अपने हक की गुजारिश कर रहे थे। किराए का मकान का कमीशन तो हर कोई लेता है, सो यहाँ भी देना ही था।

मसंद मेरे पास आया और मुझसे पूछा, "क्या वह कल ही कमरे में शिफ्ट हो सकता है?"

मैंने कहा, "क्यों नहीं, लेकिन कमरा साफ नहीं है। अलमारी पर भी धूल जमी पड़ी है।"

मसंद ने कहा, "लच्छू जी ने कमरा साफ कराने की जिम्मेदारी ले ली है। एक घंटे में सनम बेवफा को गंगा-जमुना-सरस्वति के शुद्ध जल से आचमन कर उसे ओम पवित्रम् कर देंगे हमारे देवता भाई। कमीशन में पाँच सौ रूपए जो ले रहे हैं। कमरा अपने कब्जे में आते ही एडवांस किराया भी देना होगा।"

मैं मसंद से ये कहते हुए आगे बढ़ गया कि लेना-देना अब तो लगा रहेगा, पहले चलकर हम दोनों मकान मालिक शर्मा जी से तो मिल लें। मकान मालिक शर्मा जी बड़े सख्त मिजाज जान पड़ रहे थे। लच्छू पानवाले की तरह शर्मा जी भी बकैती में

डिग्रीधारी थे, लेकिन रूपए-पैसे के मामले में मखखीचूस। बरामदे में ही एक तख्ती टाँग रखी थी, जिस पर किरायेदारी के नियम-कायदे लिखे थे। मैंने सोचा कह दूँ कि एक तख्ती अपने गले में टाँग लें...लेकिन डर यही था कि कहीं ऐसा कहने पर वह सनक ना जाएँ और हमें सनम बेवफा वाले कमरे से हाथ धोना पड़ जाए।"

फिलहाल, शर्मा जी ने कमरे के नियम कायदे के बारे में बताया, साथ ही आगाह भी कर दिया।

"पहले ये तख्ती पढ़ लो, मन बने तो लो, नहीं तो कट लो...बाद में ना कहना कि शर्माजी ने बताया नहीं था।"

खैर, इसी बहाने हमारी शर्मा जी से मुलाकात भी हो गई थी। सनम बेवफा कमरे को हासिल करने के लिए लागू जो शर्तें दी गईं थीं, वो हमें मंजूर थीं। फिर क्या था, इंडियन रेलवे की तत्काल सेवा की माफिक हमने शर्मा जी को लगे हाथ एडवांड किराया भी थमा दिया। लच्छू पानवाले को भी उनका कमीशन मिल गया। अगर कहे कि मसंद की संगम एक्सप्रेस चल निकली तो गलत ना होगा। रात को ढाबे पर दोनों ने आराम से खाना खाया और फिर मसंद ने अपने साथ एक थैले में कुछ जरूरी दैनिक दिनचर्या संबंधी सामान रख लिया और फिर रात को सोने के लिए मेरे ही कमरे पर आ गया। मेरे कमरे पर आने के बाद उसने नहा धोकर आराम किया और फिर कुछ इधर-उधर की बातें करने के बाद हमारी सोने की तैयारी हो गई। इलाहाबादी स्टाइल में जमीन पर बिछे गद्दे हमारा इंतजार कर रहे थे।

अगले दिन सुबह के समय मसंद का सारा सामान नए डेरे पर आ चुका था। सामान ही कितना था। एक चौकी, एक गद्दा, बिछावन, टेबल फैन, दो कुर्सी, एक फोल्डेबल मेज, गैस चूल्हा और दो सूटकेस और साथ में एक गत्ते में पढ़ने-लिखने की कुछ किताबें थी। कमरे से निकले कूड़े-करकट और आलमारी में पड़े पुराने अखबार और रद्दी को देवता ने साफ करा कर कमरे के बाहर दरवाजे के पास रखवा दिया था। अगली सुबह कूड़े वाला सारा कूड़ा-करकट ले जाने वाला था। अच्छी बात ये थी कि अगले दिन नेशनल हॉलीडे था। मसंद के पास व्यवस्थित होने का पूरा समय था। कमरे में और बाथरूम में बिजली का मामला सही था, लेकिन किचन में बल्ब का होल्डर टूटा हुआ था जिसके चलते रसोईघर में अंधेरा था। इसलिए रसोई में कोई भी साफ सफाई संबंधी काम सुबह ही संभव था। मसंद को एक कामवाली भी रखनी थी ताकि घर में साफ सफाई होती रहे। देवता ने मसंद को बोल रखा था कि वह कल एक

समझदार कामवाली बाई को बुला कर मिलवा देगा।

कमरे में सामान सेट कर मसंद दूसरे दिन भी मेरे ही कमरे पर आकर सो गया। अगली सुबह हम दोनों जल्दी उठे। नहा- धोकर हमनें सीधे नेतराम चौराहे पर कचौड़ी–जलेबी का नास्ता किया। नास्ता करने के बाद हम दोनों सीधे लच्छू पानवाले की दुकान पर पहुँच गए। हमारी और देवता की मुलाकात यहीं तय थी। अभी हम लच्छू की दुकान पहुँचे ही थे कि पीछे से देवता ने हमें आवाज दे दी।

"अरे किसको ढूढ़ रहे हो भईया, हम इहाँ हैं…इहाँ।"

मैं और मसंद देवता के लटके-झटके वाली पुकार सुनकर हँसने लगे। देवता ने हमें हँसता देख मुँह बना लिया। हम देवता के साथ सनम बेवफा वाले कमरे पर पहुँचे और छज्जे पर खड़े होकर कमरे के आस-पास के माहौल का जायजा लिया। अब तक देवता कमरा खोल चुका था। हम कमरे में पड़ी दोनों कुर्सियों को एक-दूसरे से अलग किया और उस पर विराजमान हो गए। तभी देवता को बाहर रद्दी खरीदने वाला दिख गया। देवता ने झटपट रद्दी वाले को ऊपर बुला लिया। तब तक मैं भी टहलते हुए कमरे के बाहर आ गया था। रद्दी वाला पुराने अखबार और रद्दी तोलने लगा तभी मुझे उस रद्दी के ढेर में भी वही पोस्टर दिख गया, जो मेरे लिए पहेली बना हुआ था। मिशन मानसी का आधा काम आज पूर्ण हो गया था।

मसंद अंदर रसोई वाले कमरे का मुआयना कर रहा था और बाहर मैं अपने मिशन मानसी की कामयाबी पर खुश हो रहा था। मैंने लापरवाह बनते हुए अखबार के ढेर से उस पुराने करीब करीब गले हुए उस पोस्टर को खींच कर बाहर निकाल कर ऐसे अपने हाथों में लिया मानो मुझे इससे कोई मतलब नहीं हो। पोस्टर का पूरा हिस्सा देखकर मैं चौंक गया था। किसी ने पोस्टर के जरिए मानसी के लापता होने का इश्तहार दिया था। साथ ही मानसी की फोटो के नीचे लिखा था ठग लड़की लाखों के जेवर और रूपए के साथ लापता...पता बताने वाले को उचित इनाम। भरोसा नहीं कर पा रहा था कि मानसी किसी के गहने आदि चोरी कर के लापता हो सकती है। मैं समझ गया था कि किसी मक्कार शख्स ने मानसी के साथ क्रूर मजाक किया है। मैं अभी इसी उधेड़बुन में लगा हुआ था कि देवता भी मेरे हाथ में पोस्टर को देखकर चहक उठा।

देवता ने कहा, "सॉब इसी लड़की के चलते इस कमरे का नाम सनम बेवफा पड़ गया। इस कमरे में ये लड़की कभी किराएदार थी। दिल की तो बहुत अच्छी थी लेकिन एक अय्याश लड़के के प्रेम में फँस गई थी। नैन-मटक्का एक ही ओर से था

या दोनों ओर से, ये तो मैं नहीं जान सका, लेकिन लड़का बड़े घर का होने के साथ बिगड़ैल भी था। बुलेट लेकर अक्सर यहाँ इस मोहल्ले के चक्कर लगाया करता था। गौरव नाम था। थाना पुलिस उसको सलामी देती थी। लोग कहते थे कि वह एक नेता की नाजायज औलाद है। इ जो लड़की है ना मानसी, बड़ी ही सुंदर और पढ़ाकू लड़की थी, लेकिन मोहब्बत पर किसी का जोर चला है आज तक, जो उसका चलता। कर बैठी मोहब्बत और गौरव के साथ बुलेट पर घूमने लगी। लोग कहते हैं कि यूनिवर्सिटी से MBA कर रही थी। उह लवंडा गौरव भी उसी के साथ पढ़ाई कर रहा था। हम तो सुने हैं कि मानसी को ऊ गौरउवा डरा-धमका के अपने फंदे में फाँस रखा था। उसके साथ ससुरा जोर-जबरदस्ती करता रहा होगा। लेकिन बाबू इ पोस्टर वाली जो लड़की मानसी है ना... मिजाज की बहुते अच्छी लड़की थी। बहुते नरम और नेक स्वभाव था।"

मैंने देवता से पूछा, "मानसी को गौरव के साथ बुलेट पर घूमते हुए क्या कभी उसने देखा था।"

देवता ने सिर ना में हिला कर कहा, "कभियो नहीं भइया जी।" किसी ने ऊ लड़की को लवंडे के साथ घूमते कभी नहीं देखा। इ तो खुद लवंडे ने हल्ला मचा-मचा कर के बताया कि ऊ लड़की उसका पैसा कौड़ी लेकर भाग गई है। शादी का झांसा देकर उसे उसे ठग लिया है। पूरे इलाहाबाद में पोस्टर लगवा दिया कि ठग लड़की जिसका नाम मानसी है, जेवर और नकदी के साथ रफूचक्कर हो गई है। लड़की के फुर्र होने के एक हफ्ते तक गौरउवा दारू पी के टुन्न होके इसी कमरवा में फूट-फूट कर रोता रहता था। एक ओर उसके प्यार में पागल भी था और दूसरी ओर ससुरा उसको बदनाम करने का एकौ मौका नहीं छोड़ा ससुरे ने।"

जब देवता ये सब बातें मुझसे कर रहा था, एक कोने में मसंद खड़े होकर उसकी सारी बात सुन रहा था। लेकिन अभी तक उसने पोस्टर वाली लड़की को नहीं देखा था। उसे ये भी नहीं पता था कि जिस लड़की की बात हो रही है , वह उसके साथ पढ़ी चुकी लड़की मानसी ही है।

मसंद ने मेरी ओर देख कर बोला, "देवता के पास ऐसी एक नहीं, बहुत सी कहानियाँ होंगी। ये एक नया एपिसोड किसका चालू कर दिया इन्होंने।"

मैंने बात टालते हुए कहा, "देवता हैं, देश-परदेश की खबर ये नहीं रखेंगे तो कौन रखेगा भाई।"

ये कहते हुए मसंद मेरी ओर मुखातिब हुआ और मेरा हाथ पकड़ कर सीढ़ी से उतरने लगा। चलते-चलते उसने देवता से कहा कि रद्दी का पैसा वो खुद रख ले और कामवाली से भी बात कर ले। घर में पोछा और साफ सफाई करनी होगी। कपड़ा भी साफ कर देगी तो अच्छा होगा। यह कहते हुए हम दोनों वहाँ से चलते बने।

रात को चौक के रामआसरे भोजनालय में हम दोनों ने खाना खाया और कमरे आकर सोने की तैयारी करने लगे। लेकिन मानसी वाले पोस्टर की आधी हकीकत और आधा फसाना जानने के बाद मेरी नींद गायब हो चुकी थी। मैं सोच रहा था कि आखिर किन मानसिक यंत्रणाओं को सहने के बाद मानसी ने 'सनम बेवफा' वाला कमरा छोड़ा होगा। क्या सचमुच वह गौरव से प्यार करती रही होगी? उसकी बुलेट की सवारी करती रही होगी? दरअसल, मानसी ऐसी लड़कियों में से नहीं थी। पढ़ने में होशियार होने के अलावा वह खाते-पीते संस्कारी घर से संबंध रखती थी इसलिए चोरी करने का तो सवाल ही नहीं उठता था। कहाँ चला था मैं पोस्टर का राज जानने के लिए और कहाँ मैं अब सनम बेवफा वाले कमरे का राज जानने के लिए बेकरार हो उठा था। मेरे मन में उठने वाले सवाल मुझे बेचैन कर रहे थे। जाहिर बात थी कि इस बेचैनी के चलते मेरी नींद गायब हो चुकी थी। मसंद को भी सुबह उठकर ऑफिस भी जाना था, इसलिए वह बिस्तर पर पड़ते ही गहरी नींद में खो गया।

मसंद को ये नहीं पता था कि देवता मुझे जो कहानी सुना रहा था, वो कोई और नहीं बल्कि मानसी है। अगर उसे इस बात की खबर होती तो शायद उसकी आँखों की भी नींद कबकी गायब हो चुकी होती। जाहिर है मसंद की मानसी से अच्छी दोस्ती थी, प्यार था या नहीं, यह मैं नहीं कह सकता था। मैं अपनी सोच के दलदल में फँसता जा रहा था। मानसी का पता लगाने को लेकर मेरा काम अब और बढ़ गया था। मुझे समझ में नहीं आ रहा था कि आखिर इस सिलसिले में सबसे पहले मुझे क्या करना चाहिए। एक बार मन में आया कि मानसी को लेकर मेरे मन में जो कोलाहल मचा हुआ है उसे मसंद के साथ साझा करूँ। लेकिन मैं संशय में था कि अपने मन की बात मसंद से साझा करना किस हद तक ठीक रहेगा। मानसी ने मेरे दिल और दिमाग, दोनों पर कब्जा कर रखा था। ऐसे में जब दिल और दिमाग दोनों निर्णायक भूमिका में आने की कोशिश करने लगे तो संशय का होना लाजिमी था। यही सोचते-सोचते कब मुझे नींद लग गई, पता भी नहीं चला।

सुबह उठा तो पाया कि मसंद नहा-धोकर ऑफिस जा चुका था। दिन के दस बज चुके थे। सबसे पहले मंजन-कुल्ला कर के मैं निम्मो भाभी के पास चाय पीने

चला गया। मंजन-कुल्ला शायद शहरी लोगों को समझ में कम आए। दरअसल, यूपी के पूर्वांचल इलाके में पूरी तरह से फ्रेश होने को मंजन-कुल्ला कहते हैं। हाँ तो कह रहा था कि जैसे ही मैं चाय पीने निम्मो भाभी के पास पहुँचा, वहाँ हमारे साथ पढ़ने वाले दो-चार दोस्त यार मिल गए। दोस्तों से बातचीत के बीच मैं एक कुल्हण की जगह दो कुल्हण चाय पी चुका था। उस दिन निम्मो की दुकान पर लड़कों की बटोर कुछ ज्यादा ही थी। थोड़ी ही देर में इस चहल-पहल का कारण भी समझ में आ गया। निम्मो की चाय की दुकान पर सार्वजनिक तौर पर एक निमंत्रण पत्र टँगा हुआ था। इसमें छात्रावास और किराए पर रहने वाले सभी लड़कों और तैयारी करने वालों छात्रों को शादी में आने और जी भर कर खाना खाने का निमंत्रण दिया गया था।

इलाहाबादी लड़कों को फ्री में खाना खाने को मिल जाए, यह ही बहुत था। चाय पीने वाले लड़के इसी बात की चर्चा कर रहे थे कि गौरव भैया के यहाँ भोज है और वहाँ चभक के पेट भर कर खाना खाना है। चकराइए नहीं, 'चभक के' का मतलब जी भर कर होता है। मैं भी उनकी बातें सुन रहा था। मैं असल में निमंत्रण पत्र देखना चाहता था, लेकिन उसे निहारने वालों की भीड़ अभी छँटी नहीं थी जो मुझे उसका दीदार करने का अवसर मिलता। कुछ लड़के तो निमंत्रणपत्र को ऐसे घूर-घूर कर देख रहे थे जैसे कार्ड में ही घुस जाएँगे। सारा मामला फ्री में खाना खाने का तो था ही लेकिन सबसे बड़ी बात ये भी थी कि निमंत्रणपत्र गौरव भैया की ओर से दिया गया था।

निमंत्रणपत्र देखने के चक्कर में ही मेरी दो कुल्हण से तीन कुल्हण चाय हो गई। आखिरकार मुझे भी कार्ड के करीब पहुँचने का मौका मिल ही गया। कार्ड पर नजरें जाते ही मैं चौंक गया। गौरव परिणय मानसी। मेरे तो होश फाख्ता हो गए। मैंने एक-दो बार नहीं, कई बार कार्ड को निहारा। नजर में जो आया वह यही था कि गौरव की शादी मानसी से हो रही थी। अल्लापुर के त्रिवेणी मैरेज हॉल में शादी समारोह का आयोजन किया गया था। कार्ड पर लिखा था, निमंत्रण पत्र पढ़ने, देखने, सुनने वाले सभी भुख्खड़ छात्र-छात्राओं को गौरव भैया की शादी में जरूर आना है। अगर खाना नहीं मिल पाए तो फोन नंबर 989*****12 पर संपर्क करें। उम्मीद पर दुनिया कायम है इसलिए आप भी पूरी उम्मीद रखिए कि आपकी एक कॉल पर आपकी भूख मिटाने की तत्काल व्यवस्था की जाएगी। आप सभी की शुभेच्छा ही मेरे लिए आपका गिफ्ट होगा। खाना जमकर खाइएगा। एक प्लेट का कैटरर ने 500 सौ रूपए लिया है। इसकी वसूली आप सभी छात्रों की नैतिक जिम्मेदारी बनती है। निमंत्रणपत्र के आखिर में लिखा था – ठूस-ठूस कर खाना, बाद में ना पछताना...।

मैंने जीवन में ऐसा निमंत्रणपत्र कभी नहीं देखा था। मैंने सोचा कि केटरर वाला भी जिगर वाला होगा जो इस शादी में इलाहाबाद में तैयारी करने वाले लड़कों को खाना खिलाने का जिम्मा लिया है। इलाहाबादी अक्सर कुछ लीक से हट कर करते हैं। ये निमंत्रणपत्र इसका एक नमूना था। फिलहाल, शादी के इस कार्ड की चर्चा निम्मो की दुकान पर जोरों पर चल रही थी। इलाके के सभी भोजनालयों ने रात की बंदी का एलान कर दिया था। गौरव भैया की शादी में सब चले जाते तो उनका खाना कौन खाता। फिलहाल मैं निमंत्रणपत्र में बुलाए जाने के तरीके की बजाय इस बात को लेकर हैरान-परेशान था कि आखिर जब मानसी को गौरव से शादी करनी ही थी तो वह बोरिया-बिस्तर लेकर सनम बेवफा वाले कमरे से भागी ही क्यों? मैंने तय कर लिया कि पूरा माजरा समझने के लिए मुझे अल्लापुर के त्रिवेणी मैरेज हॉल तो जाना ही होगा। मुझे उत्सुकता थी कि आखिर इस शादी के कार्ड का सच क्या है। मैंने जो अपने गले में मानसी नाम की घंटी बाँध रखी है, उस कहानी का भी पटाक्षेप हो जाएगा और साथ ही, लगे हाथ मेरे अरमानों के भी न्यारे-व्यारे हो जाएँगे सो अलग। यही सोचता हुआ मैं निम्मो भाभी के टी स्टॉल से अपने डेरे पर आ चुका था। आते ही नहाया धोया और कुछ गंदे कपड़े साफ करने को पड़े थे, उन्हें साफ कर सूखने के लिए रस्सी पर डाल दिया।

12

PHD कामवाली

दोपहर हो चुकी थी। सोचा थोड़ा आराम कर लूँ। यही सोच कर अभी बिस्तर पर लेटा ही था कि दरवाजे पर किसी ने आवाज लगाई। भईया जी हम आ गए। मैंने सोचा कि कौन हो सकता है, उठ कर किवाड़ खोली तो देवता को सामने खड़ा पाया। देवता के साथ में ठीक-ठाक सी दिखने वाली एक युवा महिला भी थी।

देवता ने शरमाते हुए कहा- "भईया इ काजोल है, काजोलवा...फिलम वाली नहीं, कामवाली, बहुते डिमांड है इसकी इस इलाके में, आगे का बोले...आप समझे गए होंगे।"

"बोलिए...बोलिए... इतनी छोटी तारीफ आपके मुँह से अच्छी नहीं लगती ", मैंने झल्लाते हुए देवता से कहा।

देवता ने मेरी ओर देखते हुए काजोल से कहा, "ई खाना भी बना लेवेगी, बर्तन भी साफ कर लेवेगी और कपड़ा भी धुल देवेगी, ई घरेलू कामकाज की मल्टी विटामिन टिकिया है... क्यों काजोलवा, कुछ उगलो अपने बारे में, हम ही सब कुछ बक देवेंगे तो तुम का करोगी, दाँत निपोरोगी।"

काजोल ने चहकते हुए कहा, "सॉब जी, हम नहीं बोलत हैं, हमार काम बोलत है, थ्री इन वन हैं हम, देवता तो बके दिए सब कुछ। पगार की बात तय कर लो, कल से काम पर आ जावेंगे।"

मुझे गुस्सा भी आ रहा था और हंसी भी। मैं सोच रहा था कि मसंद तो ऑफिस गया, तय तो उसी को करना है। मैंने घूर कर देवता की ओर देखा।

"मसंद को आने दो देवता, बात कर लेंगे, रखना तो उसी को है, डेरा इसको दिखा दो, आज शाम को ऑफिस से आते ही मिला देना काजोल को उसके अजय देवगन से....मतलब मसंद से, ठीक है ना..!"

काजोल ने बिंदास अंदाज में मुझसे कहा, "हमें अइसे ना देखो, हमरा काम देखना, जो काम पर लगा लेता है, छुड़वाता नहीं, झाड़ू-पोछा लगाने के मामले में एम.फिल हैं। पाँच मिनट में कमरा साफ। इससे हमरा समय बचेगा और आपका कमरा भी चकाचक हो जाएगा बाबूजी। और भी कई खूबी है हमरी। जब काम करेंगे तो देख लेना। बहुतै चउचक काम है हमरा। साफ और सुग्घण..मतलब नीट अऊर क्लीन। "

देवता ने काजोल को अंग्रेजी बोलता देख पहले तो मुस्कुराया। इसके बाद बड़ी ही टशन के साथ मुझसे कहा, "सर्वगुण संपन्न कामवाली बाई है इ काजोलवा। कमाल की है। हमरा केवल मतलब वाले लोगों से ही वास्ता रहता है बाबू।"

मैंने देवता से पल्ला छुड़ाते हुए कहा, "आपका नाम ही देवता है, पूरे मोहल्ले के देवता हैं आप, शाम को आ जाइएगा, मसंद को भी दर्शन दे दीजिएगा, अपनी काजोलवा को भी साथ लेते आइएगा, शाम को फिर वहीं सनम बेवफा वाले कमरे पर मिलते हैं।"

"हाँ..हाँ..क्यों नहीं, शाम को नए वाले डेरा पर मिलते हैं, तब तक काजोलवा को आपके दोस्त मसंद भैया का डेरा दिखा कर लाते हैं।"

यह कहते हुए देवता अपनी काजोलवा के साथ तुरंत कट लिए।

आगे-आगे देवता मटक कर चल रहा था और पीछे-पीछे काजोलवा। जिस तरह से काजोल मटक रही थी, वो कामवाली कम नौटंकी वाली पात्र ज्यादा लग रही थी। दरअसल, काजोल खुद को एडवांस और मॉडर्न दिखाने की कोशिश कर रही थी। इलाहाबादी लहजे में कहें तो चाय वाली निम्मो भाभी से दो हाथ आगे की चीज लग रही थी। मैंने मन ही मन में सोचा अगर ये मसंद के यहाँ काम पर लग गई तो जाने क्या होगा। काजोल को देखकर लग रहा था कि या तो मसंद उसे देखकर साफ-साफ ना कर देगा या मजबूरी में रख भी लेगा तो ज्यादा दिन काजोल की दाल उसके पास नहीं गलेगी। औरतों के लटके-झटके से मसंद दूर ही रहता था। फिलहाल शाम को तय हो जाना था कि मसंद के यहाँ देवता की काजोलवा काम करेगी या नहीं।

ऑफिस से लौटने के दौरान मसंद मेरे रूम पर आया और फिर हम दोनों निम्मो

भाभी के यहाँ चाय पीने चले गए। इसके बाद मसंद के कहने पर मैं उसके रूप पर चला आया। मसंद हाथ-मुँह धोकर तौलिए उठाया ही था कि दरवाजे पर किसी ने कुंडी खटखटाई। मैंने दरवाजा खोल कर देखा तो सामने देवता खड़ा था। पीछे वही काजोलवा खड़ी थी। काजोल से जैसे ही मेरी नजरें मिली, उसने मनमोहक अंदाज में इतराते हुए मुझे देखा और मुस्कुरा दी। देवता के आने की सूचना मैंने मसंद को दे दी। मसंद हाथ-मुँह धोकर तैयार हो गया था। उसने देवता को अंदर बुला लिया। देवता के साथ-साथ काजोल भी अंदर आ गई। मसंद ने इशारे-ही इशारे में देवता को बैठने को कहा। देवता ने जैसे ही कुर्सी पर आसन जमाया। काजोल बिना लाग-लपेट के फर्श पर ही पसर गई।

"बाबू इ काजोल है, आपको कामवाली चाहिए थी ना, टनाटन काम करती है। काम के मामले में ई एम.फिल, PHD सब है। कोई शिकायत नहीं मिलेगी, क्यों काजोलवा ठीक कहा ना, अब तुम ही तय कर लो, हमार काम तो मिलाने का रहा, सो मिला दिहै।" देवता ने काजोल की ओर देखते हुए कहा। काजोलवा ने मुस्कुराते हुए मसंद की ओर देखा और फिर शुरू हो गई।

"पहली बात तो ये है कि हमरे काम के चार रेट है बाबूजी। पहला रेट तीन सौ रूपैया है, इसमें केवल झाड़ू लगाएँगे, लेकिन झाड़ू के साथ पोछा की सर्विस फ्री रहेगी। पगार तीन सौ रूपैया महीना...। दूसरा रेट चार सौ रुपैया, इसमें झाड़ू-पोछा दोनों रहेगा लेकिन इसके साथ कपड़ा साफ करने की सर्विस फ्री होगी। तीसरा रेट है पांच सौ रूपैया, इसमें झाड़ू-पोछा और कपड़ा साफ करना हमरा काम होगा...साथ ही जूठा बर्तन साफ करना और हफ्ते में एक बार कमरे की धुलाई करने की सर्विस फ्री रहेगी। और चौथा रेट हमरा सात सौ रूपैया का है। इसमें इन सब काम के अलावा खाना भी बनावेंगे। हाँ, फ्री सर्विस तो भूलै गए। इसमें बाजार से सब्जी ले आने का जिम्मा फ्री में रहेगा। सब्जी लाने की नो टेंशन। आप देख लो। कौन सी सर्विस आपको चाहिए। ऑल इन वन है आपकी काजोलवा। समय ले के बताए दो, जल्दीबाजी कोई नाहीं है, तबतक हम चाय पी के आवत हैं।"

काजोल ने अपने ताबड़तोड़ मॉनसून ऑफर से मसंद को मानो कन्फूज कर दिया था। उसे नहीं पता था इलाहाबाद में कामवाली बाई भी PHD वाली मिलती हैं। उससे रहा ना गया। जैसे ही काजोल अपनी वाणी पर विराम लगाते हुए नीचे चाय पीने के लिए गई। मसंद ने उत्सुकतावश देवता से पूछ ही लिया कि यहाँ काम वाली भी PHD होती हैं क्या?

"भाई माजरा समझो आप, पढ़ाई-लिखाई ज्यादा कर लेने पर आप लोग एक सब्जेक्ट में PHD कर लेते हैं ना, उसी तरह काजोलवा भी खाना बनाने में और सफाई के काम में एवन क्लास है एवन क्लास। अपने काम में 100 परसेंट पारांगत है काजोलवा। तो बोलो आप, अइसे में ऊ PHD हुई की नहीं। हुई ना...। हमरी बात काट नहीं पाओगे आप। हम जरको झूठ नहीं बोलत हैं। इ मत समझिएगा कि इम्में भी कोई कमीशन-ओमिशन है हमरा। अरे, ई हमसे जरा मुँह लग गई है, इसलिए काम-वाम दिला देत हैं इसको। बड़ी समारट है।"

मैंने कहा, "स्मार्ट"

देवता ने शरमाते हुए कहा, "हाँ, वही समारट, सही पकड़े आप..."

मैंने मुस्कुराते हुए देवता से कहा, "और क्या-क्या गुण हैं इस तुम्हारी काजोलवा में, वो भी बक दो।"

"थोड़ी चुलबुली भी है मतबल हंसोड़ है। किसी बात का बुरा नहीं मानत है। अऊर का चाहिए आपको बाबूजी। खाना भी ऐसा बनावेगी कि उँगली चाटते रह जाओगे। कमाल का हाथ है काजोलवा का। मऊसा के पान की कसम। परफक्ट कामवाली दिला रहे हैं आपको हम। आप काम देख लेना, फिर बताना।"

देवता नॉन स्टॉप बोला जा रहा था। मसंद सिर पकड़ कर बैठ गया और बुदबुदाया- परफक्ट, क्या-क्या शब्दावली है देवता के शब्दकोश में।

मैंने मन ही मन में सोचा कामवाली बाई रख रहे हैं या डिग्रीधारी बाई।

मसंद ने एक झटके में अपना सिर ऊपर किया और देवता की ओर घूर कर देख कर बोला, "चुप रहने के लिए क्या लेंगे मेरे देवता, लच्छू का पान मुँह में ठूस दूँ क्या। कितना मुँह डोलाएँगे। कामवाली काम करने आई या कोई IAS का इंटरव्यू देने। पूरा हिस्ट्री-भूगोल बक दिए आप...चलिए, हम ही काम की बात कर लेते हैं। चौथा वाला रेट फिक्स। घर का सारा काम करना होगा। कपड़ा ऑयरन कराना भी सभी काम में शामिल होगा। ये सर्विस फ्री में चाहिए देवता जी। बाकी कोई नई शर्त हो तो उसे भी उगल दो। बाद की किचकिच ना रहे।"

"टरम एंड कंडिशन, इ पर तो बात अभी होनी बाकी है। इस पर तो बात तब होती जब रेट लिस्ट फाइनल हो जाता। अब तय हो गया रेट तो टरम एंड कंडिशन भी

जान लौ। अभी चाय पी के आ जावेगी काजोलवा तो नियम और शर्तों वाला चेप्टर भी पूरा कर लेवेंगे।"

देवता ने बड़ी ही संजीदगी के साथ मसंद से अपनी बात कही।

मेरा तो माथा ही घूम गया कि अभी काजोल पुराण आधा ही हुआ था। आधे की कबाहट अभी बाकी ही थी। अब तक मुझे भूख लग गई थी। मसंद ने भी चाय के अलावा कुछ नहीं लिया था। जाहिर है उसे भी भूख लगी रही होगी। रसोई में मसंद ने कुछ खाने के आयटम लाकर रखे हुए थे। बर्तन भी सारा खरीदा जा चुका था। ब्रेड भी कमरे में रखा हुआ था। सोचा था ऑमलेट-ब्रेड के साथ रसोई का शुभारंभ किया जाएगा लेकिन देवता और काजोल की कॉमेडी जोड़ी ने सारे प्लॉन की ऐसी की तैसी कर दी थी। मैं अभी पेट पूजा की व्यवस्था के बारे में सोच रहा था तब तक काजोल की वापसी हो गई। काजोल ने घर में बिंदास अंदाज में एंट्री मारी थी। जो दुपट्टा पहले उसके गले में झूल रहा था, अब वह उसकी कमर पर बंध चुका था।

अपनी सुंदरता पर इतराती हुई काजोल ने आते ही सवाल किया, "मेरा कौन सा वाला प्लान पसंद आया आपको सॉब, नेटरनेट पर देख लो, इससे सस्ता प्लान नहीं मिलेगा आप को कहीं…"

देवता ने काजोल की ओर देखते हुए कहा- "नेटरनेट नहीं, इंटरनेट कहत हैं पगली, सारी एम.फिल, PHD यहीं फेल कर दी तुमने। पिलान तय हो चुका है। साहब लोगों को तुम्हारा चौथा वाला पिलान पसंद आ गया है। पूरा काम करावेंगे, इन्हें बस एक सर्विसिया फ्री में और चाहिए।"

काजोल ने मुस्कुराते हुए और मसंद को निहारते हुए शरमा कर देवता की ओर देखा और लजाते हुए कहा, "भैरी गुड...भैरी गुड...अब का फ्री में चाहिए सॉब जी को...जरा हमहूँ तो जाने।"

देवता ने माथे पर बल लाते हुए कहा, "बकलोल कहीं की, मेरा मतलब है कि तुम्हें इसी रेट में साहब का कपड़ा ऑयरन कराने का भी काम करना पड़ेगा, मान जाओ, भले आदमी दिखत हैं। जल्दी से हाँ करो, हम भी जावें यहाँ से, नहीं तो लच्छू मौसा भी बिलबिलाने लगेंगे, हेर रहे होंगे हमको...डकार मारके।"

"बस इतना सा काम....का याद करेंगे आप काजोलवा को...ऐसे ही नहीं हमरी पूछ पूरी सोसाइटी में है। कौनो प्राबलम नहीं है...इ फ्री सेवा हमें मंजूर है। इ कोई कहे

वाली बात है का? पता नहीं कब हमरी लॉटरी निकल आवे !"

"लॉटरी निकल आवे, क्या मतलब है तुम्हारा?"

मसंद के तीखे तरीके से पूछे गए सवाल से मैं भी भौंचक रह गया।

"मेरा मतबल कि हमरे काम से खुश होकर आप अपने ई दोस्त के यहाँ भी काम करने के लिए हमें ही रिकमंड कर देंगे तो मैं तो यही समझूँगी कि हमरी लॉटरी निकल गई।"

"चलो...चलो ठीक है, आगे बताओ, अगर कुछ कहना है तो !"

"जी, हमरी टरम-कंडिशन में एक बात छूट गई है सॉब। बरसात में गली में पानी भरा होगा तो काम पर नहीं आवेंगे । समझो रेनी डे की छुट्टी। हफ्ते में एक दिन यानि महीने में चार छुट्टी और दो हॉफ डे हमरी चोली...मतबल हमरी झोली में रहेगी। दोनों हॉफ डे हम अपनी मर्जी से ले सकेंगे। रात का जो खाना बनाएँगे, उसी खाना में से हम भी खावेंगे। होली, दिवाली में एक जोड़ी कपड़ा और सौ रूपए गुडलक के तौर पर लेवेंगे। साल में एक हफ्ते की बीमारी वाली छुट्टी यानि मेडिकल लीव भी छुट्टी में शामिल रहेगी। महीने में एक शीशी ठंडा तेल फिक्स रहेगा। घर में डिश टीवी होना जरूरी है। मेहमान का खाना बनाएँगे तो पगार में हर एक गेस्ट की गिनती के हिसाब से दस रूपया जुड़ जावेगा। दो लोग का खाना बनाना, दोनों का कपड़ा धोना हमरे काम का डेली रूटीन का हिस्सा रहेगा, अब चाहे एक का बनवाओ चाहे दो का, रेट एक ही लगेगा। बस, इत्ती सी छोटी सी आसान सी शरत है हमरी। अगर हमरी टरम-कंडिशन मंजूर हो तो कल से हम अपनी चाकरी शुरू कर देंवे। आपकी तरफ से कोई माडिफिक्शन हो तो बताओ।"

मैंने काजोल की ओर देख कर बुदबुदाते हुए कहा, "मॉडिफिक्शन नहीं मॉडिफिकेशन कहते हैं।"

काजोल ने झेंपते हुए कहा, "अरे थोड़ा मुँह मॉ छाला पड़ गया है, इसलिए बोली जरा अटक-अटक के निकल रही है।"

मैंने काजोल से कहा,"वैसे तुम समझदार हो, पढ़ी लिखी हो, PHD भी हो, तुम्हारी काबिलियत पर थोड़ी भी शंका नहीं है।"

काजोल ने उचकते हुए कहा, "करना भी मत, हम कईयों को IAS बना चुके हैं। कई PCS बनने के कगार पर हैं। छोटी-मोटी नौकरी तो पूछो मत, हजारों को ही मिल चुकी है।"

मैंने काजोल के चहकते हुए चेहरे को देखते हुए कहा, "हाँ, ये बात तो है, तुम्हारी बनाई रोटी नहीं खाते तो कैसे हेल्दी रहते और कैसे कंपिटिशन पास करते, बहुत पते की बात कही तुमने काजोल।"

काजोल के चेहरे की मुस्कुराहट साफ बयाँ कर रही थी कि वह अपनी तारीफ सुनकर मन ही मन में प्रफुल्लित हो रही है। काजोल को प्रफुल्लित देख देवता भी प्रफुल्लित हो रहा था। देवता को मुस्कुराते देख काजोल ने देवता के पिछवाड़े जैसे ही एक चिकोटी काटी, देवता छिटक कर काजोल से एक हाथ दूर जा खड़ा हुआ।

देवता की हरकत देख हम दोनों खिलखिलाकर हँस दिए।

देवता थोड़ा खिसिया गया। सफाई देते हुए कहा, "अरे ई काजोलवा थोड़ी नटखट है। सीरियस रहे इहका आवत ही नाहीं। लेकिन है बड़ी सुग्घर। काम-धाम सफाई से करत है। एही खातिर हम काजोलवा को ही रिकमंड किए हैं सॉब आपके लिए।"

देवता की बातें जब तक खत्म होती, हम दोनों फिर से हँस दिए। देवता फिर से झेंप गया।

काजोल पर गुस्सा दिखाते हुए देवता बुदबुदाया, "अब आगे ऐसी हरकत की तो देंगे दो लाफा, समझी।"

"पाजामा का नाड़ा तो ठीक से बाँध नहीं पावत हो देवता, ऊपर से बोल रहे हो कि देंगे दो लाफा, अरे थोड़ी-मोड़ी मजाक का कर दिए, मिजाज गरम हो गया तुम्हरा। अऊर जो फ्री में पूड़ी तरकारी खिलावत हैं, उहका का, भूल गए देवता।"

काजोल की बात सुनकर देवता मानो लजाते हुए सिर नीचे कर मुस्कुराने लगा। देवता को लजाते देख काजोल को हँसी आ गई। फिर हम चारो खिलखिलाकर हँसने लगे।

फिलहाल, काजोल अपनी शर्तें हमारे सामने रख चुकी थी। मसंद ने बगैर ना-

नुकुर किए उसकी शर्तों को मान लिया था। शर्त ऐसी भी नहीं थी जो मानी नहीं जा सकती थी। मैंने भी सोचा कि चलो, जल्दी से पाला छूटा। अब इत्मीनान से हम दोनों पेट-पूजा कर सकेंगे।

इतनी ही देर में देवता का मोबाइल फोन बज उठा। उसके बातूनी पानवाले लच्छू मौसा का फोन था। फोन पर मौसा नाम उभरते ही देवता की टाँगे काँपने लगीं। देवता ने जल्दी से कॉल उठाई।

"काम हो गया है। गर्दा-वर्दा सब साफ कर दिया है। जाला-वाला सब मार दिया है। बस कमरे का ताला बंद करने जा रहे हैं मौसा..."

देवता ने एक ही साँस में अपनी बात फोन पर कह दी और फिर फोन काट दिया।

"ससुरा चैन से रहने भी नहीं देत है इ मोबाइल", देवता ने तल्खी के साथ कहा और चलने लगा।

हम दोनों ने उससे ना कुछ कहा और ना ही रोका। इतनी ही देर में काजोल बोल पड़ी।

"अरे देवता को कुछ दे-ले के परसाद तो चढ़ा दो सॉब। शगुन हो जावेगा..."

काजोल का इतना बोलना भर थी कि देवता के चेहरे पर चमक सी आ गई।

मसंद समझ चुका था कि देवता काजोल से मिलवाने वाला एक बिचौलिया है। उसने कुछ पैसों के लालच में काजोल से हम दोनों को मिलवाया है। मसंद ने अपनी जेब से पचास रूपए निकाल कर देवता की ओर बढ़ा दिया। चूँकि देवता जल्दी में था इसलिए जल्दी से पैसे को मुट्ठी में पकड़ा और उछलते हुए कमरे से ऐसे भागा जैसे किसी ओझा-सोखा को देख कर भूत भागता है।

अब तक काजोल भी जमीन पर पसर कर बैठ चुकी थी। बीच-चीच में अपने दुपट्टे को भी संभाल रही थी। बिना बात के भी मुस्कुराना मानो काजोल की आदत थी। हम लोग बिस्तर पर आराम से बैठे उससे बात कर रहे थे और वह आराम से जमीन पर बैठी अपनी शेखी बघार रही थी। काजोल ने जमीन पर बैठने के दौरान अपना दुपट्टा फिर से कमर में बाँध लिया। ना चाहते हुए भी हम दोनों की नजर उस पर चली जा रही थी।

हमें अहसास हो चुका था कि काजोल अतरंगी मिजाज की कामवाली बाई है और खुद को मॉडर्न दिखाना उसकी फितरत है। हमारे बीच बातचीत के दौरान उसने जैसे ही ताड़ा कि हम दोनों की नजर उस पर है वो और फूहण तरीके से जमीन पर बैठ गई और मौका देख मसंद से गुडलक माँग बैठी। उसकी भाँपती आँखों की चंचलता देखकर मसंद उसे गुडलक देने से मना नहीं कर सका और जेब से पचास रूपए निकाल कर उसकी ओर बढ़ा दिया। फिर उसने मेरी ओर देखा। मैंने भी अपनी जेब से पचास रूपए निकाल कर उसकी ओर बढ़ा दिया। काजोल ने अपनी आँख नचाते हुए मेरे हाथों से ऐसे पैसे पकड़े जैसे कोई नाचनेवाली अपने कद्रदान से नजराना कबूल कर रही हो। फिलहाल, गुडलक के नाम पर उसे 100 रुपए मिल चुके थे।"

काजोल पचास-पचास के दोनों नोट को अपने पास रखते हुए, अपनी कमर मटकाते ऐसे निकल गई जैसे कोई हवा का झोका कमरे के माहौल को खुशगवार बना कर गुजर गया हो। जाते-जाते उसने ये जरूर कहा कि कल सुबह वह सात बजे कमरे पर हाजिर हो जाएगी। साथ में वह रसोई की सारी व्यवस्था हमें तैयार रखने को भी कह गई।

काजोल के जाते ही मसंद ने मेरी ओर देखकर एक जोरदार ठहाका लगाया और कहा, "लो देवता से गिरे तो काजोलवा पर अटक गए...देखा इसके लटके-झटके।"

"हाँ, देख लिया PHDधारी कामवाली बाई।" मैंने मसंद की बातों में हाँ में हाँ मिलाई।"

मसंद ने मेरी ओर देखकर हँसते हुए कहा, "ये इलाहाबाद है जनाब, यहाँ वकील, डॉक्टर और कामवाली तीनों की खूब चलती है। PHD वाली बाई! ये तो इलाहाबाद का गजबे खेल है! मेडिकल लीव...मेडिफिक्शन (मॉडिफिकेशन)...यार जमाना बदल गया लगता है और हम वहीं के वहीं बकलोल पड़े हुए हैं। साला, सुल्तानपुर से अभी तक नहीं निकल पाए हम-तुम। और ये कामवाली आज हमें हमारे भोलेपन का आइना दिखा गई।"

"उस दिन मुझे लगा कि मसंद भी लड़कियों में इंटरेस्ट रखता है, लेकिन मेरी तरह कभी उसने खुले तौर पर किसी के सामने ये बात जाहिर नहीं होने दी थी। मैं, दरअसल मसंद को बहुत ही सीधा और सरल मानता था लेकिन जब वह काजोल जैसी कामवाली के सामने, उसकी हर शर्त बगैर ना-नाकुर के मानता जा रहा था तो मैं समझ गया था कि मसंद की सोच भी आम मर्दों जैसी ही है। हो भी क्यों ना, मानव

स्वभाव को बदला नहीं जा सकता। काजोल की आकर्षक इमेज ही ऐसी थी कि उसे नजरअंदाज करना आसान नहीं था। मैं अभी इन्हीं उधेड़बुन में लगा हुआ था कि मसंद ने मेरा ध्यान अपनी ओर आकर्षित किया।"

मसंद ने मजाकिया लहजे में मुझसे कहा, "हम दोनों से तो ज्यादा दुनियादारी ई लच्छू का चेला देवतवा जानता है, ससुरे को अपने पाजामे का नाड़ा भी ठीक से बाँधना आता नहीं होगा, ये हम नहीं कह रहे हैं बल्कि काजोल जी कह कर गई हैं। और देखो ना, ई देवता हमें कैसे अपना भगत बना गया...और देखो कैसे अपने मौसा को भी उल्लू बना रहा है।"

मसंद ने जैसे ही अपनी बात पूरी की। मैं भी इस मामले में अपनी राय रखने ही वाला था कि माहौल ऐसा बना कि हम दोनों एक-दूसरे को देखकर ठहाका मार कर हँस पड़े।

13

फर्स्ट अप्रैल फूल

"मुझे आज गौरव की अनोखी शादी की पार्टी में भी जाना था। वहाँ जाना मेरे लिए बेहद जरूरी था। अल्लापुर के त्रिवेणी मैरेज हॉल में आयोजन रखा गया था। मेरा शादी समारोह में शिरकत करने का केवल एक ही मकसद था कि जान सकूँ कि जिस मानसी की तलाश में मेरा बावला मन इतने साल से भटक रहा है क्या गौरव उसी मानसी से शादी करने जा रहा है जिसे मैं समझ रहा हूँ या उसकी मानसी कोई और है। हालाँकि पोस्टर वाली मानसी तो बिल्कुल मेरी वाली मानसी की ही तरह दिखती थी। लेकिन मुझे थोड़ा भी भरोसा नहीं हो रहा था कि सनम बेवफा वाले कमरे की कहानी में मेरी वाली मानसी का किरदार हो सकता है।"

"मैं मसंद से बहाना बना कर उसके वहाँ से निकलने की तैयारी में था। इसी बीच मसंद ने आज अंडा कढ़ी बनाने का प्लॉन तैयार कर लिया। सनम बेवफा वाले कमरे की रसोई का पहला दिन होने के चलते वह चाहता था कि मिलजुल कर हम दोनों रात का खाना तैयार करें और साथ मिलकर खाएँ। लेकिन मुझे तो हर हाल में रात में त्रिवेणी मैरेज हॉल पहुँचना था। इसलिए मैंने उसकी अंडा कढ़ी की दावत को ललचाए हुए मन के साथ बड़ी ही शालीनता के साथ अस्वीकार कर दिया। मैंने मसंद को बताया कि मेरे एक रिश्तेदार रात को आने वाले हैं। उन्हीं के साथ डिनर करना है, ऐसे में लजीज अंडा कढ़ी की दावत को ना कहना पड़ रहा है। मसंद ने मेरी मजबूरी समझकर मुझे बख्स दिया। मैंने जल्दी से अपने रूप पर पहुँच कर नहाया-धोया और साफ ऑयरन किया हुआ पैंट-शर्ट पहन कर त्रिवेणी मैरेज हॉल जाने के लिए तैयार हो गया।"

"त्रिवेणी मैरेज हॉल जाने के क्रम में मुझे दो बातों को लेकर कौतुहल था। एक तो मैं गौरव नाम के शख्सियत के बारे में जानना चाहता था। दूसरा आज सनम बेवफा वाले

कमरे की असलियत जो सामने आनी थी। इससे एक बात तो आज साफ हो जानी थी कि शादी के कार्ड में गौरव की दुल्हनिया बनने वाली मानसी मेरी पसंद वाली मानसी है या गौरव किसी दूसरी मानसी नाम की लड़की से ये शादी कर रहा है।"

"हम तीन दोस्तों को एक साथ ही एक स्कूटर से शादी में जाना था। अजय उर्फ डैडी, अजीत उर्फ बाबा और मैं खुद। अजय का नाम डैडी पड़ने की भी एक अलग कहानी है। वह हर बात में कहता था कि मेरे डैडी ने ये किया, मेरे डैडी ने वो किया, वगैरह...वगैरह। इसलिए उसके दोस्तों ने अजय का नाम ही डैडी रख दिया था। डैडी के पास एक खटारा प्रिया स्कूटर थी। मैंने अपने हॉस्टल के दोस्तों से डैडी के अजूबे स्कूटर की तारीफ तो काफी सुन रखी थी लेकिन आज पहली बार मैं इसकी सवारी करता। डैडी और पाण्डे बाबा एक ही सिक्के के दो पहलू थे। एक पूरब चलता तो दूसरा पश्चिम चलता, लेकिन दोनों के बीच मतभेद होने के बावजूद मनभेद कभी नहीं रहा। इसलिए दोनों हमेशा एक साथ ही रहते थे। आज पहली बार मैं इन दोनों दोस्तों के साथ कहीं जाने वाला था। डैडी और बाबा दोनों ही गौरव के बेहद चाहने वालों में से एक थे। दोनों ही गौरव भैया की तारीफ करते नहीं थकते थे। मैं ही था जो गौरव से नहीं मिला था। फिलहाल तयशुदा समय पर मैं अपने कमरे में बैठा हुआ था। तभी नीचे स्कूटर के घुर्र-घुर्र करने की आवाज सुनकर बाहर देखा तो पाया कि डैडी प्रिया स्कूटर पर स्टियरिंग संभाले हुए है और स्कूटर की पिछली सीट पर बाबा बैठा सिगरेट फूँक रहा है। मैं झटपट दोनों को देख कर अपने कमरे का ताला बंद किया और उनके पास आ गया। डैडी ने मुझे स्कूटर पर बैठने का इशारा किया। मैं बाबा की पीठ को सहारा बनाकर लपक कर स्कूटर पर किसी तरह से एडजेस्ट हो गया।"

"डैडी पूरे मूड में मस्ती के साथ स्कूटर चला रहा था। पीछे बाबा और मैं इधर-उधर की बातें करने में व्यस्त थे। तभी एक नुक्कड़ पर कुछ पुलिस वाले वाहनों की चेकिंग करते दिखाई दिए। पुलिस वालों के साथ एक जीप भी थी। सड़क पर दो सिपाही गाड़ी चेकिंग करने के वास्ते वाहन चालकों को एक किनारे खड़ा कर रहे थे। एक दूसरा पुलिस वाला गाड़ी का कागज देखकर वाहन चालकों को रूकने या जाने की अनुमति दे रहा था। जिनको रोका जा रहा था, वे लोग जीप में बैठे दारोगा जी के पास जाकर खुसुर-फुसुर कर रहे थे। शुद्ध रूप से वहाँ लेन-देन का मामला चल रहा था। मैं माजरा पूरी तरह से समझ चुका था।"

"मुझे लगा कि सौ-दो सौ रुपए तो अब देने ही पड़ेंगे। एक तो एक ही स्कूटर पर तीन-तीन लोगों की सवारी। ऊपरसे स्कूटर का कोई कागज नहीं था। लेकिन इन सब के

बावजूद डैडी बेपरवाह होकर स्कूटर चला रहा था। जैसे ही दो पुलिसकर्मियों ने हमारी स्कूटर को रोकने के लिए हाथ मारा। डैडी ने स्कूटर की रफ्तार धीमी कर दी। घुर्र-घुर्र करते हुए स्कूटर के दोनों चक्के थम गए। एक पुलिस वाले ने डैडी से स्कूटर को साइड में खड़ी करने को कहा। डैडी ने बोला कि स्कूटर साइड में नहीं खड़ी हो पाएगी। इतना सुनते ही पुलिसवाले को गुस्सा आ गया। उसने डैडी से स्कूटर से नीचे उतरने को कहा। डैडी ने फिर स्कूटर से नहीं उतरने की मजबूरी बता कर अपना रटा-रटाया सा डॉयलाग मार दिया। इस बीच डैडी से हो रही पूछताछ के दौरान बाबा और मैं स्कूटर से नीचे उतर चुके थे।

मुझे समझ में नहीं आ रहा था कि डैडी आखिर क्यों स्कूटर को ना तो साइड में खड़ा कर रहा है और ना ही स्कूटर से नीचे उतर रहा है। जबकि बाबा डैडी के पास खड़ा मंद-मंद मुस्कुरा रहा था। डैडी की बात पर पुलिसवाले बेहद भड़के हुए थे। उन्होंने इसकी शिकायत दूसरे पुलिस वाले से कर दी। इस बार तीसरा पुलिसवाला तमतमाता हुआ डैडी के पास आया। उसने डैडी को हड़काते हुए कहा कि वह स्कूटर साइड में खड़ी कर दारोगा जी के पास जाए। पुलिस वाले का इतना बोलना ही था डैडी ने स्कूटर से पल्ला छुड़ाया और लपक कर दूर जा कर खड़ा हो गया। जब तक पुलिस वाले कुछ समझ पाते डैडी, बाबा और मैं पुलिस वालों की नजरों में थोड़ा दूर हो गए। डैडी के स्कूटर से उतरते ही स्कूटर लुढ़क कर गिर गई। एक पुलिस वाला गिरी हुई स्कूटर को उठा कर खड़ी करने की कोशिश करने लगे।

डैडी ने पुलिस वाले को बताया कि स्कूटर में स्टैंड नहीं है। इसलिए वह स्कूटर को साइड में खड़ी करने में आनाकानी कर रहा था। पुलिस वाले गुस्से में थे। उन्होंने स्कूटर को स्टार्ट कर साइड में दीवार के सहारे खड़ा करने के लिए स्कूटर को किक मारने के लिए उसकी किक खोजने लगे। डैडी ने फिर पुलिस वालों को बताया कि स्कूटर की किक भी नहीं है। दौड़ा कर स्कूटर स्टार्ट होती है। पुलिस वाले एकदम से झल्ला गए। इतनी ही देर में दारोगा जी भी मौके पर आ पहुँचे। उन्होंने जैसे ही देखा कि एक पुलिस वाला एक खटारा सी स्कूटर थामे खड़ा तीन लड़कों से बहस कर रहा है। उन्होंने दूसरे पुलिस वाले से माजरा समझने की कोशिश की। उन्हें पता चला कि स्कूटर में ना तो स्टैंड है और ना ही स्कूटर को स्टार्ट करने वाली किक है। इतना सुनते ही दारोगा जी भी ठहाका लगाकर हँस पड़े।

दारोगाजी ने स्कूटर थामे पुलिस वाले को इशारा करते हुए स्कूटर को उसके मालिक के हवाले करने का निर्देश दिया। डैडी ने जैसे ही स्कूटर थामी। बाबा ने मुझे

स्कूटर पर बैठने को कहा और मेरे स्कूटर पर बैठते ही पीछे से जोर-जोर से स्कूटर को धक्का देने लगा। कुछ दूर धक्का देने के बाद स्कूटर का इंजन गर्म हो गया और स्कूटर स्टार्ट हो गई। बाबा बेताल की तरह लपक कर स्कूटर के पिछले हिस्से पर बैठ गया। अपनी अजब-गजब स्कूटर एक बार फिर सड़क पर रफ्तार पकड़ चुकी थी। मैं मन ही मन में सोच रहा था कि जिस अद्भुत स्कूटर की मैं कई बार चर्चा सुन चुका था, वह वाकई काबिले तारीफ स्कूटर है। मैं उस विलक्षण स्कूटर की सवारी करने के बाद धन्य हो गया था। इस करिश्माई स्कूटर के साथ जैसे-तैसे हम तीनों त्रिवेणी मैरेज हॉल पहुँचे।

डैडी ने मैरिज हॉल की एक दीवार के सहारे स्कूटर को खड़ा कर दिया और हम दोनों के पास आ गया। हम तीनों अब पूरी रंगबाजी वाले अंदाज में मैरिज हॉल में घुसने वाले थे। अचानक मेरी नजर गेट पर लगी बड़ी सी तख्ती पर गई । तख्ती पर साफ-साफ लिखा था– गिफ्ट और शगुन का लिफाफा देने के लिए बॉर्डर भईया से 989xxxx012 पर संपर्क करें। गिफ्ट और लिफाफा पेश किए जाने पर लिफाफाधारी को अनलिमिटेड डिनर का एक स्पेशल टोकन मिलेगा। जिसे लेकर टोकनधारी मेहमान मैरिज हॉल के दाहिनी ओर बने पंडाल में प्रवेश करें। जो गेस्ट अपने साथ गिफ्ट या लिफाफा लाना भूल गए हैं वह आज का डिनर भी भूल जाएँ। एक खास पंडाल में सजे स्टार्टर से काम चलाएँ। स्टार्टर के लिए बाईं ओर बने पंडाल में पधारे। शादी-ब्याह एक खर्चिला आयोजन है। इसमें आप सभी का सहयोग आपेक्षित है। मैंने अपनी जिंदगी में पहली बार इस तरह की शादी के समारोह में शिरकत किया था, जहाँ खुलकर गिफ्ट और शगुन के लिफाफे की माँग की गई थी। हालाँकि मेरा मकसद मानसी की असलियत को जानना था, इसलिए मुझे शादी के भोज से कोई लेना–देना नहीं था। लेकिन डैडी और बाबा बड़ी उम्मीदों के साथ अपने अजूबे स्कूटर के साथ यहाँ पहुँचे थे। लटकी हुई तख्ती पर डैडी और बाबा की जैसे ही नजर गई, दोनों के मुँह से दो-चार स्पेशल शब्दावलियों से सुसज्जित इलाहाबादी गाली निकल पड़ी।

बाबा ने शेखी बघारते हुए कहा, "हम जानते थे कि बिना लिफाफा इज्जत नहीं मिलती है, इसलिए हम शगुन वाला एक लिफाफा हमेशा जेब में ले कर चलते हैं। उसमें पैसे नहीं होते हैं बल्कि एक चिट्ठी होती है। जिस पर लिखा होता है – "फिल्मों के शक्ति कपूर, क्या पैसा वसूलने के लिए दावत दिए हो। लगता है हमरे पैसे से ही सुहागरात भी मनाओगे। हाँ, सुन लो अगर खाना खाने से मन नहीं भरा तो इस लव लेटर सहित अपना लिफाफा वापस ले लेंगे। लिफाफे की कीमत 10 रुपए है, कहीं और काम आवेगा। भौजाई मुबारक हो। और हाँ, जब तक ई शगुन वाला लेटर खुलेगा, हम खाना का कर खिसक लिए होंगे। हमें जी भर के गरिया लेना।"

डैडी ने खिसियाते हुए बाबा से कहा, "तुम बहुत बड़े वाले पिल्ले हो, हम दोनों से भी कह दिए रहते, एक-एक शगुन का लिफाफा हम भी अपनी जेब में रख लिए रहते तुम्हारी तरह, पंडाल में खाना खाने का मजा अब तो तुम्हें ही मिलेगा अकेले... हम दोनों बेवकूफ निकले, स्टार्टर से ही काम चलाना पड़ेगा।"

"बाबा ने हँसते हुए कहा, "शादी एक खर्चिला आयोजन है... तो किसने बोला था शादी का पंडाल लगाने को, मंदिर में कर लेते शादी, दुल्हनिया दिखाने का इतना शौक था तो नुमाईश लगा देते, हमारा क्या, हम भौजाई की मुँह दिखाई भी कर लेते और शगुन का लिफाफा भी दे देते।"

मैं जान चुका था कि इस शादी के आयोजन में कोई ना कोई लफड़ा या लोचा जरूर है। मैंने आस-पास नजर दौड़ाई तो पाया कि कुछ लड़के समूह बनाकर हँसी ठिठोली कर रहे थे और आपस में एक दूसरे की फिरकी ले रहे थे। वहाँ पर शादी जैसा कोई माहौल था ही नहीं। एक कोने में लगे लाउडस्पीकर पर तेज आवाज में बिनाका गीतमाला का फरमाईशी गीत बज रहा था।"

"हम तीनों ने सोचा, चलो पहले स्टार्टर का मजा लेते हैं, फिर बाबा जाकर डिनर कर लेगा। यही सोच कर हम तीनों स्टार्टर के पंडाल की ओर बाईं तरफ मुड़े। जैसे ही स्टार्टर के पंडाल में पहुँचे, एक तख्ती वहाँ भी लटकी हुई थी। जिस पर लिखा था- स्टार्टर की सामग्री भुख्खड़ों ने उड़ा दिया है। दानपात्र में सहयोग करें, स्टार्टर की जल्द व्यवस्था होने वाली है। तख्ती के नीचे दान पात्र रखा हुआ था। तख्ती पर यह भी लिखा हुआ था कि जब तक स्टार्टर की व्यवस्था होती है, तब तक दुल्हन के दर्शनाभिलाषी मुख्य पंडाल में शिरकत कर सकते हैं। हँसता-मुस्कुराता दुल्हन का चेहरा देख कर आपका गुस्सा गायब हो जाएगा। वर-वधु के दोस्तों की ओर से ये अनोखा किंतु अबतक का सबसे आकर्षक यानि बेस्ट ऑफर है।"

"जब हम तीनों तख्ती को पढ़ रहे थे, मुझे अहसास हुआ कि हमारे पास खड़े कुछ लड़के हम तीनों को देखकर फिरकी ले रहे हैं। समझ में नहीं आ रहा था कि आखिर ये सब हो क्या रहा है। मुझे समझ में आ चुका था कि हमारे साथ यहाँ शुद्ध रूप से बड़ा वाला मजाक हो रहा है। लेकिन ये मजाक तो केवल हमारे साथ ही नहीं हो रहा था, बल्कि शादी में आए बाकी लोगों के साथ भी हो रहा था। फिर भी हम तीनों लड़कों की हँसी को दरकिनार करते हुए मुख्य पंडाल की ओर बढ़ गए। मुख्य पंडाल पर भी एक तख्ती लगी थी। जिस पर लिखा था– करीब से दुल्हन की मुँह

दिखाई का रेट – 501 रूपया....थोड़ी दूरी से देखने का रेट 251 रूपए और दूरदर्शन स्टाइल में दुल्हन का दीदार करने का रेट 51 रूपए फिक्स है। इसके नीचे लिखा था– दुल्हन दीदार करने की फ्री सेवा भी उपलब्ध है। इसके लिए वाया मुख्य पंडाल, मानव टट्टी के रंग वाली पीले रंग की पंडाल में एंट्री लेनी होगी। यहाँ भीड़ और भड़वों की संख्या ज्यादा हो सकती है। इसलिए कृपया जेबों में सेंध लगाने वाले पॉकेटमारों से सावधान रहें।"

"डैडी ने जैसे ही ये नया जुमला पढ़ा, गुस्सा फूट पड़ा। डैडी ने आव देखा ना ताव, अपने गौरव भैया को ताबड़तोड़ नॉनवेज गालियाँ बकनी शुरू कर दी। हम उसकी गाली पुराण का भरपूर आनंद उठा रहे थे। गालियों में यमक, उपमा और श्लेष अलंकार तीनों का अनूठा संगम था। जैसे "इसकी करमकटा, चूहे की आँत...ससुरा दुल्हन को गोद में बिठाने का रेट भी लिख देता तो पैसे की बरसात हो जाती। लवंडे गुब्बारा भर कर सिक्के बरसाते ...साला, ई शादी कर रहा है या इज्जत की नीलामी। शादी में बुलाया ही क्यों था? जब रिशेप्शन के नाम पर हमारी पकी-पकाई बवासीर लाल करनी थी गौरव भैया को। हम लोगों से ही चंदा वसूली करनी थी उन्हें, मिल जाए तो नाली के सड़े हुए पानी से बना सूप पिला दें उन्हें। हाजमा ऐसा खराब होगा कि आगे गीला-पीछे पीला हो जाएगा।" दरअसल, डैडी पूर्वांचल का रहने वाला था और अपने आप को सबसे बड़ा बतोलेबाज समझता था।

"डैडी का गुस्सा अभी शांत भी नहीं हुआ था कि मैंने एक और अच्छी खासी बड़ी सी तख्ती टंगी देखी जिस पर मोटे अक्षरों में लिखा था मुफ्त की सलाह- फ्री के चक्कर में पड़ोगे तो मरोगे, भूखे रहोगे तो भी मरोगे। उसके नीचे लिखा था- नेक सलाह – अगली नुक्कड़ पर सदैव सेवा के लिए तत्पर अंबर भोजनालय रात एक बजे तक खुला रहता है, कृपया खाना खाकर शादी के आयोजकों को गरियाते हुए अपने-अपने घरों की ओर प्रस्थान करें। साथ ही मस्त नींद का आनंद लें। शायद सपने में आपको अपनी प्रेमिका के दर्शन हो जाए....पधारने के लिए धन्यवाद...

फर्स्ट अप्रैल फूल....स्पांसर्ड By गौरव भैया एंड टीम।"

अपनी तो घनघोर और सामुहिक इज्जत तो सैकड़ों बार उतरी थी। लेकिन पहली बार हम तीनों को अपनी बेज्जईती पूर्ण बहुमत के साथ खिसियाते हुए स्वीकार करनी पड़ी थी।

हम तीनों भूख से व्याकुल थे। रात भी काफी हो गई थी। मेरी जेब में सौ रूपए

पड़े थे। तभी बाबा बोल पड़ा-

"पेट में चूहे कूद रहे हैं, पहले खाने का इंतजाम कर विजय भाई।"

"चल अंबर भोजनालय आगे नुक्कड़ पर है। मेरे पास सौ रूपए हैं। सभी मिलकर कुछ खा लेंगे।"

मेरा इतना कहना भर था कि डैडी खुशी से उछल पड़ा।

"सोच मत बाबा, पहले खाना खाते हैं तभी दिमाग काम करेगा।"

हम तीनों सीधे नुक्कड़ की ओर चल दिए। अंबर भोजनालय में खाना खाया। तब जाकर कहीं जान में जान आई। देर रात हम तीनों बाबा के डेरे पर पहुँचे और वहीं सो गए। इस घटना के बाद भी मेरा मानसी को लेकर कौतुहल कम नहीं हुआ। MBA का कोर्स पूरा करने के दौरान मैं लगातार उसकी खोज-खबर लेने की कोशिश करता रहा।

14
मानसी फोबिया

MBA के चौथे और आखिरी सेमेस्टर की परीक्षा पूरी हो चुकी थी। बस रिजल्ट आने बाकी थे। कैंपस में मैनेजमेंट फैकेल्टी की ओर से प्लेसमेंट मेले का आयोजन किया गया था, जिसमें देश की कुछ बड़ी कंपनियों के आने की उम्मीद थी। बस मैं इसी इंतजार में था कि कैसे किसी कंपनी से जुड़ जाऊँ और मसंद की तरह आत्मनिर्भर बन जाऊँ। इसी एक दिन घूमते टहलते मैं ममफोर्डगंज की ओर गया था। वहाँ मेरी किस्मत ने एक बार फिर मेरे साथ खेला खेल दिया। मैं सड़क की जिस ओर खड़ा था, उसके उल्टे हाथ मेन रोड पर ही मुझे एक एक्टिंग & डॉसिंग इंस्टिट्यूट दिखा। दिखा क्या...यूँ समझें कि मेरी नजरें इंस्टिट्यूट की एक ग्लो साइनबोर्ड पर जा टिकीं। उसमें एक्टिंग और डॉसिंग छात्र-छात्राओं के तमाम चेहरे दिखे लेकिन एक चेहरा सब से हटकर था। वह चेहरा कोई और नहीं बल्कि मानसी का था। मेरी नजरें एकटक उसी ग्लो साइनबोर्ड को देखती रहीं। मेरी धड़कनें तेजी से चलने लगीं। मेरे कदम खुद-ब-खुद इंस्टिट्यूट की एंट्री गेट की ओर बढ़ने लगे। कुछ ही पल में मैं इंस्टिट्यूट के रिशेप्शन पर खड़ा था। मेरा वहाँ रिसेप्शन पर बैठी तड़क-भड़क सी दिखने वाली एक लड़की से सामना हुआ। उसने मुझे देखते ही एक्टिंग और डॉसिंग कोर्सेस ज्वाईन करने वाली एक रेट लिस्ट मेरे सामने रख दी।

"मैडम मुझे कोई कोर्स नहीं करना है।"

"तो बताएँ...क्या सेवा कर सकती हूँ मैं आपकी।"

"मैडम एक सवाल मेरे मन में चल रहा है, क्या आप मेरी मदद करेंगी?"

"कैसी मदद !"

“आपके इंस्टिट्यूट का जो ग्लो साईनबोर्ड है उसमें एक लड़की की भी तस्वीर है। ”

“हाँ, तो क्या करूँ?”

“करना नहीं है कुछ , बस आपसे एक अदद छोटी सी जानकारी चाहिए थी।”

“क्या?”

“वह लड़की क्या आपकी स्टूडेंट रही है कभी? बस इतना जानना था मुझे आपसे।”

“रही होंगी...तभी तो उनकी तस्वीर लगी है।”

“क्या मैं उनका नाम जान सकता हूँ, आपके स्टूडेंट लिस्ट में उनका नाम जरूर होगा।”

“सॉरी सर, मैं पर्सनल डेटा शेयर नहीं कर सकती आपसे।”

“प्लीज मेरी मदद करें। समझ लीजिए कि आप मेरी बहन हैं और मैं आपसे रिक्वेस्ट कर रहा हूँ।”

“डोंट गो पर्सनल प्लीज...”

दरअसल, उसके ना कहने पर मैं थोड़ा नर्वस हो गया। सोचा कैसे लड़की का दिल जीतूँ। अचानक मेरे मन में एक ऑयडिया क्लिक किया। मैंने लगे हाथ इसे इंप्लीमेंट भी कर लिया और रिसेप्शनिस्ट से जाकर कहा-

“आप दिखने में जितनी खूबसूरत हैं, उतना ही सुंदर और भावुक आपका मन भी है सिस्टर। मेरी बहन भी आप जैसी दिखती है।”

रिसेप्शनिस्ट ने मुझे पहले तो गौर से देखा...फिर बोली- “बड़े जिद्दी हैं आप, मुझे इंप्रैस कर रहे हैं आप...पर्सनल और प्रोफेशनल संबंधों को हमेशा अलग रखना चाहिए। फिर भी तारीफ की है आपने मेरी खूबसूरती की। कुछ तो करना पड़ेगा आपके लिए। बताएँ कौन सी पिक की बात कर रहे हैं आप?”

यह कहते हुए उसने टेबल की ड्रॉल से एक पोस्टर निकाला, ये हूबहू वही

पोस्टर था जो बाहर लगा हुआ था। मैं जान चुका था कि लड़की मेरे मनमोहक वाणी के शिकंजे में आ चुकी है।

"सिस्टर, ये वाली लड़की।"

"ओऽऽह...मानसी। इसका नाम तो मानसी है। ये एक्टिंग सीखती थी। अचानक ही इसने इंस्टिट्यूट आना बंद कर दिया। क्या इसे जानते हैं आप? यहाँ की सबसे टैलेंटेड स्टूडेंट रही है मानसी।"

"इससे जुड़ी कुछ और जानकारी मिल सकती है क्या मुझे?"

रिसेप्शनिस्ट निराश होते हुए बोली, "इस पिक के अलावा हमारे पास इस लड़की से जुड़ी और कोई भी जानकारी नहीं है। सो सॉरी..."

"कोई बात नहीं, आपका इस मदद के लिए बहुत-बहुत धन्यवाद। "

"मोस्ट वेलकम..."

रिसेप्शन पर बैठी लड़की की बातें सुनकर मुझे बेहद निराशा हुई। मैं मानसी को लेकर कुछ ज्यादा संजीदा हो गया था।

15

मायानगरी

“इसी बीच कैंपस प्लेसमेंट के जरिए मेरी नौकरी पुणे की विज्ञापन फिल्म बनाने वाली एक कंपनी में मार्केटिंग एग्जिक्यूटिव के पद पर हो गया। मैं पुणे आ चुका था। मार्केटिंग के साथ मुझे विज्ञापन लिखने, इनके जिंगल लिखने में मजा आने लगा। मैंने बड़ी-बड़ी कंपनियों के लिए विज्ञापन लिखे जो बेहद लोकप्रिय हुए। इस सफलता से उत्साहित होकर मैंने खुद की अपनी एक विज्ञापन एजेंसी खोल ली। बेहद कम समय में मेरे बनाए विज्ञापन बाजार में धमाल मचाने लगे। इससे उत्साहित होकर मैं पुणे से मुंबई आ गया। विज्ञापन फिल्मों में सफलता मिलने के बाद मैंने फिल्मों में हाथ आजमाने का फैसला किया।”

“बतौर डायरेक्टर मेरी पहली फिल्म ‘इश्क के बादल’ थी, जो नाम के मुताबिक एक रोमांटिक मूवी थी। मेरी इस पहली फिल्म ने बॉक्स ऑफिस पर ताबड़तोड़ कमाई की और महज 3 हफ्ते में ही 200 करोड़ रुपए के क्लब में शामिल हो गई। फिर क्या था, मेरी इस सफलता को देखते हुए बड़े-बड़े प्रोड्युसर मेरे पीछे भागने लगे। मैंने इसके बाद लगातार दो और मेगा हिट फिल्में दी। बॉलीवुड में मिली सफलता ने मुझे मेरी नाकाम मोहब्बत पर फिल्म बनाने के लिए प्रेरित किया। मैंने मानसी ‘एक अधूरी प्रेम कहानी’ की पटकथा लिखनी शुरू की। करीब एक साल की कड़ी मेहनत के बाद मैंने अपनी रीयल स्टोरी को रील स्टोरी में तब्दील करने में सफलता पाई। इसके बाद मैंने मानसी से मिलती-जुलती चेहरे वाली लड़की की तलाश पूरी की। आखिरकार मैंने इस फिल्म को एक मूर्त रूप दे ही दिया। मुझे नहीं पता था कि ये फिल्म मेरी अपनी बाकी तीनों फिल्मों की कमाई से भी ज्यादे का बिजनेस कर लेगी।”

अब तक तंत्रा का ध्यानतंत्र टूट चुका था।

“तो ये थी आपकी मानसी की कहानी।”

“जी, अब आप बताएँ कि मेरी मानसी को कितना जानती हैं आप?”

“आपकी और मानसी की कहानी बहुत ही दिलचस्प है।”

“प्लीज, बातों में ना भटकाएँ मुझे, मेरी मानसी के बारे में कितना जानती हैं आप।”

तंत्रा ने विजय की ओर देखा और मुस्कुराई, उसने भावुक होते हुए कहा, “दरअसल, आपने अपनी कहानी इतनी ईमानदारी और रोचक तरीके से सुनाई कि मैं आपकी मुरीद हो गई हूँ। मैं आपकी मानसी के बारे में जितना जानती हूँ...उससे कहीं ज्यादा आप उसे लेकर उत्साहित हैं।”

“बिल्कुल उत्साहित हूँ...होना भी चाहिए, हर किसी का जिंदगी जीने का एक मकसद होता है, मेरा भी है। तंत्रा, ये बताने की जरूरत नहीं कि मेरा मकसद क्या है। पैसा और शोहरत तो अब मेरे पास बेशुमार है। लेकिन आज भी मेरी खुशियों की झोली खाली है। मेरी जिंदगी में अगर कोई रंग भर सकता है तो वह सिर्फ और सिर्फ मानसी है। मेरी कहानी सुनने के बाद क्या तुम ये भी ना जान सकी?”

“आपकी कहानी सुनकर मैं भावनात्मक हो चुकी हूँ मिस्टर विजय, मुझे आपकी चाहत पर गर्व है। मानसी को भी आप पर गर्व करना चाहिए जिसे आप जैसा चाहने वाला शख्स मिला है।”

विजय ने निराश होते हुए कहा, “मैं तो तब अपने को धन्य मानूँगा जब मुझे मेरी मानसी मिल जाएगी। मैं नहीं चाहता कि कोई मेरी मोहब्बत पर गर्व करे। बस वो मेरे प्यार को स्वीकार कर ले, इतना ही मेरे लिए काफी है।”

“अगर आपके प्यार को मानसी स्वीकार नहीं करें तो ! तो फिर क्या करेंगे आप। ”

“यही समझूँगा कि मेरे प्यार में कोई कमी रह गई।”

“आपके प्यार में कोई कमी नहीं रह गई। ये तो मैं दावे से कह सकती हूँ। लेकिन मेरे कहने से क्या होगा, ये बात अगर मानसी कहेगी तो आपके दिल को ज्यादा सुकून मिलेगा।”

विजय को तंत्रा की उलझाऊ बातों से गुस्सा भी आ रहा था। उसने आखिर अपनी खीज निकाल भी ली।

"लगता है आप बस मेरे साथ पहेलियाँ ही बुझाती रहेंगी।"

तंत्रा ने विजय की मनो:दशा को देखते हुए वह बात कह ही दी, जिसका इंतजार विजय काफी देर से कर रहा था।

"पहेलियाँ बुझाने का वक्त नहीं है विजय जी, आपके और मानसी के बीच महज चंद फासलों की दूरी है।"

तंत्रा की बातें सुनकर विजय मानो बावला हो उठा। उसने तंत्रा से पूछा,"क्या कह रही हैं आप? मिल सकता हूँ मैं उससे। कहाँ है वह, कैसी है?"

"ये उतावलापन ठीक नहीं मिस्टर विजय। हर किसी से मिलने का वक्त मुकर्रर होता है।कब, कहाँ और कैसे मिलना है आपको...ये आप को नहीं, नियति को तय करना है।"

"फिर देरी किस बात की है।"

"कुछ सवाल हैं आपसे..."

"क्या? जल्दी पूछिए, मैं सब कुछ बताने को तैयार हूँ।"

"क्या आज भी आप उसे उतना ही प्यार करते हैं, जितना पहले करते थे।"

"इसमें कोई शक है क्या? लगता है तंत्रा तुमने मेरी फिल्म का अंत नहीं देखा।"

"रीयल लाइफ रील लाइफ बन सकती है लेकिन रील लाइफ रियल लाइफ बन जाए, ये जरूरी नहीं।"

"पहेलियाँ मत बुझाओ तंत्रा, मैं बेकाबू हुए जा रहा हूँ। मेरा सिर चकरा रहा है। मैं बेचैन होता जा रहा हूँ। मुझे और मत उलझाओ।"

"आपकी बेकरारी जिंदा रहनी चाहिए मिस्टर विजय। वर्ना मानसी से रू-ब-रू होने पर कहीं आपकी चाहत कम ना हो जाए, इस बात की परवाह है मुझे।"

“आपको ऐसा क्यों लगता है? मैं मानसी से बेपनाह प्यार करता था, करता हूँ और करता रहूँगा। मैंने आज तक शादी नहीं की। किसी और लड़की से प्यार ही नहीं हुआ। काश वो मखमली, नाजुक, परी सी दिखने वाली मानसी मुझे अपने गले लगा लेती। मैं तड़प रहा हूँ उसकी खातिर। काश...वह भी मेरे लिए इतना ही तड़पती। वो उसका अल्हण चेहरा...उसकी मुस्कुराहट...उसका इतराकर चलना...सब मुझे याद है...मेरी व्याकुलता बढ़ती जा रही है। कहीं पागल ना हो जाऊँ।”

16

मैं और मेरी मानसी

"बेपनाह इश्क में ऐसा ही होता है लेकिन हर परिस्थितियों में प्यार बराबर बना रहे, इसी को सच्चा प्यार कहते हैं। मैं इससे ज्यादा और क्या कहूँ। मानसी मुंबई में ही है। जूहू में स्थित एक अपार्टमेंट में रहती है। वहीं वह आपको अपने अतीत के पन्नों को पलटती मिल जाएगी।"

"पहले बता दिया होता। इतना वक्त जाया नहीं करना पड़ता। मैं सालों से उसकी एक झलक पाने को बेकरार हूँ।"

"धैर्य रखें, मैं आपको आपकी मानसी से मिलाने के लिए जूहू लिए चलती हूँ।"

कुछ ही देर बाद तंत्रा और विक्की उस अपार्टमेंट में पहुँच चुके थे, जहां मानसी रह रही थी। रात खत्म होने को थी। सुबह के पाँच बजने वाले थे। विजय और तंत्रा दोनों लिफ्ट से सेकेंड फ्लोर पर पहुँचे। अब दोनों हाऊस नंबर 203 के सामने खड़े थे। विजय की साँसे तेजी से चल रही थीं। तंत्रा ने कॉलबेल बजाई। चंद पलों में कमरे का दरवाजा खुला। दरअसल, दरवाजा मसंद ने खोला था। विजय मसंद को देखते ही चौंक उठा।

"अरे तुम ! तुम यहाँ कैसे? मैं तो मानसी से मिलने यहाँ आया था। तुम यहाँ क्या कर रहे हो?"

"तुम्हारा इंतजार !"

"मानसी कहाँ है? मुझे कहीं दिख नहीं रही। इस पर्दे के पीछे ये कौन बैठा है। इसका चेहरा तो झुलसा हुआ दिख रहा है। खैर...छोड़ो, मानसी कहाँ है, ये बताओ।

मुझे उससे मिलना है। ”

तभी पर्दे के पीछे से आवाज आती है- “इतना उतावलापन, मुझसे मिलने को लेकर, मैं तुम्हारी मानसी। ये झुलसा हुआ, बदसूरत सा दिखने वाला चेहरा मेरा ही है। क्यों, पहचाना नहीं, जो कभी मेरे पसीने को इत्र समझता था, आज वही मुझे नहीं पहचान पा रहा है।”

“मानसी...ये क्या...ये सब कैसे...मैं पागल हो जाऊँगा। तुम मेरी मानसी नहीं हो सकती। मेरी मानसी तो ...”

“हाँ, तुम्हारी मानसी एसिड अटैक का शिकार बन चुकी है। इलाहाबाद में मेरे सपनों को ग्रहण लगाने वाले एक लड़के ने मुझ पर एसिड फेंक दिया था। क्योंकि तुम्हारी मानसी ने उससे प्यार करने से इनकार कर दिया था। वह मुझे जान से मारना चाहता था। मैं जैसे-तैसे छुप-छुपा कर वहाँ से भागी और मुंबई के टाटा स्किन केयर इंस्टिट्यूट में अपना इलाज करवाया। यहीं इलाज के दौरान मेरी मुलाकात मसंद से हुई। वह अपनी माँ का इलाज करवाने यहाँ आया हुआ था। बातचीत के दौरान उसने मुझे बताया कि तुम मुझे किस हद तक चाहते हो। दरअसल, इलाहाबाद में एक साथ रहने के दौरान ही मसंद को तुम्हारी चाहत के बारे में पता चल चुका था। लेकिन उसने ये बात तुमसे जाहिर नहीं होने दी क्योंकि तुम्हें लगता था कि मैं मसंद को प्यार करती हूँ। फिलहाल, तंत्रा मेरी बचपन की फ्रैंड है । मुंबई के एंटरटेनमेंट से जुड़े एक जर्नल सिक्वल शो की चीफ रिपोर्टर है। मेरे मन को बहलाने के लिए वह तुम्हारी फिल्म दिखाने मुझे भी साथ ले गई थी। मैंने बताया कि ये कहानी तो मेरी कहानी से बहुत हद तक मिलती जुलती है। ”

इसी बीच तंत्रा बोल पड़ी।

“इसीलिए तो मैंने आपसे इंटरव्यू लिया ताकि मैं जान सकूँ कि क्या सचमुच आप अभी भी मानसी को उतना ही प्यार करते हैं जितना पहले करते थे। कहीं आपकी फिल्म यानि रूपहले पर्दे की कहानी फिल्मी तो नहीं है?”

तंत्रा जब तक ये बात पूरी करती, विजय कमरे के ड्रेसिंग टेबल तक आ पहुँचा। उसने एक मजबूत मुक्के से ड्रेसिंग टेबल के सीसे को तोड़ दिया और जब तक मसंद और तंत्रा कुछ समझ पाते, विक्की ने काँच के टुकड़ों से अपने ऊपर कई जख्म बना लिए।

"मानसी अब मैं भी तुम्हारी तरह ही दिखूँगा।"

तंत्रा और मसंद ने बदहवास विजय के हाथों से काँच के टुकड़ों को किसी तरह से दूर किया। मानसी भी अब तक विजय के करीब आ चुकी थी। मानसी को अपने करीब पाकर विजय भावनात्मक हो चुका था। विजय मानसी को ऐसे देख रहा था जैसे उसे अपनी आँखों में कैद कर लेना चाहता हो। मानसी की आँखें भी विजय की चाहत को देखकर भर आईं। उसने विजय के चेहरे से निकल रही खून की धार से अपनी माँग भर ली और उसे कस कर गले से लगा लिया। दोनों एक दूसरे से ऐसे जकड़े हुए थे जैसे उनके बीच युगों-युगों का रिश्ता हो। मानसी और विजय दोनों अब एक हो चुके थे।

मानसी बुदबुदा रही थी, "नहीं पता था कि तुम मुझे इतना प्यार करते हो। वर्ना मैं कब का...मैं अब अकेली नहीं हूँ। मैं से अब दोनों हम बन चुके हैं। लेकिन तुमने ये ठीक नहीं किया। तुमने काँच के टुकड़ों से खुद को घायल क्यों किया?"

विजय के चेहरे से खून की बूंदें टपक रही थीं। मानसी ने झट विजय को अपने से अलग किया।

"मसंद इसे तुरंत किसी डॉक्टर के पास ले जाओ।"

"मुझे कुछ नहीं होगा। पहले मेरी तकलीफ तुम थी और अब मेरा इलाज तुम हो। तुम मेरे पास हो तो मुझे कुछ नहीं हो सकता मानसी। तुमसे मिलने के बाद मेरे दिल के जख्म भर चुके हैं। इन जख्मों का क्या, कभी भी भर जाएँगे। तुम मेरे पास हो, बस इतना ही काफी है।"

मानसी और विजय के चेहरे सुकून के पल थे। मानसी लगातार विजय को देखे जा रही थी। उसने धीरे से विजय के कान में कहा, "तुम्हारी फिल्म का क्लाईमेक्स शायद कुछ अधूरा रह गया था, अब तो पूरा हो गया ना।"

" फिलहाल तो मुझे मेरी रियल लाईफ का क्लाईमेक्स मिल चुका है।" विजय ने मानसी को अपनी बाँहों में जकड़ते हुए कहा।

मानसी ने एक बार फिर विक्की को अपनी बाहों में ले लिया। विजय के भी मानस पटल पर छाया रहने वाला इलाहाबाद का वो आधा-अधूरा पोस्टर अब पूरी आकृति ले चुका था। जाहिर है विजय की पोस्टर गर्ल मानसी उसकी बाहों में थी... मानसी को पाने के साथ ही विजय को जिंदगी जीने का मकसद मिल चुका था। सही

मायने में कहें तो मानसी 'एक अधूरी प्रेम कहानी' अब मानसी 'एक मुकम्मल प्रेम कहानी' में तब्दील हो चुकी थी।

इसी दौरान एक और प्रेम कहानी मुकम्मल होने को तैयार थी। तंत्रा ने इलाज कराने मुंबई आई मसंद की बीमार माँ की एक परिवार के सदस्य की तरह सेवा की थी। जिसके चलते मसंद की माँ की तबियत में तेजी से सुधार हुआ था। लेकिन लिवर की समस्या से जूझ रही मसंद की माँ और एसिड अटैक से पीड़ित मानसी की देख-रेख के चलते मसंद और तंत्रा चाहकर भी अपनी भावनाएँ एक-दूसरे से जाहिर नहीं कर पाए थे। मानसी और विजय के मिलन से मसंद और तंत्रा के अंदर उमड़ रहा प्यार छलक कर बाहर आने को बेकरार हो गया। दोनों को अपना प्यार जताने के लिए जिस सही मौके की तलाश थी, उसके लिए आज से बेहतर दिन कोई और नहीं हो सकता था।

कमरे के एक कोने में खड़े मसंद और तंत्रा की आँखें विजय-मानसी की अद्भुत मिलन को देखकर डबडबा आईं थीं। तंत्रा ने मसंद के हाथों को अपने हाथ लिया और मसंद से जैसे ही नजरें मिलाई, दोनों ही अपनी आँखों में उमड़ रहे खुशी के सैलाब को रोक नहीं पाए। कुछ ही पल में एक-दूसरे की बाहों में कैद मसंद और तंत्रा की नजरें जैसे ही विजय और मानसी पर पड़ी, वो शरमा गए। दरअसल, विजय और मानसी दोनों ही प्यार के इस नयी पौध को पल्लवित होते देख मन ही मन में हर्षित हो रहे थे।

इन दोनों जोड़ियों को देखकर कोई और भी खुशी से आँसू बहा रहा था। वो कोई और नहीं बल्कि मसंद की माँ थीं। जो तंत्रा की देखरेख के चलते अब पूरी तरह से स्वस्थ हो चुकी थीं। उन्हें आज एक साथ दो-दो खुशियाँ मिल गई थीं।

समाप्त

www.ingramcontent.com/pod-product-compliance
Lightning Source LLC
LaVergne TN
LVHW010809051026
849532LV00007B/2483